LE COLLECTIONNEUR DE FLÈCHES

LE COLLECTIONNEUR DE FLÈCHES

Cristian Perfumo

Traduit de l'espagnol (Argentine) par
Françoise Couedel
Romain Magras

Conception de la couverture : The Cover Collection

Traduit de l'espagnol (Argentine) par Françoise Couedel - Romain Magras, 2020

Titre original : *El coleccionista de flechas*.

© Cristian Perfumo

www.cristianperfumo.com

ISBN 978-987-48792-7-1
Gata Pelusa

La reproduction totale ou partielle de l'ouvrage sous quelque forme que ce soit est interdite sans l'accord préalable de l'auteur.

À vous, chère lectrice, cher lecteur.

CHAPITRE 1

- Ici, regarde. Vise-le en plein cœur, dis-je à Manuel, pour que la balle entre juste à côté du sternum.

J'appuyai mon index ganté de latex sur le T-shirt des Boca Juniors qui était maculé de sang. Sous le tissu, je sentis le kevlar souple du gilet pare-balles du policier grand et musclé qui se tenait debout depuis vingt minutes dans la position que nous lui avions indiquée. Manuel corrigea un peu la trajectoire, et le point rouge du laser s'arrêta sur le bout de mon doigt.

- Comme ça. Parfait. Ne bouge plus. Et toi, s'il te plaît, reste là, nous en avons presque fini, dis-je au policier qui acquiesça, le visage fermé.
- Il y a beaucoup de vent ce soir. Il faut que nous soyons parfaitement coordonnés. Moi, je compte jusqu'à trois et toi tu tires. Prête ? me demanda Manuel.
- Prête, répondis-je, en sortant de ma poche le petit tube de plastique.
- Un. Deux. Trois.

Je secouai le petit tube devant le policier et un nuage de talc révéla le rai rouge du laser. J'entendis le déclic de l'appareil de Manuel qui prenait des photos en rafale.

- Prévenez, quoi !, s'écria la juge Delia Etcheverría, exagérant une toux rauque. Le vent leur avait projeté le talc en plein visage, à elle et au médecin légiste.

Ils bavardaient ensemble, à l'écart, à cinq mètres du policier au T-shirt de Boca.

- Celle-ci est excellente, dit Manuel en me montrant une des photos. Sur l'écran de son appareil, un laser rouge reliait d'une ligne parfaitement droite le torse du policier et la grille métallique de l'entrée d'où nous pensions que l'agresseur avait tiré.
- Oui, parfaite, confirmai-je. Il est donc à peu près clair que

le tir a dû venir de derrière le portail. Sinon, l'angle ne serait pas bon. La grille était probablement fermée et on lui a tiré dessus de l'extérieur.
- Tu veux que je fasse encore quelque chose ? demanda Manuel.
- On le refait mais, cette fois-ci avec lui à genoux, indiquai-je, en désignant le policier au T-shirt de Boca, celui que portait Mario Pérez au moment de sa mort.
Le sous-officier d'un mètre quatre-vingt-trois, la même taille que la victime, s'agenouilla silencieusement devant nous.
- Luis dit que, d'après l'autopsie, la balle est entrée par la poitrine mais qu'elle est ressortie beaucoup plus bas, du côté de la hanche. Le plus probable est qu'il était agenouillé et qu'on lui a tiré dessus d'en haut.
Quinze minutes plus tard, après de nouvelles projections de talc et autant de rafales de photos, estimant la reconstitution terminée, nous avons commencé à ranger tout notre équipement dans nos mallettes. Aux fenêtres des maisons voisines pointaient des têtes qui disparaissaient aussitôt qu'elles apercevaient les mots BRIGADE CRIMINELLE au dos de nos gilets.
- Qu'est-ce que tu fais, toi, après ? me demanda Manuel tandis que je repliais le trépied auquel le laser avait été fixé.
- Je retourne au tribunal pour rédiger le rapport.
- Mais il est dix heures du soir !
- Il faut qu'il soit prêt pour demain, dis-je tout bas, tout en désignant d'un geste la juge qui s'entretenait avec le médecin légiste au sujet des organes que la balle avait endommagés.
- Et tu vas y passer toute la nuit ?
- S'il le faut, oui.
- Si tu veux, je t'aide, et si on ne finit pas trop tard, on peut sortir boire un verre.
- Tope là, me dit Manuel en tendant sa main encore enveloppée dans un gant de latex bleu.-

- Je te remercie, mais je suis vraiment très fatiguée. Dès que j'aurai terminé le rapport, la seule chose dont j'aurai envie, ce sera de dormir.

Je restai silencieuse un moment, me demandant si je n'avais pas été trop dure avec Manuel. C'était un collègue de travail du genre de ceux que l'on a envie d'avoir à son chevet parce qu'il est gentil et toujours prêt à aider, mais, en tant qu'homme, il ne m'attirait pas du tout. Et j'essayais de le lui faire savoir de la façon la moins blessante possible.

Par chance, je fus interrompue par le téléphone qui vibrait dans ma poche.

- Allo ?
- Inspecteur Badía, ici le sergent Debarnot. Vous êtes très occupée ?
- Je suis en pleine reconstitution au laser, celle de l'affaire Pérez. Mais nous avons presque terminé. Il s'est passé quelque chose ?
- Un homicide dans la rue Estrada. Je viens de pénétrer dans la maison et de le constater. Un homme, dans les trente-cinq ans.
- Surtout, ne touchez absolument à rien, j'arrive tout de suite. Rue Estrada, à quel numéro ?
- Au 1423. En face de l'école numéro 5.

À ces mots, mon sang ne fit qu'un tour.

- La grande maison en pierre ?
- Oui.
- Merde.
- Pardon, inspecteur ?, lança Debarnot au bout du fil.
- Euh... non, rien. La victime a les cheveux courts, bruns, un peu poivre et sel ?
- Oui. Je suis presque sûr que c'est le propriétaire d'Impekable, le magasin de produits d'entretien. Vous voulez que je fouille ses poches pour voir si je trouve une pièce d'identité ?
- Non, ne touchez à rien, j'arrive tout de suite.

Je n'avais pas besoin qu'on me dise qui était la victime. Je savais pertinemment qu'il s'appelait Julio Ortega. Je le savais parce qu'il avait été mon petit ami au lycée et parce que, deux mois plus tôt, nous avions passé la nuit ensemble dans la maison où l'on venait de le retrouver mort.

CHAPITRE 2

À l'extérieur de la bâtisse en pierre, dans la rue Estrada, le véhicule personnel du commissaire Lamuedra était stationné entre deux voitures de patrouille.

Je saluai les deux policiers postés devant la porte ouverte de la maison. L'un deux, rondouillard et habillé en civil, était Debarnot, celui qui avait téléphoné pour me prévenir. J'entrai en regardant autour de moi.

- Comment vas-tu, Laurita ? me demanda Lamuedra en me posant un baiser sur la joue.

- Bien, commissaire. Et vous ?

- Eh bien... on me fait travailler après dix heures du soir. Ça pourrait aller mieux. Le corps se trouve dans la salle à manger. Viens, entre. Attention à ça.

Trop tard ! Avant que le commissaire ne termine sa phrase, je m'étais déjà engagée à l'intérieur de la maison et j'entendis un craquement. J'avais sous les pieds un tas de débris de verre, qui se trouvait sous la fenêtre de l'entrée, à côté de la porte. Mon pied frôlait un balai en fibres de plastique que la police avait certainement utilisé pour rassembler les éclats de verre.

- Qui a balayé le verre ? Je vous ai dit au téléphone de ne toucher à rien, Debarnot. Vous ne savez pas que c'est comme ça qu'on pourrait perdre des empreintes digitales ?

- Le balai était déjà là quand le corps a été découvert. Personne n'a touché à rien... jusqu'à maintenant, ajouta-t-il en regardant mon pied.

- Ils sont entrés par là ? demandai-je, en montrant la fenêtre masquée par un épais rideau rouge.

Lamuedra fit non d'un signe de tête et écarta le tissu. La fenêtre qui donnait sur la rue avait les volets fermés et la vitre était intacte.

- Alors, d'où viennent ces morceaux de verre ?

- Ici, l'experte de la Crime, c'est vous, répondit le commissaire en haussant les épaules. D'un mouvement de tête, il me fit signe de le suivre et nous pénétrâmes dans la maison.

Le couloir qui conduisait de l'entrée à la salle à manger avait changé depuis ma visite qui remontait à deux mois. Sur le mur, il n'y avait plus aucune photo de Julio avec sa fiancée, celles du glacier, de Buzios ou des chutes d'Iguazú. En revanche, les deux où Julio était seul à Buenos Aires, devant l'Obélisque et au stade de River, y étaient encore accrochées.

Dans la salle à manger, les policiers avaient allumé toutes les lumières. À l'inverse des films policiers, où les scènes de crime restent plongées dans une semi-obscurité, dans la vraie vie, les enquêteurs les éclairent au maximum pour mieux comprendre l'histoire que racontent le cadavre et les objets qui l'entourent. Cela ne m'empêcha pas de ne voir aucun corps, juste des meubles : une table ovale avec six chaises en bois massif et un canapé beige qui tournait le dos au reste de la pièce et faisait face à l'énorme téléviseur fixé au mur. Les mêmes meubles que deux mois plus tôt.

Le commissaire me montra le canapé et me fit signe de le suivre. En le contournant, je vis d'abord apparaître les pieds chaussés de mocassins beiges, puis le pantalon bleu, la chemise blanche et, finalement, la tête de Julio. Il avait les yeux ouverts et le visage défiguré par les coups qu'il avait reçus. Le corps était en position fœtale, les mains entre les genoux, couché sur le côté gauche. Une position qu'il avait sans doute adoptée à cause de la douleur, et mû par l'instinct de protéger ses organes vitaux des coups.

- Qui l'a trouvé ? demandai-je en détournant les yeux.

- C'est Debarnot qui l'a découvert, par hasard, expliqua le commissaire en montrant du pouce la porte d'entrée. Il n'était pas en service. Il passait par là en voiture et il a été étonné de voir la porte ouverte par une nuit si froide et si venteuse. Il s'est arrêté, il a attendu un moment et, comme il ne voyait rien bouger, il est entré.

— Il n'a vraiment touché à rien ?

— Non, Laurita, il n'a touché à rien, répondit le commissaire d'un ton condescendant.

Je m'agenouillai dans un coin de la pièce, je posai au sol la mallette que j'avais apportée et je l'ouvris. J'enfilai une paire de gants en latex et respirai profondément plusieurs fois tout en feignant d'observer la salle à manger dans ses moindres détails.

Quand j'eus rassemblé assez de forces pour m'en sentir le courage, je m'accroupis, m'apprêtant à me pencher sur le corps de celui qui avait été mon petit ami pendant mon adolescence et, plus récemment, mon coup d'un soir.

Son visage était couvert de coupures et d'ecchymoses, comme celui d'un boxeur à la fin d'un combat. En soulevant sa lèvre supérieure, je remarquai qu'il lui manquait ses deux dents de devant. Les traces de sang sur sa chemise blanche étaient de taille variable, allant de grosses gouttes qui lui avaient dégouliné sur le torse à de fines éclaboussures dispersées au gré des multiples coups qu'il avait reçus.

Ses mains étaient tout ensanglantées. En les examinant de près, je remarquai une petite blessure circulaire au dos de chacune d'elles. Mais, avec tout ce sang, il était impossible d'en déterminer la cause. Le médecin légiste allait certainement tirer tout cela au clair au cours de l'autopsie.

Je sortis mon appareil photo de sa sacoche et je pris le corps en gros plan sous différents angles. Je pris également plusieurs clichés du visage et des mains, puis je me reculai pour photographier l'ensemble de la scène.

Derrière le canapé, sur un côté de la table ovale, un meuble énorme d'une autre époque laissait entrevoir une collection de verres à vin et de verres à whisky. Ils étaient tous intacts. J'examinai toutes les fenêtres de la maison, sans parvenir à trouver l'origine des débris de verre qui étaient rassemblés dans l'entrée.

- Il y a aussi du sang ici !, s'écria Debarnot depuis le couloir par lequel nous étions entrés.

Je trouvai le sergent penché, montrant d'un de ses doigts boursouflés une tache ocre sur le sol. D'après sa forme circulaire et les petites éclaboussures autour, j'en déduisis qu'il s'agissait d'une goutte tombée d'assez haut. Sachant qu'elle était loin du corps, elle avait très probablement dû tomber des mains ensanglantées de l'agresseur tandis qu'il prenait la fuite. Ou alors, peut-être, Julio, en tentant de se défendre, avait-il réussi à blesser son assassin.

Je pris plusieurs photos de la goutte avant de la toucher avec le bout d'un écouvillon en coton. Elle était complètement sèche. Je la grattai avec la lame d'un couteau et recueillis les petites croûtes marron dans un petit tube pour les faire analyser au laboratoire. Nous eûmes beau scruter chaque millimètre carré du reste de la maison, nous ne trouvâmes aucune autre trace de sang.

Je pris encore quelques photos du cadavre avant de donner l'ordre d'appeler les pompiers pour faire transférer le corps à la morgue. En les attendant, je retournai voir les éclats de verre qui se trouvaient près de la porte d'entrée, sous la fenêtre restée intacte. Je sortis de ma mallette une boîte de sachets plastiques hermétiques et ramassai un à un tous les débris. J'en comptai plus de cinquante.

Le seul meuble du petit hall d'entrée était un bahut d'angle avec une porte vitrée, parfaitement intacte elle aussi. Je me penchai pour m'assurer qu'aucun débris n'était resté en dessous. Bien m'en prit, car quelque chose me renvoya l'éclat de ma lampe torche.

Je tâtai le sol de ma main gantée, jusqu'à sentir sous mes doigts un objet qui me sembla trop irrégulier pour qu'il pût s'agir d'un morceau de verre. En le posant sur la paume de ma main, je découvris que c'était une pointe de flèche d'environ cinq centimètres de long.

L'objet était magnifique. Il avait la forme d'une larme et

décomposait la lumière de ma torche en reflets irisés comme la nacre à l'intérieur d'une moule. Je n'en avais jamais vu aucune de cette couleur. Les Tehuelches, le peuple originaire de cette région de la Patagonie, en fabriquaient des ocres, des jaunes, des noires, blanches, vertes et même transparentes. Mais je n'en avais jamais vu d'iridescentes comme celle-là.

CHAPITRE 3

J'entrai dans le tribunal et retirai mon manteau tout en me dirigeant vers mon laboratoire. J'ouvris la porte et, depuis le seuil, je le jetai sur une chaise. Je revins dans le couloir et grimpai les marches quatre à quatre. Comme tous les matins, en tournant à droite, je me trouvai devant Isabel Moreno, qui avait le regard rivé sur son téléphone.
- Tu es en retard, me dit-elle en souriant.
- Ah bon ? Pas possible !
- Ils sont déjà tous à l'intérieur.

D'un de ses très longs ongles vernis de rose fuchsia, elle m'indiqua la porte en bois qui donnait dans le bureau de la juge.
- Attends, attends ! Où vas-tu ? lança-t-elle derrière moi, en haussant le ton.
- Où veux-tu que j'aille ? Il y a une réunion au sujet d'une affaire, je dois assister à cette réunion, je vais à la réunion. Si tu ne comprends pas, je peux te faire un dessin.
- Tu ne peux pas entrer si je ne t'annonce pas d'abord. Ce n'est pas pour rien que la juge a une secrétaire, tu ne crois pas ?

C'était le même numéro chaque putain de fois que j'adressais la parole à Isabel Moreno. Dans ma tête, quand je pensais à elle, je la dénommais « la harpie », un surnom dont je n'avais encore jamais parlé à personne. Cette quadragénaire occupait un emploi administratif au tribunal depuis plus d'une vingtaine d'années. Il s'avérait qu'elle était l'employée qui avait le plus d'ancienneté, ce qui, selon elle, lui conférait des droits qui n'étaient pourtant écrits nulle part.
- Tu n'as pas besoin de m'annoncer. On m'attend, précisai-je.
- Tu comptes peut-être m'expliquer comment je dois faire mon travail ?

Le fait qu'un homme l'ait quittée pour moi, deux ans plus tôt, ne nous aidait pas non plus à entretenir de bonnes relations.

- Ne m'emmerde pas en début de journée Isabel, lui répondis-je en ouvrant la porte du bureau.

***

- Enfin ! s'écria la juge Delia Echeverría en levant les yeux de ses papiers.

- Bonjour, excusez mon retard, glissai-je en adressant un sourire forcé à la juge et aux deux hommes qui étaient assis de l'autre côté de son bureau, le commissaire Lamuedra et le sergent Debarnot, qui avaient découvert le cadavre de Julio Ortega.

Une très grande baie vitrée offrait une vue merveilleuse sur la ria dont les reflets variaient du gris plombé au turquoise en fonction du ciel, du vent et de la marée. Ce matin-là, la mer était bleu sombre, agitée par le courant d'ouest de la marée montante. De l'autre côté de la ria, la rive sud complètement inhabitée s'étendait à perte de vue. La seule construction visible était une maison abandonnée qui, en d'autres temps, avait appartenu à un pêcheur. À moins d'un kilomètre vers l'ouest, défiant la gravité, se dressait une énorme roche volcanique en forme de « Y », que nous appelions la Pierre Toba.

Voyant qu'il n'y avait plus de chaise libre, le commissaire Lamuedra fit mine de se lever pour me céder la sienne. Je lui dis avec insistance que ce n'était pas la peine et m'installai sur un énorme coffre-fort en fer placé à côté de la fenêtre, sous un tableau qui renfermait, bien que je ne sache pas où, la combinaison permettant de débloquer le mécanisme de sécurité.

- Le sergent vient de commencer à nous raconter comment le corps a été découvert. Debarnot, reprenez depuis le début,

afin que l'officier Badía dispose de tous les éléments.
Il acquiesça et prit un air solennel.
- Hier après-midi, je faisais ma ronde à pied avec le lieutenant Vilchez dans la partie ancienne du village.
- Celle où se trouve la maison d'Ortega ?
- Oui. Il devait être environ seize heures quinze lorsque nous l'avons commencée. Vers seize heures trente, nous sommes passés devant la maison d'Ortega et nous avons constaté que la porte était ouverte. Je m'en souviens parfaitement car nous avons échangé quelques plaisanteries sur le froid qu'il devait faire dans la maison.

Debarnot n'avait pas encore trente ans mais il parlait toujours avec le sérieux imperturbable des policiers d'autrefois. Ce n'est pas à l'académie de police mais dans sa famille qu'il avait appris ces tournures de phrases et ce vocabulaire. Son père, l'officier de police Debarnot, avait été promu commissaire dans les années quatre-vingt et, trente ans plus tard, les policiers de Puerto Deseado parlaient encore du sens de la justice de cet homme qui n'hésitait pas à user de la manière forte quand il l'estimait nécessaire.

- Et vous n'avez pas eu l'idée de frapper à la porte pour voir si tout allait bien ? demanda Lamuedra. Une demi-heure plus tard, il allait faire nuit. Il ne vous a pas semblé bizarre que quelqu'un laisse sa porte ouverte en plein hiver ?
- Non, je dois vous avouer que nous ne nous sommes pas posé la question.
- Si vous aviez frappé... continua Lamuedra, mais il laissa sa phrase en suspens après un signe conciliant de la juge.
- Vous n'allez tout de même pas me rendre responsable, commissaire !

Cette réponse aurait coûté cher à n'importe quel autre sous-officier. Mais Mariano Debarnot avait acquis un statut privilégié au sein du commissariat. Porter ce nom lui permettait d'évoluer assez librement de part et d'autre de la cloison de verre plus ou moins transparente qui séparait les officiers et les sous-officiers dans tous les corps de l'armée.

- Continuez, s'il vous plaît, intervint Echeverría.

- Le soir, à la fin de ma ronde, je suis parti jouer au football. Avec plusieurs collègues du commissariat, nous avons formé une équipe, et nous participons en ce moment à un tournoi. En sortant du match, j'ai fait un crochet par la maison d'Ortega. Au fond, si j'y suis retourné, c'est sans doute parce que cette question de la porte m'avait intrigué.

- Et elle était toujours ouverte, supposai-je.

- Exactement. Et il faisait déjà noir depuis cinq heures. Par un froid pareil, il devait obligatoirement s'être passé quelque chose de bizarre.

- Et là, il était quelle heure ?

- Le match s'est terminé à dix heures, donc il devait être dix heures vingt. J'ai garé ma voiture devant la maison et j'ai frappé plusieurs fois à la porte ouverte avant d'entrer.

Debarnot prit une inspiration avant de continuer. Sa voix était ferme et son expression dure. Il semblait vouloir mettre un point d'honneur à démontrer au commissaire et à la juge qu'il avait trop de cran pour s'être laissé démonter par l'horreur de la scène qu'il avait découverte.

- En entrant dans la maison, j'ai découvert le corps d'Ortega.

- Et c'est à ce moment-là que vous avez prévenu le commissariat ?

- Oui. Aussitôt après avoir pris son pouls et constaté qu'il était mort.

- Et vous avez fouillé le reste de la maison ?

- Non, car je ne portais pas mon arme de service. L'agresseur pouvait encore se trouver sur place.

- Nous savons maintenant que ce n'était pas le cas, remarquai-je. Le sang était coagulé depuis des heures. En outre, la porte était ouverte depuis au moins cinq heures.

- C'est facile à dire à l'heure qu'il est, mais le sous-officier l'ignorait à ce moment-là, intervint la juge.

Debarnot continua à parler, ignorant mon intervention et la perche que lui tendait Echevarría, pour ne pas me mettre en porte-à-faux devant la juge ou pour éviter d'admettre qu'il avait eu peur de fouiller la maison.

- La suite, vous la connaissez déjà. Dix minutes plus tard nous étions tous les quatre dans cette salle à manger.

CHAPITRE 4

La juge remercia Debarnot pour son rapport et le commissaire lui dit qu'il pouvait retourner vaquer à ses obligations. Quand nous nous retrouvâmes seuls, tous les trois dans le bureau, Echeverría prit la parole en s'adressant à moi mais en regardant Lamuedra.

- Nous voulons, le commissaire et moi, que ce soit toi, Laura, qui te charge de cette affaire.

- Bien sûr, je pars tout de suite au laboratoire pour analyser les indices.

- Je ne te parle pas de ça. Bon, pas *uniquement* de ça.

- Je ne comprends pas, ajoutai-je, même si j'avais parfaitement compris.

- Nous voulons que tu officies avec tes deux casquettes. Celle d'experte en criminologie, pour que tu analyses les preuves, et celle de policier, pour que tu recueilles les déclarations des témoins, que tu interroges les voisins... Tu vois ce que je veux dire, ce genre de choses.

- Mais, cela fait presque trois ans que je ne travaille plus comme policier.

Le commissaire lâcha un soupir.

- Il faut vraiment que je te rappelle que tu es policier et que tu n'es que détachée au laboratoire médico-légal du tribunal ? *Dé-ta-chée*, insista-t-il.

- Voyons voir, intervint Echeverría. Dis-moi Laura, pourquoi as-tu accepté de venir travailler au tribunal, il y de cela trois ans ?

Je la regardai, consternée. Elle connaissait parfaitement la réponse à cette question.

- Parce qu'ici, je peux consacrer la majeure partie de mon temps à l'activité de légiste. Dans la police, même lorsque nous sommes occupés à enquêter sur un homicide, on nous impose toujours des milliers d'autres tâches qui ne m'intéressent pas du tout. Des patrouilles, des gardes, des interventions de sécurité ... Tout cela n'a aucun rapport avec les crimes commis avec violence, et ça ne m'intéresse pas le moins du monde. Je crois qu'au tribunal, je fais un travail plus utile qu'au commissariat.

Lamuedra encaissa mes paroles sans broncher. Je pensais qu'il trouverait quelque chose à me répondre, mais il se contenta de regarder la juge et d'acquiescer, comme s'il donnait son accord à ce qui se préparait.

- Laura, reprit Echeverría, ton contrat de détachement prend fin dans moins d'un an. Comme le commissaire Lamuedra et moi-même pensons que tes talents sont plus adaptés au service du tribunal, nous aimerions te proposer un transfert définitif. Cela te garantirait un poste de légiste pratiquement à vie.

- Nous pouvons opérer ton transfert dès que tu auras bouclé cette affaire, ajouta le commissaire.

Je souris, tandis que je décodais tout cela. Si je ne connaissais pas Echeverría et Lamuedra, j'aurais interprété leurs propos comme un encouragement, une façon de m'insuffler le courage de me charger de cette enquête. Mais nous savions tous les trois que, pour une situation de ce genre, cette incitation n'était pas nécessaire. Ils étaient mes supérieurs et, s'ils me donnaient un ordre, je n'avais pas d'autre solution que de l'exécuter.

Ce qu'ils avaient voulu dire, en réalité, ce n'était pas qu'ils m'accorderaient ce transfert si j'acceptais de me charger de l'enquête. Leurs propos étaient en fait à lire à l'envers : à la moindre réticence de ma part, ce transfert, je pouvais l'oublier.

- Tu es ce qui se fait de mieux au commissariat en ce moment, ajouta le commissaire en me tapotant l'épaule.

La première chose qui me vint à l'esprit fut de m'inventer une excuse. Un mensonge qui mettrait en évidence que je ne devais pas me charger de cette enquête. Mais il allait sembler plus que louche qu'un officier, quel que soit son rang, ne profite pas d'une telle occasion. Et, plus que quiconque, moi qui, en plus d'être policier, étais criminologue. Non, non il n'y avait pas de mensonge qui tienne. Si je voulais me défiler, il fallait leur dire la vérité. Leur expliquer que j'avais eu des relations avec la victime, à peine deux mois plus tôt. Ce qui représentait un conflit d'intérêts monumental qui aurait l'effet d'une bombe. Alors oui, on m'écarterait totalement de l'enquête, à la fois en tant que policier et en tant que légiste.

Mais, voulais-je vraiment me défiler ? Voulais-je vraiment n'être qu'une simple spectatrice et n'assister que sur le banc des remplaçants à cette enquête qui promettait d'être une des plus intéressantes de ces dernières années ?

- En outre, ajouta Lamuedra, ce crétin d'officier Ruiz vient de se fracturer le tibia et le péroné en jouant au football et l'inspectrice Peláez est en congé maternité.

- Je me réjouis de voir que, si vous faites appel à moi, c'est parce que vous n'avez pas d'autre solution.

- Toi alors ! Tu n'es jamais contente de rien !, s'écria le commissaire furieux. Si je te demande de retourner travailler au commissariat, tu t'énerves, et si je ne te le demande pas, tu t'énerves aussi.

Je n'eus pas le temps de lui répondre ; on frappa à la porte du bureau. C'était Manuel Locane, l'expert du tribunal, qui nous salua d'un geste et prit place sur la chaise sur laquelle Debarnot était assis cinq minutes plus tôt.

- Locane, c'est l'officier Badía qui sera en charge de l'enquête, trancha la juge. Que savons-nous de la victime ?

- Depuis hier soir et jusqu'à présent, je ne dispose que des informations que j'ai pu glaner sur internet -répondit Manuel en ouvrant un *laptop* sur le bureau-, essentiellement sur les réseaux sociaux. Il va falloir échanger avec les gens pour confirmer et enrichir ces informations.

L'expert passa sa main sur son crâne rasé comme pour recoiffer une chevelure imaginaire. Puis il se mit à pianoter sur le clavier, à la vitesse de la lumière.

- Julio Ortega. Argentin, 43 ans. Propriétaire de *L'Impekable*, commerce situé rue Sarmiento. Vend des produits d'entretien. Je suppose que, ces derniers temps, ça ne marchait pas très fort car, sur Facebook, il avait publié des dizaines d'offres de liquidation. Apparemment, cette boutique n'avait plus beaucoup de temps à vivre.

- Célibataire ? demanda Lamuedra.

- Oui. Si l'on en croit son profil Facebook, il entretenait une relation avec Noelia Guillón. Il semble qu'ils étaient ensemble depuis des années.

- Vous avez déjà prévenu sa fiancée ? demandai-je en leur tournant le dos, feignant de m'intéresser au tableau placé au-dessus du coffre-fort, qui représentait un bar dont les clients n'étaient pas des humains mais des numéros, dotés de petits bras et de petites jambes. Mon préféré était un huit, coiffé d'un sombrero mexicain, accoudé au bar devant un petit verre de tequila. Depuis le jour où j'avais entendu une conversation que je n'aurais pas dû entendre, chaque fois que je regardais ce tableau, je me demandais quel était le lien exact, caché derrière ces numéros, avec la combinaison qui ouvrait la serrure du coffre, situé un mètre en dessous.

- Non, parce qu'elle n'a pas de lien familial direct, précisa Echeverría. Si elle était l'épouse, ce serait différent.

- Il semblerait que Noelia Guillón soit partie en voyage, intervint Manuel. Depuis trois jours, elle n'arrête pas de publier des photos des chutes d'Iguazú sur les réseaux sociaux.

- Et avec qui est-elle sur ces photos ?, s'enquit Lamuedra.

- Elle est seule.

- Bon. L'officier Badía va se charger de la contacter pour la prévenir.

- Mais elle n'a pas de lien familial direct, répondis-je, faisant écho aux propos de la juge.

- Ce qui veut dire que nous ne sommes pas obligés de la

prévenir, mais faisons preuve d'un peu de bon sens ! Il vaut mieux qu'elle l'apprenne par nous plutôt que d'une autre façon. Vous n'êtes pas d'accord, Madame la juge ?

- Tout à fait, dit Echeverría. Laura, tu te charges de la prévenir.

J'acquiesçai de trois hochements de tête, répétant mentalement le même mot, « merde », à chacun de ces mouvements.

- Donc, quels membres de sa famille savent qu'Ortega est mort ?, questionna Lamuedra.

- Nous n'avons pas pu trouver de parents en ligne directe, précisa la juge. À cet effet, nous avons enregistré une annonce qui devrait commencer à passer à la radio ce matin.

- Ses parents sont morts quand il était très jeune, ajoutai-je.

- Et ça, comment le sais-tu, toi ?

- Quand j'étais au lycée, Ortega était une sorte de *sex symbol* du village. Le garçon rebelle, la vingtaine, dont rêvaient toutes les adolescentes. Et, dans un petit village comme le nôtre, sa biographie n'avait plus aucun secret pour la plupart de ses admiratrices.

- Et toi, tu étais une de ses admiratrices, me dit Manuel.

- Badía, tu as d'autres infos sur Ortega ? reprit Lamuedra.

- Pas grand-chose, répondis-je, l'estomac noué de cacher des informations à mes supérieurs directs. S'ils en venaient à découvrir que nous avions eu un petit flirt d'adolescents, ce ne serait pas grave, mais, ce serait tout autre chose pour l'histoire qui remontait à deux mois ...

- Il avait l'air d'aimer profiter de la vie, ajouta Manuel, me sortant de mes pensées. Il postait des photos des bières d'importation, des whiskys et des vins qu'il buvait. En plus, je dirais qu'il était accro au jeu. Sur son profil, il a publié les gains qu'il a obtenus sur plusieurs applications de paris en ligne. Il postait aussi des photos de lui posant devant la porte des différents casinos qu'il fréquentait : Mar del Plata, Puerto Madero, Comodoro, Madryn et, logiquement, celui de Puerto

Deseado.

- Voilà un bon endroit pour commencer les recherches ! Surtout si sa relation au jeu était pathologique. Badía, je veux que tu vérifies si Ortega devait de l'argent à quelqu'un.

J'acquiesçai, un peu troublée. Même si l'hédonisme de Julio ne me surprenait pas, j'ignorais complètement qu'il était accro au jeu.

- Rien d'autre à ajouter ?, demanda la juge en nous regardant tous les trois.

- Il y a quelque chose qui ne colle pas, intervins-je. Ce balai et ces éclats de verre dans l'entrée de la maison. Il n'y a aucune fenêtre, ni tableaux, ni portes fracturées. D'où sont-ils sortis ?

- Ils n'ont peut-être rien à voir avec l'affaire. Si ça se trouve, Ortega avait cassé quelque chose et il était en train de balayer quand on est entré l'attaquer.

- Oui, mais qu'est-ce qu'il a cassé ? D'où proviennent tous ces débris ? Et, ce qui est curieux, aussi, c'est cette pointe de flèche que j'ai trouvée sous le petit bahut.

- Tu n'as qu'à creuser cela si ça te semble important, Laura. Je te le répète, c'est toi qui gères l'enquête, trancha la juge, signifiant ainsi que la réunion était terminée.

La première chose que je fis en sortant du bureau fut d'ouvrir Facebook sur mon téléphone et de supprimer Julio Ortega de ma liste d'amis. La deuxième fut de localiser Debarnot et de le charger d'annoncer le décès à la fiancée de la victime, arguant que, comme c'était lui qui avait découvert le cadavre, c'était la façon la plus délicate d'agir. Il tenta de me persuader de le faire moi-même, mais j'insistai tant qu'il accepta finalement, à contrecœur.

Dans une autre situation, je lui aurais mis les points sur les i. Comme la fois où j'avais dit au capitaine Ramírez que, si ça lui posait un problème d'accepter les ordres d'une femme, je lui proposais de lui prêter de l'argent pour qu'il s'achète un billet pour le XXIème siècle. Mais, avec Debarnot, je ne trouvai pas la moindre chose originale à dire. Tout ce qui m'importait était de ne pas devoir annoncer moi-même la nouvelle à la fiancée de Julio.

CHAPITRE 5

La porte de mon laboratoire du tribunal s'ouvrit si soudainement que le morceau de verre que j'avais dans la main m'échappa, tomba sur la table en inox, et se cassa en deux. C'était Manuel.
- Dis, mon petit, on ne t'a pas appris à frapper ?
- Excuse-moi, je n'ai pas voulu... mais ses paroles restèrent en suspens quand son regard se posa sur la table sur laquelle j'étais penchée depuis plus d'une heure... Toi, tu dois être forte en puzzle !

Après avoir passé de la poudre pour révéler d'éventuelles empreintes digitales sur chacun des morceaux de verre, qui étaient finalement au nombre de cinquante-trois, je les avais disposés sur la table et j'avais réussi à reconstruire un rectangle de soixante centimètres sur quarante. Comme pour les vrais puzzles, j'avais commencé par les bords et, maintenant, le plus dur restait à faire : trouver où allaient les pièces du centre. Même si cela n'était plus tellement urgent. L'important, pour moi, c'étaient les dimensions de la vitre d'origine.

- Je vois que tu as découvert quelques empreintes, reprit Manuel, en montrant les morceaux de verre tachés de poudre noire.
- Oui, il y en a plusieurs. Beaucoup d'entre elles semblent être celles d'Ortega, mais il y en a d'autres qui ne lui appartiennent pas. Ces quatre-là, sur un des côtés, par exemple, et je montrai les rectangles transparents laissés par la poudre sur le ruban adhésif lors du relevé des empreintes.
- Et tu sais déjà d'où provient le verre ? demanda Manuel.
- J'ai une hypothèse, mais rien de sûr.
- Ah oui ? C'est bien, car moi, des hypothèses, je n'en ai aucune.

Un sourire pincé se dessina sur son visage. Puis il mit la

main dans la poche de son jean et en sortit le téléphone de Julio que je lui avais confié pour qu'il l'analyse.

- Par contre, j'ai une réponse. Alors ne me dis pas que je n'ai pas mérité pas de sortir boire un verre avec toi un de ces soirs. Soixante-neuf, soixante-neuf.

- Quoi ?

- C'est le nouveau code-pin que j'ai entré dans son téléphone.

- Dis-moi que tu as trouvé quelque chose et que j'ai une bonne raison de te supporter !, lançai-je en riant.

- Bien sûr que j'ai trouvé quelque chose ! Sinon, je ne viendrais pas vous embêter, madame l'officier.

Manuel entra le code-pin et me montra une photo sur le petit écran. On y voyait un encadrement de pointes de flèches sur un fond de velours rouge. J'en avais déjà vu beaucoup de ce genre. En Patagonie, il y avait des milliers de gens qui s'amusaient à chercher des flèches taillées par les Tehuelches, et une de leurs façons préférées de les exposer était de les disposer dans des cadres, comme celui qu'il y avait sur cette photographie.

Dans le cas présent, les flèches étaient disposées sous forme d'un triangle de douze pièces – cinq sur chaque sommet – au centre duquel il y avait une pointe un peu plus large que les autres.

Je zoomai sur l'écran et j'examinai les flèches, une par une. Il y en avait treize au total, toutes en forme de larme et de la même nuance irisée, identiques à celle que j'avais trouvée sur la scène du crime.

Le reflet renvoyé par le coin de l'encadrement montrait que les pièces étaient protégées par une vitre, dont j'estimai qu'elle avait approximativement les mêmes dimensions que celle que j'étais en train de reconstituer sur ma table.
- Il faut montrer ça à la juge, dis-je.
- Tu te manifestes un peu tard, je lui ai déjà montré.
- Et qu'a-t-elle dit ?
- Qu'elle va envoyer la photo à un ami archéologue de Buenos Aires, bien que je ne pense pas qu'avec ça on arrive à grand-chose.
- Moi non plus.
Et je ne pouvais pas me tromper plus lourdement.

CHAPITRE 6

Il faisait si froid ce matin-là qu'en pénétrant dans la morgue du tribunal, par contraste, l'atmosphère m'y sembla chaude.

Vu du dehors, cet endroit où étaient pratiquées toutes les autopsies ressemblait plus à un garage qu'à autre chose. Et, en fait, il avait même les dimensions d'un garage. Une fois à l'intérieur, quiconque ne sachant pas à quoi il servait aurait dit que c'était un débarras rempli de vieux cartons au centre duquel trônait une baignoire en inox un peu bizarre et où l'on remarquait, dans un coin, une glacière aux dimensions inhabituelles.

Luis Guerra, le médecin légiste de Puerto Deseado, était assis sur une chaise, les pieds posés sur la table d'autopsie. Il avait dans les mains un téléphone que sa fille venait de lui offrir pour son cinquante-cinquième anniversaire. Il le manipulait en touchant l'écran avec l'index et le regardait, les lunettes sur le bout du nez. Par terre, à côté de lui et pour toute compagnie, son inséparable tasse de café.

- Enfin te voilà, Laurita. J'étais sur le point de commencer tout seul. La vingtaine d'années qu'il avait passée à Puerto Deseado n'avait pas gommé son accent de Córdoba.

- Tu m'as dit à huit heures. Il est moins dix. Non, laisse, reste assis, c'est à moi de me baisser pour te faire la bise.

Riant de ma sortie, Luis saisit sa tasse et se releva quand même pour me claquer un petit baiser sur la joue.

- Tu veux un café ?

- Non, merci, répondis-je, en accrochant mes affaires à un portemanteau. Puis, j'ouvris une armoire et enfilai une paire de gant en latex. Si tu es prêt on y va, car la journée d'aujourd'hui promet d'être très longue.

- Comme tu veux. Ici, le médecin légiste, c'est moi, donc je fais ce que demande l'assistante.

- Eh oui, parce qu'autrement, tu te retrouveras sans assistante, répliquai-je avec un sourire.

C'était vrai. Ma présence à la morgue était totalement volontaire. Je n'étais pas obligée d'assister aux autopsies, mais je le faisais parce ça rendait la tâche plus facile à Luis et aussi parce que j'apprenais énormément de choses qui me servaient ensuite pour mieux comprendre les scènes d'homicides. Et puis, Luis était un professeur fabuleux.

- Il est derrière laquelle ?, demandai-je en montrant les quatre portes de la glacière.

Luis mit aussi des gants et contourna la table de dissection. Il saisit la poignée d'une des portes et la tira vers lui en faisant plusieurs pas en arrière. Le plateau d'aluminium de deux mètres glissa vers l'extérieur jusqu'à ce que le corps de Julio soit totalement à découvert.

En le voyant, j'eus un pincement à l'estomac semblable à celui que j'avais ressenti la première fois que j'étais entrée dans une morgue. Pourtant, cela remontait à quinze ans et, pendant toute cette période, en tant que policier, étudiante en criminalistique, puis tout au long de mon parcours professionnel, je n'avais plus jamais éprouvé cette sensation. Les cadavres étaient devenus un outil de travail.

Mais celui-là n'était pas n'importe quel cadavre.

Luis saisit les deux poignées du plateau du côté de la tête. Moi, celles du côté des pieds.

- Un, deux, trois, compta-t-il. Et, à nous deux, nous soulevâmes le corps pour le déposer sur la table d'autopsie.

Les pompiers, qui se chargeaient toujours du transport des corps à la morgue, les déposaient dans la chambre froide dans l'état où ils les avaient trouvés. Ce qui expliquait pourquoi Julio était encore couvert de sang et pourquoi il portait les vêtements qu'il avait au moment de sa mort.

Luis lui retira ses mocassins et ses chaussettes, puis il prit des ciseaux sur une des étagères derrière lui et commença à découper son pantalon. Je fis de même avec la chemise blanche éclaboussée de sang.

Quand le corps fut complètement nu sur la table, Luis ouvrit la douche et entreprit de le laver. Il lui fallut au moins dix minutes pour enlever tout le sang séché qui lui couvrait le visage, les cheveux, le cou et les mains. Quand il eut terminé, il me montra du doigt son téléphone, qu'il avait laissé sur une autre étagère à côté de sa tasse de café.

- Regarde si celui-là a une fonction dictaphone, comme le tien.

- Ils l'ont tous.

- Bon, enlève tes gants et mets-le-moi sur enregistrement, comme ça nous pouvons commencer. J'en ai assez de cette vieille guimbarde dans laquelle les bandes se coincent tout le temps, dit-il en montrant un magnétophone à cassette qui devait avoir à peu près mon âge et avec lequel Luis enregistrait, jusqu'à ce jour, le compte-rendu de ses autopsies.

J'installai une application dictaphone sur le téléphone du légiste, je lançai l'enregistrement et laissai l'appareil sur une table à quelques centimètres des cheveux courts et encore humides du cadavre.

- Je suis le médecin légiste Luis Guerra. Il est 8h24 du matin, nous sommes le 8 août 2017. Je suis assisté de l'officier Laura Badía pour procéder à l'autopsie de Julio Ortega, à la morgue du Tribunal de première instance de Puerto Deseado. Le corps présente de multiples lacérations et des hématomes sur le visage et le crâne produits par des coups, probablement des coups de poing.

Luis parcourut des yeux le corps de Julio et s'arrêta sur son ventre.

- Il y a également des hématomes dans la zone de l'abdomen, certains s'étendent jusqu'au sternum et la partie inférieure du thorax.

Luis palpa l'estomac puis observa les bras, en les levant. Son regard se fixa sur le dos d'une des mains. Du revers du poignet, il fit descendre ses lunettes sur l'arête de son nez et s'approcha pour mieux scruter la main de Julio.

- Ces marques ont attiré mon attention quand j'ai examiné le corps la nuit où nous l'avons trouvé. Qu'est-ce que c'est ? lui demandai-je en remettant mes gants.

- Des lésions circulaires, mais elles sont anciennes. Elles étaient en voie de cicatrisation. On dirait des brûlures.

- Comme si on avait écrasé des mégots sur sa peau, dis-je en prenant la main pour l'examiner.

En touchant le cadavre, je ressentis à nouveau cette angoisse, au creux de l'estomac, et je lâchai sa main.

Les phalanges de Julio firent *clunk* en heurtant la surface en inox.

- Ce ne sont pas des brûlures de cigarettes, poursuivit Luis, catégorique. Elles sont trop profondes. Une cigarette s'éteindrait avant d'avoir traversé l'épiderme.

- Alors ?

- Je dirais un chalumeau ou un métal chauffé à blanc, mais ça, nous en aurons le cœur net lorsque nous analyserons les tissus au microscope.

- De quand datent ces brûlures ? Une semaine ?

- Oui, ou peut-être un petit peu plus. C'est une des nombreuses inconnues que résoudra l'analyse. Mais commençons par l'examen macroscopique car, pour le microscope, nous avons plus de temps.

Luis s'approcha d'une des étagères et ouvrit une boîte en métal qui avait la taille d'un livre. Il se retourna ensuite, tenant son bistouri dans une main et mon couteau dans l'autre.

Je l'avais fait fabriquer par un artisan de Buenos Aires quand j'avais commencé à faire des autopsies à la faculté. La plupart de mes camarades préféraient le bistouri mais moi, je trouvais le couteau plus commode. Et plus sûr aussi, car j'en avais moi-même conçu le manche et prévu un renflement au niveau de la jointure du bois et de la lame pour éviter de me larder un doigt par inadvertance.

- Il faut vraiment l'ouvrir ?, demandai-je.

- Et oui, c'est une autopsie, me répondit-il, étonné. Nous ne savons pas si la mort a été provoquée par les coups qu'il a reçus sur la tête ou sur l'abdomen. Ou si elle est due à tout autre chose. Nous devons au moins savoir s'il y a eu une hémorragie interne.

J'acquiesçai en silence. Pendant un instant, je me demandai à quoi cela servait, de savoir s'il était mort de coups reçus sur la tête ou ailleurs. N'importe qui aurait dit qu'on l'avait tué en le rouant de coups, et c'était ce qui importait vraiment.

Je fermai les yeux et inspirai profondément. Je fus horrifié de me voir raisonner de la sorte, comme le premier venu. Comme si j'ignorais l'effet papillon que peut avoir un tel détail sur la sentence d'un jugement.

- Tu veux l'ouvrir, toi ? demanda Luis, en me tendant le couteau au-dessus du cadavre.

- Oui, mentis-je.

- Alors tu prends ton couteau. Non ?

- Oui, bien sûr.

J'inspirai encore profondément et observai la lame en inox, rayée par les innombrables fois où elle était passée sur la pierre à aiguiser. Au-dessus de nos têtes, la lumière crue qui se reflétait sur le métal se déplaçait sur le corps inerte au rythme du tremblement de mes mains.

- Qu'est-ce qui t'arrive ?

- Je ne sais pas. Je ne me sens pas très bien.

- Ne t'avise pas de vomir ici, tu vas me gâcher tout le travail, Laurita.

Il accompagna cette phrase d'un sourire, mais son expression se figea quand il me regarda dans les yeux.

- Laura, tu es toute pâlotte. Veux-tu que nous sortions un moment ?

Je fis non d'un mouvement de tête.

- Tu veux rentrer chez toi ? Je peux me débrouiller tout

seul.

Je refusai plus vivement encore et j'appuyai le fil du couteau sur le sternum meurtri de Julio. Il ne me restait plus alors qu'à appuyer et à faire glisser la lame vers le bas comme je l'avais fait tant de fois.

- Putain, qu'est-ce qu'il t'arrive Laura ? pensai-je en mon for intérieur.

- Rien. J'inspire profondément trois fois et je commence, me répondis-je à moi-même.

La vue du corps nu et livide de Julio me ramena à la mémoire le premier baiser que nous avions échangé à la sortie de l'école de commerce, j'avais alors seize ans. J'inspirai. Je me souvins des lettres d'amour à l'eau de rose qu'il m'écrivait et, pourtant, c'était moi qui étais dingue de lui. Je me souvins aussi que, chaque fois que je m'asseyais à mon bureau pour répondre à ses lettres, je ne trouvais rien de sincère à lui écrire. Si je voulais sortir avec Julio Ortega, c'était simplement parce qu'il avait la cote, à l'époque, mais il ne me plaisait pas.

Je soufflai, et je me remémorai le jour où j'avais reconnu que je ne ressentais rien pour lui et je le lui avais dit.

J'inspirai, et je me souvins de nos retrouvailles fortuites, à peine deux mois plus tôt, après toutes ces années. J'expirai à fond, un grand coup.

- Pardon, Luis, je ne peux pas.

Je me dirigeai rapidement vers la sortie de la morgue, abandonnant le couteau sur ce torse que j'avais caressé quelques semaines plus tôt.

CHAPITRE 7

Je laissai mes vêtements tomber à mes pieds, les uns après les autres, jusqu'à ce que je me retrouve complètement nue dans ma salle de bains. Je m'étais dévêtue, machinalement, comme un automate. Dans ma tête, j'étais encore à la morgue où, vingt minutes plus tôt, et pour la première fois de ma vie, j'étais restée paralysée devant un cadavre.

Je regardai un moment les deux traînées rouges sur le rideau de douche. La forme de ces marques faisait penser de toute évidence à deux mains tachées de sang ayant tenté de s'accrocher au rideau en plastique avant de tomber au sol. L'heure était peut-être venue de changer ce rideau, me dis-je en le tirant avant d'ouvrir le robinet. Un moment, je me remis à rêver de partir m'installer dans la Cordillère pour m'y consacrer à une autre activité. Cette idée me venait de plus en plus fréquemment, même si elle ne persistait jamais longtemps.

Quand le filet d'eau fut suffisamment chaud, j'entrai dans la cabine de douche, je fermai les yeux et mis la tête sous le jet. Je ne sais pas combien de temps je restai ainsi, immobile, laissant cette pluie me fouetter le visage, et m'efforçant en vain de ne pas penser. L'image du corps de Julio semblait imprimée sur mes rétines.

Je n'avais jamais été paralysée de la sorte au cours d'une autopsie. Pas même devant le cadavre squelettique, à la peau fine, de Mademoiselle Cristina, ma maîtresse d'école. Ni devant le corps boursouflé de Daniela, ma voisine quand j'étais enfant, avec qui je sortais jouer dans la rue quand il ne faisait pas trop froid. Je n'étais pourtant pas un monstre dépourvu de sentiments. Bien sûr, ça m'avait fait énormément de peine d'apprendre que Daniela s'était noyée dans la ria, et de penser à ses deux petits qui n'auraient plus de maman. J'avais même pleuré avant de pénétrer dans la morgue mais, une fois à l'intérieur, j'avais fait mon travail normalement. Tout compte fait, ce corps n'était plus une personne mais rien d'autre qu'un amas de tissus que le légiste et moi, nous disséquions avec précision, en quête de réponses.

Jusque-là, j'avais toujours réussi à laisser mes sentiments en dehors du travail. Un travail qui éprouvait un grand nombre de personnes et que très peu de gens étaient capables d'accomplir. Un travail que presque personne ne comprenait.

Un travail qui m'enchante, même s'il n'est pas toujours agréable, pensai-je tandis que je me frottais la tête pour faire mousser le shampooing. Je souris, bien qu'un peu surprise de découvrir que je me répétais à moi-même cette phrase dont j'avais usé pour me défendre les milliers de fois où les gens m'avaient avoué, alors que personne ne leur avait rien demandé, qu'eux, ils auraient été bien incapables de faire un travail pareil.

Tout serait bien différent si j'étais restée à Buenos Aires après la faculté. Dans ce cas, oui, je ne supporterais plus mon travail. Mes amies, là-bas, avaient passé des années à se spécialiser dans un domaine précis. Celle qui se consacrait à la balistique analysait des projectiles cinq jours par semaine. La spécialiste des empreintes analysait des empreintes. Moi, en revanche, étant la seule experte légiste du village, je jouais un peu de chaque instrument. Parfois, j'analysais des traces de freins, d'autres fois, je photographiais des taches de sang et, de temps en temps, j'aidais Luis pour une autopsie qu'il avait l'art de toujours transformer en cours magistral.

Bien sûr que ce que je faisais me passionnait ! Sinon, je n'aurais pas paramétré mon téléphone pour qu'un coup de feu retentisse à chaque fois que je reçois un message, pas vrai ? Et je n'aurais pas non plus demandé à la professeure de peinture de ma tante de peindre des traces de mains ensanglantées sur mon rideau de douche.

Ce qui m'était arrivé aujourd'hui avait été une défaillance, conclus-je. Une chose qui pouvait arriver à n'importe qui. Rien qui pût justifier que je m'enfuie dans la Cordillère.

CHAPITRE 8

J'avais presque fini de me savonner le corps quand le débit d'eau de la pomme de douche commença à faiblir.

« Oh non, la barbe ! », m'écriai-je en me dépêchant de me rincer sous un filet d'eau qui diminuait à vue d'œil au point de ne plus être qu'un goutte-à-goutte.

- Merde !, hurlai-je en écartant brusquement le rideau.

C'était la troisième fois en moins d'un mois que je me retrouvais sans eau. Pour ça oui, j'enviais mes amies de Buenos Aires. Certes, elles passaient leurs journées à analyser des empreintes mais, au moins, elles n'avaient pas de mauvaise surprise au moment de se doucher.

Quelques années plus tôt, l'une d'entre elles était venue me rendre visite et, au début, elle n'arrivait pas à comprendre qu'à Deseado, le réseau d'adduction n'était alimenté en eau que pendant quelques heures, tous les quatre jours. Le réservoir de chaque maison se remplissait pendant ce laps de temps, et chacun s'organisait pour gérer jusqu'à la fois suivante. Quand je lui avais raconté que beaucoup de gens se levaient aux aurores, à l'heure où l'eau arrivait, rien que pour mettre en route leur lave-linge, elle était partie d'un grand éclat de rire, convaincue que je me moquais d'elle.

Je me passai une serviette sur tout le corps pour essuyer l'eau savonneuse que j'avais partout sur les cheveux, sur les jambes et dans le dos.

C'est alors que j'entendis la détonation dans la salle à manger. J'avais reçu un message. Je sortis de la salle de bains, enveloppée dans ma serviette, pour aller prendre mon téléphone.

J'avais deux appels manqués de la juge. Celui que j'avais reçu sur *WhatsApp* était aussi d'elle ; elle me demandait de la rappeler de toute urgence. Ce que je fis. Elle décrocha avant même la deuxième sonnerie.

– Laura, excuse-moi d'avoir insisté. C'est un bon moment pour se parler ?
– Oui, mentis-je. Vous voulez que je vienne au tribunal ?
– Pas besoin. C'est important, mais je peux tout te dire par téléphone. Je viens de parler à un de mes amis, un archéologue de Buenos Aires. Un grand spécialiste des Tehuelches.
– Celui à qui vous avez envoyé la photo des flèches que nous avons trouvée dans le téléphone d'Ortega ?
– Lui-même. Écoute, parce que ça va te plaire. Il s'agit d'une collection très particulière. On sait qu'au marché noir, il y a des gens qui sont prêts à débourser de grosses sommes d'argent pour ces flèches. Des collectionneurs privés, des excentriques, obsédés par le désir de posséder quelque chose d'unique au monde.
– Énormément d'argent ? Combien ?
– Au début, Alberto ne voulait pas se risquer à avancer un chiffre. Il m'a précisé, je le cite, « qu'il était très difficile de mettre un prix sur une chose qui appartient au patrimoine de l'humanité, à un moment de l'histoire, et qui représente en même temps une donnée scientifique », dit-elle en imitant une voix d'homme sur un ton exagérément solennel. Mais je lui ai un peu mis la pression et il a fini par me confier que, s'il devait vraiment avancer un prix, ce serait dans les cinquante mille dollars.
– Ce qui veut dire que ces flèches pourraient être le mobile de l'homicide.
– C'est du moins une possibilité à prendre en compte. L'agresseur a pu sortir précipitamment et heurter involontairement quelque chose avec le cadre. D'où ces éclats de verre et la pointe de flèche que tu as trouvée.
– C'est possible. Mais ils ont été rassemblés avec un balai.
– C'est vrai que ça ne colle pas. Quoi qu'il en soit, maintenant que nous connaissons l'énorme valeur des flèches, l'hypothèse d'un vol est à considérer très sérieusement. Tu ne

crois pas ?

- Bien sûr, acquiesçai-je. Pourriez-vous me passer le numéro de votre ami ? J'aimerais pouvoir lui poser quelques questions.

- Ce n'est pas nécessaire. Il arrive à Deseado après-demain.

- Vraiment ? L'affaire justifie qu'il se déplace ?

- Il est archéologue, Laura. Je ne pense pas qu'il ait une vie particulièrement trépidante.

Ce commentaire m'arracha un sourire, je sentis la peau de mes pommettes se tendre sous l'effet du savon.

Après avoir dit au revoir à la juge, je partis dans ma chambre et fourrai dans un sac une tenue de rechange. J'allais devoir finir de me doucher chez ma tante.

- Cinquante mille dollars, répétai-je tout haut en prenant mon sac sur l'épaule.

Cet homicide commençait maintenant à avoir du sens.

CHAPITRE 9

Mon ancien bureau au commissariat était presque dans l'état où je l'avais laissé presque trois ans plus tôt. Sur ma table s'étaient progressivement accumulés des papiers dont mes collègues ne savaient sans doute que faire. L'ordinateur, qui n'était déjà pas de première jeunesse à l'époque où je m'en servais, avait l'air d'une antiquité. Du moins, ce qu'il en restait, car un rapace qui était passé par-là avait emporté l'écran et le clavier. Peut-être était-ce aussi lui qui avait changé les chaises du bureau pour me laisser les plus déglinguées.

De toute façon, mon passage dans ce bureau n'était qu'une simple formalité car nous avions convenu, avec la juge et le commissaire, que je continuerais à travailler dans le laboratoire du tribunal. Je m'apprêtais à mettre un peu d'ordre sur le bureau, dans le seul but de notifier à mes anciens collègues que j'étais de retour, lorsqu'on frappa à la porte. En me retournant, je me trouvai face au commissaire Lamuedra, qui était accompagné d'une femme d'une bonne trentaine d'années, que je reconnus comme étant la fiancée de Julio Ortega.

- Mademoiselle Guillón, je vous présente l'officier Laura Badía. Elle travaille pour la police et le tribunal, et elle est en charge de l'enquête sur l'homicide de votre fiancé.

Noelia Guillón me salua d'un léger signe de la main. Elle n'était pas maquillée et avait les yeux rouges et gonflés.

- Noelia était aux chutes d'Iguazú et elle a pris le premier vol pour le sud quand elle a été informée de l'homicide, poursuivit Lamuedra. Elle vient d'arriver et la première chose qu'elle a faite, en arrivant sur place, a été de venir nous voir. Apparemment, le sergent Debarnot a oublié de vous dire que vous n'étiez pas tenue de vous déplacer immédiatement.

Cette dernière phrase m'était destinée mais je fis semblant

de l'ignorer.

- Je suis vraiment désolée de ce qui est arrivé à votre fiancé, fis-je. Nous allons faire tout notre possible pour découvrir qui lui a fait ça. Quand vous serez en état, j'aimerais vous poser quelques questions.

- Nous pouvons en parler tout de suite, si vous voulez.

J'échangeai un regard avec le commissaire.

- Il n'est pas indispensable de le faire si vite, si vous avez besoin de temps pour vous remettre, lui répondis-je.

- Non, maintenant ça ira.

- Dans ce cas, allons-y, intervint Lamuedra, en se dirigeant vers la salle d'interrogatoire.

***

Nous pénétrâmes dans la salle et nous nous installâmes autour d'une table en acier trempé, au centre de laquelle était installé un anneau servant à menotter les suspects les plus violents. Je saisis une petite télécommande qui se trouvait à proximité et visai la caméra jusqu'à ce qu'une lumière rouge s'allume.

Avant de s'asseoir, Noelia Guillón retira son manteau d'hiver. Elle portait un pull-over rouge en tricot et un jean bleu qui soulignait une silhouette digne d'une femme dix ans plus jeune qu'elle. En plus d'être professeure d'aérobic et de passer ses journées à s'entraîner pour que son cul ait la fermeté d'une pastèque, il faut reconnaître qu'elle avait aussi d'excellentes prédispositions génétiques.

Jamais je n'aurais osé le raconter à personne, mais le charme de cette femme était une des raisons qui m'avaient conduite à coucher avec son fiancé cette nuit-là, huit semaines plus tôt.

- Prête, on peut commencer ? demanda Lamuedra.

- Prête, répondit-elle.

D'un geste, le commissaire me céda la parole.

- Quand avez-vous vu Julio pour la dernière fois ?
- Le soir, deux jours avant qu'on le tue. Nous avons dîné chez lui. Il avait préparé un poulet à la bière, mon plat préféré, et l'idée était de passer une soirée à deux, tranquilles, de regarder un film, enfin tout ça... C'était comme un petit au revoir car, le lendemain, je partais pour les chutes d'Iguazu.
- Vous avez une idée de qui peut lui avoir fait une chose pareille ?
- Non, vraiment, non.
- Un comportement inhabituel chez lui au cours des derniers jours ?
- Ah, ça, oui, en effet. Il était un peu bizarre ces derniers temps.
- Bizarre en quel sens ?
- Plutôt très affectueux avec moi. Voire même trop, dirais-je. Comme s'il voulait se faire pardonner quelque chose.
- Se faire pardonner quelque chose ?

Noelia fixa la lumière rouge de la caméra pendant quelques secondes.

- Je crois qu'il me trompait avec une autre.

« Merde », pensai-je, tandis que mon cœur s'emballait. Si jamais on découvrait que j'avais eu, peu de temps auparavant, une aventure avec Julio, on me flanquerait un rapport pour non-déclaration de conflit d'intérêts au moment où l'on m'avait annoncé que j'étais chargée de l'enquête. Et je pourrais dire adieu à ma carrière au tribunal.

J'essayai de me rasséréner. D'un point de vue purement rationnel, je ne pouvais pas être à l'origine de son changement d'attitude. Notre histoire remontait à deux mois, elle était le fruit du hasard, d'une cuite monumentale, et n'avait duré qu'une seule nuit. Après l'anniversaire d'une amie, nous étions allées danser, ce que je ne faisais presque jamais. À un moment, je m'étais retrouvée seule et m'étais aperçue que Julio Ortega était juste à côté de moi. J'avais été envahie d'une bouffée de fraîcheur inexplicable qui m'avait ramenée à mon adolescence, quand il était le garçon le plus désiré de tout le village, et moi, une des nombreuses filles de quinze ans avec lesquelles il flirtait.

- Excusez-moi, mais je dois vous poser cette question, mademoiselle Guillón, intervint le commissaire. Avez-vous le moindre soupçon quant à l'identité de la personne avec laquelle, d'après vous, votre fiancé vous trompait ?

Je me levai si énergiquement que je renversai ma chaise.

- Qu'est-ce qu'il y a ?, demanda Lamuedra.
- Pouvons-nous vous offrir un café, Noelia ? Un verre d'eau ?
- Non, mais si vous aviez un mouchoir... dit-elle, en essuyant du dos de la main son nez qui commençait à couler.

J'acquiesçai et me dirigeai vers la porte de la salle, mais Lamuedra leva la main pour m'arrêter. Il se pencha en avant et sortit un paquet de mouchoirs en papier.

- Tenez ! Comme je vous le disais, vous avez une idée de qui pouvait être la supposée maîtresse de votre fiancé ?

Noelia Guillón tordit la lanière de son sac qui était posé sur ses genoux. Moi, j'avalai ma salive.

- J'ai des soupçons. La dernière nuit où nous avons dîné ensemble, j'ai voulu vérifier. Je lui ai demandé d'être sincère, je lui ai dit que j'allais lui pardonner, mais que je voulais savoir la vérité. Lui, évidemment, a tout nié en bloc.
- Qui soupçonnez-vous ? C'est important, insista le commissaire.
- Julio allait souvent au casino. Tous les vendredis et tous les samedis. Et aussi deux ou trois jours en semaine. Moi, je l'y ai accompagné quelquefois, et je me souviens parfaitement d'une femme, presque une vieille, qui le saluait toujours très chaleureusement. Un jour, quelqu'un m'a raconté qu'il les avait vus quitter le casino et monter ensemble dans un taxi. Même si, cette fois-là, je suis sûre qu'après l'avoir déposée chez elle il était rentré directement chez lui, car je l'y attendais.

Je respirai profondément en faisant en sorte que cela ne se voie pas trop.

- Quand il est rentré, il n'allait pas très bien, il a vomi deux fois. Le lendemain matin, il n'est pas allé ouvrir *L'Impekable*.

- Ça lui arrivait souvent ? Je veux dire, de rester tard au casino et ne pas ouvrir son magasin le lendemain.

- De temps en temps.

- Il dépensait beaucoup au casino ?, demandai-je.

- Parfois, oui. Je sais que certains soirs il lui arrivait de perdre énormément, mais je n'ai jamais su exactement combien Julio gagnait avec *L'Impekable*.

- Diriez-vous qu'il dépensait trop ?

- Nous étions seulement fiancés et nous avons des comptes séparés. Si je devais me prononcer, je dirais qu'il ne dépensait pas plus que ce qu'il avait.

- Revenons à l'infidélité supposée de monsieur Ortega, insista Lamuedra. Avez-vous d'autres raisons de le soupçonner d'avoir une liaison avec une autre femme ?

- Bien sûr. Il y a environ trois semaines, je me suis rendue chez lui, le soir, pour lui faire une surprise. Sa voiture était garée devant sa porte, mais, quand je suis entrée, il n'y avait personne.

- Certaines personnes, quand elles vont au casino, préfèrent prendre un taxi, suggéra le commissaire. Elles ont honte de garer leur voiture devant la porte de l'établissement.

- Oui, mais Julio n'a jamais attaché d'importance à ces choses-là. De toute façon, il n'était pas non plus au casino parce que, après avoir essayé plusieurs fois de le joindre sur son téléphone, je suis allée le chercher là-bas. J'ai même interrogé plusieurs employés et ils m'ont dit qu'ils ne l'avaient pas vu ce soir-là. Alors je suis retournée chez lui et je me suis garée loin, en attendant qu'il rentre.

La femme entrecroisa les doigts de ses deux mains et les étira jusqu'à en faire craquer les jointures.

- Il s'est pointé à six heures du matin dans un taxi.

- Et il vous a dit où il était allé ?

- Non, non je ne le lui ai pas demandé. Je n'ai pas eu le courage d'aller lui parler.

En entendant tout cela, je fus soulagée de savoir qu'il ne s'agissait pas de la nuit que j'avais passée avec Julio.

- Mademoiselle Guillón, Monsieur Ortega collectionnait-il les flèches ? demandai-je.

La fiancée de Julio leva les yeux et fronça les sourcils.

- Quoi ?

- Collectionnait-il les pointes de flèches ?

- Non. Et quel rapport cela a-t-il avec notre conversation ?

- Le jour de l'homicide, nous avons trouvé des débris de verre dans l'entrée de sa maison. Ils ne correspondaient à aucune fenêtre, ni à la vitrine d'aucun meuble. En fouillant dans son téléphone, nous avons trouvé la photo d'un cadre contenant des flèches et dont les dimensions coïncident avec celles de ces bris de verre.

- Ces flèches n'ont rien à voir avec l'assassinat.

- Vous connaissez les flèches dont je vous parle ?

- Oui, bien sûr. Julio a trouvé ce cadre dans le double fond d'une armoire de la maison. Cela faisait environ six mois qu'il l'avait héritée de son oncle. Et certains de ses meubles anciens étaient si grands et si lourds que Julio avait décidé de les conserver. À l'intérieur de celle qui était dans la pièce qui servait de bibliothèque à son oncle, il a découvert une trappe très bien cachée et c'est en l'ouvrant qu'il a trouvé ce cadre.

À ces mots, je notai « retourner à la maison d'Ortega et examiner le double fond de l'armoire ».

- Pourquoi êtes-vous sûre que ces flèches n'ont rien à voir avec le crime ?

- Parce que Julio ne se serait pas fait massacrer pour des flèches qui ne l'intéressaient pas le moins du monde. La preuve, il a laissé ce cadre posé à même le sol, contre le mur de la salle à manger, pendant des semaines. Certains jours il disait qu'il allait en faire don au musée. Pour quelqu'un qui s'y entend, c'était une collection magnifique. Les pièces étaient taillées dans une pierre iridescente que je n'avais jamais vue pour aucune pointe de flèche de la région.

- Dans quelle mesure diriez-vous que vous vous y connaissez en art lithique ? demanda le commissaire.

- Mes parents en possèdent une très grande collection. À une époque, ils avaient même envisagé d'ouvrir un petit musée privé, mais, maintenant, ils ont décidé de la donner intégralement au musée municipal, quand le moment sera venu.

- Et vos parents ont-ils vu les flèches qu'Ortega a trouvées dans cette armoire ?, insista-t-il

- Non. Je leur ai raconté l'histoire, qui les a vivement intéressés, naturellement. En fait, mon papa m'a dit que ça l'intéressait de les voir, mais je n'ai jamais pensé à les lui amener.

Nous restâmes tous les trois silencieux pendant un instant.

- Nous en avons presque terminé, dis-je. De mon côté, juste une petite chose encore. Au cours de l'autopsie, nous avons constaté la présence de blessures circulaires sur le dos de ses mains.

- Ah oui, répondit-elle, presque indifférente. Il les avait depuis plus de deux semaines.

- Savez-vous d'où elles viennent ?

- Un pari avec ses amis du poker. Ils se réunissent... ils se réunissaient pour jouer une ou deux fois par semaine à *La Preciosa*.

La Preciosa était un bar clandestin où on ne voyait jamais personne mais qui était toujours ouvert. Dans l'arrière-boutique, il y avait, depuis des années, une table de poker clandestin.

- Pour quel genre de pari un type accepte-t-il... Le commissaire laissa sa phrase en suspens.

- Moi, je lui ai posé la même question. Pour quel genre de pari un type accepte-t-il qu'on lui écrase des mégots sur les mains, dites-moi ? À ce qu'il m'a dit, ils se sont saoulés plus que de raison et la chose a dérapé.

Lamuedra et moi échangeâmes un regard bref mais entendu. Moi aussi, j'avais pensé qu'il s'agissait de brûlures de cigarette, mais le médecin légiste avait été formel quand il les avait examinées : une cigarette ne pouvait pas pénétrer la chair aussi profondément.

Soit Julio Ortega avait menti à sa fiancée, soit c'était sa fiancée qui nous mentait.

CHAPITRE 10

Lors de notre seconde visite de la maison de Julio Ortega, nous découvrîmes le double fond de l'armoire, conformément aux indications de sa fiancée. Sauf qu'il était vide. Nous fouillâmes également la maison pour la seconde fois, sans rien découvrir de nouveau.

Quand nous eûmes terminé, Manuel retourna au tribunal. Moi, en revanche, je parcourus à pied les deux cents mètres qui séparaient la maison de Julio de celle de ma tante Susana, où j'avais grandi. Je toquai à la porte de bois peinte en vert.

- Et ta clef ? me demanda-t-elle en ouvrant.
- Bonjour quand même, ma tante.
- Il s'est passé quelque chose ?
- Pourquoi faudrait-il qu'il se passe quelque chose pour que je vienne te voir ? Je lui donnai un baiser sonore tout en me hâtant d'entrer dans la maison pour échapper au froid du matin.
- Bon, je ne sais pas, tu ne viens pas souvent. D'ailleurs ça fait presque un mois que je t'ai acheté ça.

De sa main ouverte, elle désigna un coin de la salle à manger où trônait une fougère dont le feuillage était disproportionné par rapport à son pot.

- Mais, ma tante, tu n'aurais pas dû te donner tout ce mal. En plus, tu sais que je ne sais même pas prendre soin des cactus. Je vais la faire crever.
- Non, tu ne vas pas la faire crever. À ton âge, toi qui n'as ni enfants, ni mari, ni fiancé, pas même un chien, il faut bien commencer par quelque chose.
- Toi alors, tu es toujours aussi diplomate !
- Si tu venais me voir plus souvent, peut-être que je serais plus gentille avec toi.
- J'ai énormément de travail, ma tante. Pour dire, figure-toi qu'à l'heure où je te parle, je suis en plein travail.

J'accrochai mon manteau à une patère dans le vestibule, juste en dessous de la statuette d'une vierge bleu clair logée dans une petite niche du mur, souvenir de son séjour au couvent lorsqu'elle avait failli devenir religieuse. Peu de temps avant de rentrer dans la police.

- Alors, qu'est-ce qui t'amène dans le coin maintenant ?
- Je viens te demander des conseils d'experte.
- Tu vois que j'avais raison !

Je ne sus quoi lui répondre. C'était vrai que je ne venais presque jamais la voir.

- Des conseils d'experte, répéta-t-elle, en me souriant. Ne me dis pas que tu t'es finalement décidée à apprendre à cuisiner.
- Plutôt mourir, fis-je sur le ton de la plaisanterie et en pointant un doigt vers le haut.
- Ne dis pas de choses pareilles ! Dieu me garde de me retrouver toute seule à payer tes funérailles. Si au moins tu avais d'autres parents pour que nous partagions les frais !

Sa réplique me fit rire. Si, de l'époque du couvent, elle avait conservé toute sa dévotion catholique, de ses trente années dans la police, alors qu'elle avait été l'une des premières femmes policiers de la province, elle avait gardé l'air revêche et l'humour acerbe indispensables pour survivre dans une ambiance de travail clairement phallocrate.

- Tu viens donc me demander un service.
- Quelque chose dans le genre.
- Il me semblait bien ! Tu sais que tu ne vas pas t'en tirer à si bon compte, n'est-ce pas ? De ses doigts tordus, elle fit mine de me viser avec un revolver imaginaire.
- Ma tante, faut-il toujours que nous ayons la même conversation ? Tu sais très bien que sans ta licence de port d'arme, je ne peux pas t'emmener t'exercer au tir.
- Mais le médecin ne veut pas me délivrer de certificat ! Il dit qu'avec des mains comme ça, je ne peux pas manier d'arme à feu. J'aimerais bien l'emmener, lui, au stand de tir,

pour voir lequel de nous deux tire avec le plus de précision.

Bien que retraitée de la police depuis huit ans, ma tante n'avait jamais interrompu ses exercices mensuels au stand de tir. Mais, il y a de cela six mois, la progression irrémédiable de l'arthrite dans ses mains l'avait empêchée de renouveler sa licence.

- Sinon, on part à la campagne pour la journée, on dispose des bouteilles en hauteur sur des pierres, et on tire avec le Brolin, suggéra-t-elle, en faisant référence au Browning neuf millimètres que nous, les policiers, utilisions presque tous.

- Avec mon arme règlementaire ? Tu n'y penses pas !

- Ou avec la mienne.

- Encore moins ! Ton revolver, tu ne peux pas le sortir de cette maison. Ce n'est même pas légal que tu le détiennes encore.

Ma tante leva un doigt pour protester, mais se ravisa avant de prononcer un seul mot. Elle croisa les bras et me regarda d'un air coquin.

- Je suis venue parce que je veux te poser des questions sur les collections de pointes de flèches.

- Tu aurais pu commencer par là, s'exclama-t-elle avec un sourire.

En voyant son expression s'illuminer, n'importe qui aurait dit que l'idée d'aller s'exercer à tirer lui était complètement sortie de la tête. N'importe qui sauf moi, qui la connaissais trop bien. Son idée, telle une enfant, était de bien se tenir pendant un moment avant de me demander à nouveau ce que je venais de lui refuser.

- Tu veux boire quelque chose ? Un maté ? Un thé ?

Je lui répondis un thé avec du lait et, en traînant les pieds, elle se dirigea vers la cuisine pour mettre de l'eau à bouillir. Je m'approchai d'un des murs de la salle à manger et j'examinai un cadre que ma tante avait confectionné avec différentes pointes de flèches qu'elle avait trouvées au fil des milliers d'heures qu'elle avait passées dans la campagne, à regarder par terre, courbée en deux, les mains croisées derrière le dos.

Comme celles de la photo que nous avions trouvée dans le téléphone de Julio, les pierres taillées étaient collées sur un velours rouge et protégées par une vitre. Sauf que celles de ma tante étaient disposées en cercles concentriques et non en triangle et qu'elles étaient de couleurs plus courantes : marron, ocre, noir et quelques-unes d'un blanc laiteux.

J'étais toujours absorbée par ce cadre quand ma tante Susana revint, portant un plateau avec deux tasses, une théière et une assiette de biscuits.

- Alors, comme ça, tu veux qu'on parle de pointes de flèches ? Quelle coïncidence ! J'ai justement été fouiller l'autre jour, avec un groupe de la maison de retraite, à l'emplacement où les Tehuelches taillaient autrefois leurs pierres, sur la propriété des Garibaldi.

- Et vous avez trouvé des choses qui valaient le coup ?

- Plus ou moins. Moi, j'ai sorti une pointe de flèche cassée et quelques grattoirs. Ça devient de plus en plus difficile de trouver des pièces intactes, celles qui méritent d'être accrochées au mur.

- Combien de temps t'a-t-il fallu pour trouver toutes ces pointes de flèches ? demandai-je, en pointant un doigt sur le cadre.

- Voyons voir… Que je me rappelle... Cet encadrement je l'ai fait faire quand j'avais une cinquantaine d'années, avec les plus belles flèches que j'avais alors, et je les collectionne depuis toujours, aussi loin que je me souviens. Jusqu'à mes quinze ans, nous allions chercher des flèches au moins deux fois par semaine. Ensuite, quand mes parents m'ont envoyée au village vivre chez ta grand-mère pour que je termine mes études secondaires, j'y suis allée un peu moins. Mais, chaque fois que je le peux, j'essaie d'y aller. Même encore maintenant, alors que c'est tout juste si j'arrive encore à me baisser.

Je regardai à nouveau les flèches en évitant tout contact visuel avec ma tante, comme chaque fois qu'elle évoquait son enfance. J'avais toujours supposé que, si jamais elle voyait mon expression, elle devinerait que je connaissais la vérité.

Ses parents ne l'avaient pas envoyée au village pour qu'elle termine le secondaire. C'est elle qui avait décidé de s'en aller pour échapper à l'enfer dans lequel elle avait vécu toute son enfance. Un enfer qui avait duré onze ans, du jour où son beau-père avait commencé à abuser d'elle, alors qu'elle avait quatre ans, jusqu'au jour de ses quinze ans, où elle avait mis deux grains de strychnine dans son café au lait pour le voir mourir, étouffé par l'écume qui lui sortait de la bouche.

Vinrent ensuite le temps de la culpabilité, le couvent et, deux ans plus tard, elle décida de troquer ses habits de religieuse contre l'uniforme. Elle apprit alors à survivre dignement dans un corps de police presque exclusivement masculin. Jusqu'à ce que sa nièce et son mari, c'est-à-dire mes parents, meurent dans un accident de la route.

Même si je l'appelais tante Susana, en réalité elle était ma grand-tante, la petite sœur de ma grand-mère maternelle, de quinze ans plus jeune qu'elle. La seule parente qui me restait après l'accident de mes parents. Quand je m'étais retrouvée orpheline, à l'âge de seize ans, c'est elle qui s'était chargée de mon éducation jusqu'à la fin du secondaire. Et elle aussi, probablement, qui avait motivé ma décision d'intégrer l'école des officiers de police.

– En fait, je suis venue pour te demander ce que tu peux me dire d'un cadre comme celui-ci, repris-je en saisissant mon téléphone.

Sans regarder l'appareil, ma tante servit deux tasses avec la théière en porcelaine. Dans l'une d'elles, elle ajouta une goutte de lait et me la tendit.

– Alors, tu vas m'emmener m'exercer à tirer ?

Je soufflai un grand coup. Cette femme était un vrai cauchemar quand elle restait bloquée sur quelque chose. C'est sans doute génétique, car je suis comme elle.

– D'accord, un jour nous irons à la campagne et nous nous

exercerons à tirer. Mais je ne sais pas encore quand. Et arrête de me demander toujours la même chose chaque fois que nous nous voyons.

- On ne peut pas dire non plus que tu viennes si souvent !
- Tu vas regarder la photo, ou pas ?

J'approchai mon téléphone pour lui montrer la photo de la collection que nous avions trouvée dans le téléphone de Julio Ortega. En la voyant, elle posa la tasse sur la petite table et m'arracha le téléphone des mains.

- Où se trouve cette chose-là ? demanda-t-elle.
- C'est ce que je cherche à vérifier. Cette photo était dans le téléphone de la victime d'un homicide. Chez elle, j'ai aussi trouvé ça.

Je sortis de ma poche une petite boîte en plastique qui contenait la pointe de flèche irisée que je déposai à côté de ma tasse.

- Je crois qu'elle a peut-être un lien avec l'assassinat, ajoutai-je.
- Avec plusieurs assassinats, si ce qu'on dit est vrai. Même si sa réplique était un peu ironique, elle se garda de prendre la flèche irisée dans ses mains.
- Comment cela, avec plusieurs ?

Ma tante posa le téléphone sur ses genoux et me regarda par-dessus ses lunettes.

- Je veux dire que, si on en croit ce qui se dit dans le coin, elles ont évidemment un rapport avec des crimes. Il s'agit de la collection des flèches irisées. On suppose qu'à cause d'elles, les gens s'entretuent depuis des milliers d'années.
- De quoi parles-tu, ma tante ?

Ma tante leva les sourcils et posa une main sur un de mes genoux.

- Ma petite, il paraît que ces flèches sont très dangereuses. Je ne connais pas vraiment cette histoire, mais bien des gens croient qu'elles sèment la mort autour d'elles depuis qu'elles ont été taillées.

- Pour quelqu'un qui ne sait rien de cette histoire, tu connais des détails plutôt précis.
- En réalité, c'est une légende que racontent toujours les collectionneurs de flèches quand le sujet de la collection des flèches irisées revient sur le tapis.
- Ah bon. Et alors, que raconte-t-elle, cette légende ?
- Dans les grandes lignes, il paraît qu'une pierre irisée fut offerte à un cacique à la naissance de son fils. En voyant ses couleurs si extraordinaires, il réunit les meilleurs artisans de la région pour qu'ils taillent plusieurs flèches qui seraient le sceau du futur cacique quand il serait grand. Quand son fils, qui s'appelait Yalen ou Yalén, eut acquis une bonne maîtrise de l'arc et des flèches, ce qui arrive généralement vers l'âge de sept ans, d'après les archéologues, le cacique lui remit ces flèches et lui dit qu'avec elles, il serait capable de tuer n'importe qui. Il lui dit aussi que, le jour où il aurait des enfants, il devrait les remettre à l'aîné quand ce dernier aurait l'âge auquel lui, Yalén, les avait reçues.

Ma tante accompagnait son récit d'une gestuelle exagérée, comme quelqu'un qui joue une pièce de théâtre devant des enfants.

- On raconte que, lorsque son père mourut et que Yalén devint cacique, il épousa une très jolie femme nommée Aimar. Et que Magal, un jeune frère de Yalén, était miné par une jalousie irrépressible à l'égard de son frère aîné. Un jour, il vola les flèches irisées à Yalén et en utilisa deux pour les tuer, Aimar et lui, pendant leur sommeil. Puis, il s'enfuit avec les autres flèches, mais on le retrouva mort quelques jours plus tard. C'est de là qu'est né une sorte de mythe selon lequel quiconque tente de séparer les flèches de la collection mourra en moins d'une lune.

Je partis d'un grand éclat de rire suffisamment sonore pour que ma tante se mette sur la défensive.

- Je ne te dis pas que je crois ce que je te raconte, ma petite. Je te rapporte simplement ce qu'on dit. Qu'il existe une collection de flèches irisées, disposées en forme de triangle et que quiconque tentera de les séparer ou de changer leur disposition en mourra.

- Après tout ce que tu me racontes, j'ai plus que jamais envie de la retrouver, cette collection ! Le jour où je mets la main dessus, je change la disposition des flèches et j'envoie la vidéo sur le site web du *Chasseur de plaisantins*[1].

- Et c'est quoi ça ?

- Rien, un type que je suis sur internet. Que sais-tu d'autre sur cette collection ?

- Guère plus. Alors, quand est-ce qu'on part faire un carton ?

---

[1] Du titre d'un autre roman de Cristian Perfumo, *Cazador de farsantes*, publié en 2015.

CHAPITRE 11

Le lendemain de l'autopsie de Julio, je retournai à la morgue pendant l'après-midi. Au centre, la table en inox était vide. Dans un coin de la salle, le légiste Luis Guerra sortait des instruments du stérilisateur.

- Comment vas-tu, Laurita ?
- Bien, et toi ?

Luis émit un doute d'un signe de tête et s'approcha de moi pour me prendre doucement par les épaules.

- Regarde-moi dans les yeux. Sérieusement, comment vas-tu ?
- Bien, vraiment. Si tu me poses la question à cause de ce qui s'est passé hier, je ne sais pas ce qui m'est arrivé. J'ai dû faire une chute de tension ou quelque chose comme ça.
- Écoute, Laura, je te connais et je sais à quel point tu es orgueilleuse. C'est pour ça que je veux que ce soit clair entre nous. Ce qui s'est passé hier ne sortira pas d'ici. Cela peut arriver à n'importe qui. Moi-même, sans aller chercher plus loin, alors que ce boulot est mon gagne-pain, j'en ai chié pour faire l'autopsie du gosse, du petit Núñez.

Je me souvenais parfaitement de cette affaire. Joaquín Núñez avait un an et demi quand son beau-père, complètement camé et imbibé d'alcool, l'avait étouffé avec un oreiller pour qu'il cesse de pleurer.

- Nous avons tous des cordes sensibles et, quand on les pince, il n'y a pas de sang-froid ni de professionnalisme qui tienne. Dans mon cas, ça a été l'histoire de ce gosse parce que je n'ai pas réussi à me sortir de l'esprit que c'était un être sans défense. Je n'ai pas réussi à prendre le recul suffisant pour faire mon travail correctement. Dans ton cas, c'est Ortega. Il t'a sans doute rappelé quelqu'un, ou peut-être que tu le connaissais.

Je tentai de nier d'un mouvement de tête, mais en vain.

- Quelle qu'en soit la raison, il est certain que c'est cet homme qui t'a fait flancher, poursuivit le légiste.

Je restai silencieuse un moment. Pendant ces quelques secondes que je passai à regarder la table d'autopsie vide, je pris un peu mieux conscience d'une chose enfouie en moi. J'eus l'intuition soudaine, comme si je ne m'étais jamais posé la question, de la raison pour laquelle, à trente-deux ans, je n'avais jamais eu aucune relation stable depuis le collège. Pas même d'amis. J'eus l'impression de comprendre cette peur qui, jusqu'alors, était restée tapie au fond de moi.

Nous avons tous des cordes sensibles, me répétai-je mentalement. Les miennes ont été touchées quand j'ai dû planter mon couteau dans un cadavre qui, à un moment donné, avait fait partie de ma vie. Pas même un être cher ou un membre de la famille – cela ferait probablement disjoncter n'importe qui - mais tout simplement quelqu'un de très lié à un moment heureux de ma vie. Un moment où, jeune adolescente de quinze ans, j'étais raide dingue d'un beau gosse et où mes parents n'étaient pas encore morts dans un terrible accident.

Je respirai profondément et parlai lentement pour que Luis ne se rende pas compte que j'avais la gorge serrée. Je n'avais pas l'intention, pour le moment, de lui raconter, à lui ni à personne, le moindre détail de ma relation avec la victime.

- Quelle conclusion tires-tu de l'autopsie ?, demandai-je.

- En premier lieu, une grande quantité d'alcool dans le sang. Et un peu de cocaïne aussi, mais pas beaucoup, dit-il en me tendant la feuille des résultats d'analyses toxicologiques. Il est mort essentiellement des coups qu'il a reçus sur la tête. Les organes de l'abdomen n'ont pas été touchés du tout.

- Qui peut bien avoir été capable d'une telle sauvagerie !

J'avais lâché ces mots en pensant tout haut, mais Luis sembla les interpréter comme une question.

- Tu te souviens des marques qu'il avait sur le dos des

mains ?

— Ce n'était pas des brûlures de cigarettes ?

— Il semblerait que finalement ce ne soit pas des cigarettes. À l'intérieur des plaies, j'ai trouvé des morceaux microscopiques de limaille de fer.

— On lui a planté quelque chose dans les mains ?

Le légiste fit non de la tête. Son regard exprimait le doute, comme s'il hésitait à me raconter ce qu'il avait à dire.

— Alors ? insistai-je.

— Je crois qu'elles ont été faites avec une perceuse.

— On lui a perforé les mains ?

— Je ne vois pas d'autre explication.

Nous restâmes tous les deux silencieux pendant un instant.

— Si ça se trouve, on a torturé ce type pour qu'il donne ses flèches, avançai-je. D'après un archéologue que la juge a contacté, cette collection vaut dans les cinquante mille dollars.

En entendant la somme, le légiste émit un sifflement.

Mais je répondis à mon hypothèse en soulignant que, si les cicatrices remontaient à deux semaines avant la mort, les dates ne coïncidaient pas vraiment.

— D'après sa fiancée, Ortega découvre le double fond de l'armoire le 21 juillet, et il meurt le 6 août, exactement seize jours plus tard. Si ces cicatrices remontent à deux semaines, cela veut dire que, deux ou trois jours après qu'il avait réalisé qu'il possédait une collection inestimable, on le torturait déjà pour la lui soutirer.

— C'est trop court. Tu ne crois pas ?

J'acquiesçai. Si les choses s'étaient passées comme le racontait la fiancée de Julio, c'était trop court.

Si elles s'étaient vraiment passées comme elle le disait.

CHAPITRE 12

- Maître Echeverría veut te voir dans son bureau, me dit Isabel Moreno quand nous nous croisâmes dans le couloir qui allait de mon laboratoire à la cuisine du tribunal, d'où elle sortait avec son petit café du matin. Ce jour-là, elle avait les ongles vernis en violet et décorés d'une petite fleur. Il n'y avait qu'elle pour s'amuser à passer tant de temps et déployer tant d'efforts pour faire ce genre de truc.
- Bonjour quand même, Isabelita. Et j'ouvris la porte du laboratoire pour aller y déposer mes affaires.

Je montai les escaliers vers le premier étage. La porte du bureau de la juge était ouverte et on entendait des rires venant de l'intérieur.
- Bonjour, dis-je en franchissant le seuil de la porte.
- La voilà ! La juge s'adressait à un homme à la barbe blanche bien taillée qui se balançait sur une chaise de l'autre côté du bureau. Viens, entre, Laura. Je te présente le docteur Alberto Castro, professeur de la chaire d'Archéologie de l'Université de Buenos Aires. Alberto est un vieil ami à moi et aussi un des plus grands spécialistes mondiaux des us et coutumes des Tehuelches.

Je fis la bise à l'archéologue. Sa barbe lui couvrait tout le visage, mais il sentait la lotion après-rasage.
- Alberto vit à Buenos Aires mais ça fait des années qu'il fait des fouilles et des recherches dans le sud sur des sites archéologiques tehuelches. Il collabore aussi régulièrement avec le musée de Puerto Deseado pour tout ce qui touche aux artefacts lithiques.
- Dit comme cela, j'ai l'air d'être quelqu'un de très important, reprit le professeur. Moi, je dirais plutôt que je suis un type qui aime les pierres et, que, dès que j'en ai l'occasion, concrètement une ou deux fois par an, je viens travailler sur la collection du musée.

- Alberto n'avait pas programmé de déplacement dans notre village avant l'année prochaine mais je l'ai convaincu de venir pour que vous lui racontiez ce que nous avons trouvé dans la maison d'Ortega. Bon, en réalité ce que nous n'avons *pas* trouvé.

La juge se tourna vers l'archéologue.

- Laura... l'officier Laura Badía plutôt, est notre experte en criminalistique. Elle est également officier au sein de la police de Santa Cruz. Elle est en charge de l'enquête sur l'affaire Julio Ortega.

Je confirmai d'un sourire.

- Laura, j'aimerais que tu montres à Alberto la flèche que tu as trouvée sur la scène de l'homicide. Je lui ai déjà transféré par mail la photo qui se trouvait dans le téléphone d'Ortega.

- Pas de problème. Vous voulez que je l'apporte tout de suite ?

- C'est mieux que vous alliez au laboratoire, car j'ai plusieurs dossiers à reprendre et à traiter avant midi. La juge montra une pile de chemises en papier kraft presque aussi haute que l'écran de son ordinateur portable.

L'archéologue convint avec elle de l'heure à laquelle ils allaient déjeuner ensemble, puis il décrocha du portemanteau une invraisemblable quantité de vêtements et m'emboîta le pas dans les escaliers.

Je souris. J'étais toujours étonnée de voir à quel point les Portègnes se couvraient quand ils venaient dans le sud.

***

Le néon clignota quelques secondes avant d'éclairer l'endroit du tribunal où je passais le plus clair de mon temps. À une extrémité de la table en inox, la vitre reconstituée et tachée par la poudre des relevés d'empreintes était toujours là. À l'autre bout, la fougère de ma tante semblait avoir survécu aux premières vingt-quatre heures qu'elle avait passées sous ma tutelle.

- Ces éclats de verre viennent du cadre qui a disparu ? demanda Castro.

- Oui, certainement. Je déplaçai en même temps la plante et la posai sur une des larges étagères du mur. Et ça, c'est la flèche que j'ai trouvée à moins de deux mètres des bris de verre.

J'ouvris avec ma clé les tiroirs du bureau. Du premier, je sortis une petite boîte en plastique et la tendis à l'archéologue. Il l'ouvrit et haussa les sourcils.

- C'est une pièce très particulière, dit-il, en faisant tourner la pointe entre ses doigts.

- Pour sa couleur irisée ?

- Oui, pour ce que cette caractéristique implique. Elle est en opale d'Amazonie, une pierre semi-précieuse de la forêt humide du nord du Brésil. C'est curieux, l'opale a une dureté et une cristallisation très similaires à celles de l'obsidienne volcanique de la région.

- Et ça, vous le savez rien qu'en regardant la pierre ?

L'archéologue rit et posa la pointe de flèche sur la table en inox.

- Non, je le sais parce que cette pointe est célèbre et parce que je connais son histoire. C'est comme si vous me montriez une photo de Marilyn Monroe et que je vous disais qu'elle s'est suicidée. Ce n'est pas que j'aie eu l'occasion de la connaître, mais je le sais.

Je me souvins de ce que ma tante m'avait dit au sujet de la notoriété de la collection des flèches irisées.

- Et que viennent faire en Patagonie des flèches célèbres taillées au Brésil ?

Castro pointa son index osseux pour me détromper, car mon interprétation n'était pas correcte.

- La pierre vient du Brésil, mais ce sont les Tehuelches qui l'ont taillée.

- Ce qui veut dire que la flèche a été taillée en Patagonie

avec une pierre rapportée du Brésil ?

– Curieux, non ? Au vu de la technique utilisée, cette pièce a entre cinq et six mille ans. Bien avant l'arrivée de Christophe Colomb et des chevaux en Amérique. Ce qui signifie que cette opale a été transportée à pied, sur presque sept mille kilomètres, du nord du Brésil jusqu'ici, au sud de la Patagonie.

Je sortis mon téléphone de ma poche et activai la calculatrice.

– À la vitesse moyenne de quatre kilomètres à l'heure, cela voudrait dire quatre mois de marche à raison de dix heures par jour, calculai-je.

– Exactement. Bien qu'elle ait pu aussi passer de main en main comme une simple marchandise et qu'elle ait peut-être mis beaucoup plus de temps pour arriver jusqu'en Patagonie. Des décennies ou même des siècles. Ce qui est sûr, c'est que personne ne sait précisément combien de temps s'est écoulé entre le moment où ces pierres sont sorties d'Amazonie et le jour où elles sont parvenues jusqu'aux artisans qui ont réalisé la collection Panasiuk.

– La collection quoi ?

– La collection Panasiuk. C'est le nom que les spécialistes de l'art lithique tehuelche ont donné à ces flèches.

– Vous êtes en train de me dire que ces flèches ont leur propre nom ?

– Bien sûr.

– Panasiuk, à l'oreille, ça sonne comme un nom de cacique.

– Vous êtes bien loin du compte, répliqua l'archéologue avec un sourire. Téodor Panasiuk est un immigré polonais qui est arrivé en Patagonie dans les années vingt. Il a travaillé dans les champs et, quand il a eu assez d'argent, il s'est acheté un lopin de terre près du lac Cardiel. Apparemment, dès son arrivée en Patagonie, il s'est passionné pour la recherche des flèches. Et, du jour au lendemain, on a appris que Panasiuk avait réuni ces flèches en opale qui, avec le temps, sont devenues une des collections lithiques les plus célèbres du monde. Ou la plus néfaste, tout_dépend de comment on voit la chose. En tout cas, c'est une collection dont on parle énormément et dont on sait très peu de chose parce que, jusqu'à aujourd'hui, personne ne l'avait jamais vue.

- Que voulez-vous dire ?

- Que c'est la première photo qui existe de la collection des flèches irisées. Il désigna la copie de la photo trouvée dans le téléphone d'Ortega. Pour être plus précis, c'est la première photo de ces treize pièces. Les flèches Panasiuk sont quinze au total.

- Et qu'est-ce que vous savez des deux autres ?

- Presque tout, répondit-il en riant. Elles ont été identifiées depuis longtemps, photographiées sous tous les angles et étudiées par moi et par de nombreux autres scientifiques. L'une d'elles est enfouie dans un champ de la région, l'autre est au musée.

- Dans quel musée ?

Castro haussa les sourcils, surpris par ma question.

- Dans celui d'ici, Mademoiselle Badía, dit-il étonné. Le musée de Puerto Deseado. Bien que je ne pense pas qu'aucune des personnes qui y travaillent, pas même la directrice de l'institution, n'en connaisse réellement la valeur.

L'archéologue regarda la montre qu'il portait au poignet et sourit.

- Venez avec moi. Ils viennent d'ouvrir.

CHAPITRE 13

La salle principale du musée était pleine de vitrines qui présentaient quantité de pointes de flèches, lances, grattoirs, haches et autres instruments en pierre des Tehuelches. Sur les murs au-dessus des vitrines, des panneaux expliquaient, dans un jargon technique et hermétique, l'histoire et les coutumes de ce peuple. Mon regard s'arrêta sur une plaque en bronze sur laquelle il était gravé « Salle Vicente Garrido ».

La directrice du musée était sortie de son bureau pour nous accueillir. Nous nous connaissions de longue date. Elle avait été la concierge de mon école quand j'étais dans le secondaire.

- Comment vas-tu, Laurita ?
- Bonjour, Virginia. Cette salle ne s'appelait-t-elle pas la « Salle Patrick Gower » ?

Patrick Gower était australien. Il avait fourni les documents-clés qui avaient permis de retrouver la Swift, une corvette de guerre britannique qui avait passé deux siècles sous la mer avant que des plongeurs du village ne découvrent son épave. Avant la visite de Gower à Puerto Deseado, dans les années soixante-dix, personne n'avait jamais entendu parler de ce navire.

Moi, en réalité, je connaissais très bien cette histoire. J'avais même failli avoir une aventure avec un des plongeurs, bien des années plus tard, mais il avait été arrêté pour contrebande de matériel archéologique avant que nous ayons eu le temps de conclure. J'ai toujours eu du flair pour ce qui est des hommes !

- Oui, c'est comme ça que nous l'avions baptisée, répondit Virginia après s'être éclairci la gorge.
- Vous avez changé le nom de la salle ? Je repensai au sourire du vieil Australien quand on l'avait fait venir de l'autre bout du monde pour qu'il découvre la plaque dorée à

son nom. Une plaque qui n'avait pas changé de place, mais qui portait maintenant un nom différent.

- C'est que, quand nous avons reçu cette collection si importante, la moindre des choses était de donner à la salle où elle est exposée le nom de celui qui nous l'a donnée. Voilà pourquoi la salle Patrick Gower est maintenant celle-ci.

Virginia nous indiqua le minuscule vestibule de deux mètres sur deux où le livre d'or du musée était ouvert sur une tablette en formica aux bords écornés.

- Imprésentable, murmura Castro, en toussant, alors qu'il enlevait une à une ses couches de vêtements.

À en juger par la façon dont Virginia le foudroya du regard, je devinai que la relation entre l'archéologue et la directrice était mauvaise, pour ne pas dire détestable.

- La donation de ce Garrido a dû être très importante, soulignai-je.

- Eh bien... entre les pointes de flèches, les lances, les grattoirs et les poinçons, cela représente presque huit mille pièces précisa la directrice. La presse et toutes les radios de la ville en ont parlé. Ils ont même diffusé un programme spécial d'une demi-heure sur la chaîne de télévision locale. C'est une collection de flèches vraiment extraordinaire. Il y en a de toutes sortes et de toutes les couleurs. Cela va des pièces faites avec du verre de bouteille amené par les Européens à une pointe noire en obsidienne, grande comme ça.

De la main droite, elle nous en indiqua la taille, en écartant le plus possible son index et son pouce.

- Il y a encore six mois, nous en avions à peine plus de mille. Tu imagines mon émotion quand le clerc de notaire m'a appelée pour me prévenir que monsieur Vicente Garrido avait légué sa collection de flèches au musée, dit-elle en posant une main sur son cœur. Le reste de ses biens, propriétés, argent, tout ça, est allé à sa sœur. Il n'avait pas d'enfant.

- Et cet homme était du village ? demandai-je.

- Oui. Tu as dû le connaître, le vieux Garrido. Un grand, maigre, qui vivait dans la maison en pierre en face de l'école numéro 5. Il avait toujours les cheveux gominés et il promenait un minuscule chien qui n'avait que trois pattes.
- Ah ! Garrido, le héron.
- Exactement !

Cet homme faisait partie du patrimoine du village. Tout le monde l'avait toujours appelé « le héron » mais je n'avais aucune idée de son prénom. Bien sûr que je le connaissais ! Nous le connaissions tous, ce petit vieux sympathique qui vivait en face de l'école, dans la maison où Julio Ortega avait été retrouvé mort.

- Tu ne dis plus un mot. Qu'est-ce qu'il t'arrive ? demanda Virginia.
- Non, non, rien. Alberto, vous me montrez ce que nous sommes venus voir ?

L'archéologue acquiesça et m'invita à le suivre. Tandis que la directrice repartait vers son bureau, nous traversâmes la salle et ses vitrines de pointes, de râpes et de grattoirs jusqu'à nous arrêter devant l'une d'elles qui me parut semblable aux autres : un panneau d'un mètre carré rempli de dizaines d'artefacts lithiques exposés sur un fond blanc.

Castro sortit de sa poche la pointe de flèche que j'avais trouvée chez Ortega et, d'une main, il l'appuya sur la vitre du panneau. De l'autre, il indiqua une des flèches exposées. Les deux pièces, de part et d'autre de la vitre, étaient en forme de larme et renvoyaient des éclats iridescents.

- Vous voyez, il n'y a pas le moindre doute, elle fait bien partie de la collection, officier Badía.
- Vous pouvez m'appeler Laura. Et me tutoyer.
- À condition que tu fasses la même chose.
- Affaire conclue, je te tutoie ! Cette flèche fait-elle partie du lot dont Garrido a fait don à sa mort ? demandai-je en montrant la vitrine.
- Non. Cette pièce est depuis longtemps la propriété du

musée.

- On sait d'où elle vient ?

Castro fit non de la tête.

- Ici, les choses se font de façon très peu professionnelle, dit-il en chuchotant et en regardant en direction du bureau de la directrice. Des personnes comme elle font souvent preuve de la meilleure volonté du monde, mais ce sont des employés municipaux qui n'ont reçu aucune formation quant à la manière de répertorier les pièces ou de documenter leur origine. Et, si c'est comme ça maintenant, tu imagines comment c'était il y a vingt ou trente ans, époque à laquelle, je suppose, cette flèche est entrée au musée.

J'hésitai à lui expliquer les problèmes chroniques de budget que connaissait notre village et comment les politiques utilisaient l'attribution des postes de travail de la municipalité pour obtenir des voix. Mais je me demandais si cela valait la peine que je m'enlise dans cette discussion.

- Viens, j'ai encore autre chose à te montrer, dit Castro.

CHAPITRE 14

Nous traversâmes la salle principale pour parvenir jusqu'à la vieille imprimerie qui avait produit les premiers exemplaires du quotidien *El Orden*. Derrière la machine, il y avait une porte avec un écriteau en lettres noires : ACCÈS INTERDIT À TOUTE PERSONNE ÉTRANGÈRE AU MUSÉE.

Castro l'ouvrit avec sa clé. Nous entrâmes dans une salle aux murs couverts d'étagères bourrées de boîtes en plastique bleu. Au centre, trois tables. Sur deux d'entre elles étaient posées des cuvettes, des jarres et autres récipients dans lesquels trempaient des objets dont je supposai qu'ils provenaient de la corvette Swift. Sur la troisième se trouvaient divers fragments de pierres sombres. Chaque table était surplombée d'une énorme lampe au bras articulé semblable à celles qu'utilisent les dentistes.

- C'est ma table de travail, précisa Castro.

D'une main il repoussa délicatement les éclats de pierre. Puis il ouvrit la mallette qu'il avait amenée du tribunal et en sortit un dossier cartonné blanc. Il en feuilleta les pages, une à une, et s'arrêta sur le tirage de la photo que nous avions trouvée dans le téléphone de Julio Ortega. La copie que lui avait donnée la juge Echeverría portait en filigrane les mots CONFIDENTIEL- PREUVE.

- Sans aucun doute, la flèche que tu as trouvée fait partie de la collection Panasiuk, dit-il. Plus exactement, il s'agit même de celle-ci.

De son index posé sur la photographie, il me montra une flèche au centre du triangle.

- Regarde. Elle a bien la même forme de feuille d'arbre que toutes les autres, mais elle est plus large.

Je confirmai, bien qu'elle me parût ressembler plus à une goutte qu'à une feuille.

- Qui plus est, la flèche numéro cinq est la plus célèbre de la collection Panasiuk, ajouta-t-il.

- Et comment sais-tu que cette flèche est la numéro cinq ?

- Offic... Laura, les flèches de la collection Panasiuk sont numérotées de un à quinze. Il revint quelques pages en arrière dans son dossier pour me montrer un diagramme de la collection sur lequel chaque flèche était numérotée.

- De un à quinze ? mais il n'y en a que treize sur la photo.

- Parce qu'elles ne sont pas toutes là. Comme je te l'ai dit, il y a deux pièces dont on ne sait pas où elles sont. L'une est celle que je viens de te montrer et l'autre se trouve sur un site de fouilles de la région. Ce sont respectivement la numéro huit et la numéro neuf.

L'archéologue me montra deux flèches proches l'une de l'autre sur le diagramme.

- Donc celles de la photo sont les treize autres.

- Exactement. Et la numéro cinq est une des plus célèbres car elle est la seule des quinze dont la largeur est nettement plus importante que celle des autres. On pense même qu'elle a été taillée par un autre artisan que celui qui a réalisé les quatorze autres, dit-il, en levant la flèche à hauteur des yeux. Je peux la photographier ?

- Oui, mais ne la montre à personne sans mon autorisation.

Castro acquiesça et prit deux ou trois photos avec son téléphone. Puis il poursuivit, presque comme un robot, sans cesser de contempler la flèche.

- C'est quand même étrange que quelqu'un soit capable de tuer pour voler des flèches encadrées, pour laisser derrière lui la flèche la plus intéressante.

- On ne sait pas si le mobile de l'assassinat était cet encadrement.

- Tout autre motif serait vraiment un peu gros à avaler, tu ne crois pas ?

- Peut-être, mais ce n'est pas le moment de nous perdre en conjectures. Le fait est que Julio Ortega est mort et qu'un cadre de flèches a disparu.

– Mais pourquoi avoir brisé la vitre ?

– L'explication la plus plausible est que, dans sa précipitation à emporter les flèches, le voleur ait heurté accidentellement quelque chose avec la vitre. Il est probable que, sous le choc, cette flèche-là se soit détachée du fond de velours.

J'avançai cela pour faire semblant d'être d'accord avec lui, car cette idée ne me convainquait pas du tout. Sinon, comment expliquer le balai et le fait que ces morceaux de verre aient été soigneusement rassemblés ?

Castro acquiesça tout en faisant tourner la pointe de flèche entre ses doigts. Son regard se perdit dans les éclats bleus et verts que renvoyait la brillance de la pierre.

– Comment sais-tu qu'elle a été taillée par les Tehuelches il y a cinq mille ans ?, demandai-je.

– Pour ce qui est de l'époque, ce n'est qu'une hypothèse. Les flèches sans pédoncule, comme c'est le cas de celles-ci, sont les plus courantes. Elles datent de l'arrivée de l'homme en Patagonie, il y a environ douze mille ans, jusqu'au Northgrippien, il y a environ cinq mille ans. Néanmoins, la qualité de la taille de celles-ci repose sur une technique trop perfectionnée pour dater du Greenlandien...

– Je ne comprends rien.

L'archéologue laissa échapper un petit ricanement et me demanda pardon en levant les paumes de ses mains.

– Si elles étaient plus récentes, elles auraient un pédoncule. Si elles étaient plus anciennes, elles ne seraient pas d'aussi belle facture.

– Tu aurais pu commencer par là.

– Quant à ceux qui les ont taillées, poursuivit-il, les flèches de l'Amazonie se distinguent beaucoup par leur morphologie et par la technique de leur taille de celles de la Patagonie. C'est pourquoi la théorie la plus vraisemblable est que la pierre soit venue de là-bas et qu'elle ait été taillée ici.

- Et c'est cette particularité qui explique que la collection vaille cinquante mille dollars au marché noir ?
- Oui, en partie, et aussi la sombre histoire qui l'entoure.
- La légende de Yalén ? demandai-je, me souvenant de ce que ma tante m'avait raconté.
- Oui. Cette légende qui, d'un point de vue anthropologique, est une ineptie. Elle n'a aucun fondement, à commencer par l'histoire du grand cacique que l'on compare parfois à un roi, alors que, dans les faits, les caciques tehuelches dirigeaient de tout petits groupes. Ils n'avaient pas de structure sociale verticale, comme celle des Incas, avec un grand empereur à leur tête. Cette histoire n'est qu'un tissu de sornettes.
- Des sornettes auxquelles celui qui a volé les flèches aurait pu croire et qui l'auraient conduit à agir de la sorte.

L'archéologue souffla, agacé, et s'installa sur la banquette. Puis il appuya les coudes sur sa table de travail, à quelques centimètres de pierres, taillées elles aussi, il y a plusieurs milliers d'années.

- Je suis un homme de science, Laura. Tout ce que je peux te dire, c'est que cette photo concorde avec ce que je sais de la collection Panasiuk : il s'agit de quinze flèches taillées dans de l'opale d'Amazonie.
- Selon la légende, Magal en a volé treize, n'est-ce pas ?
- Oui. Mais Teodor Panasiuk en a réuni quinze. Y compris les deux avec lesquelles ont été supposément tués Yalén et Aimar son épouse, répondit Castro en levant les yeux au ciel, presque exaspéré de devoir faire référence à cette légende. Celles-ci sont les numéros un et deux, selon le diagramme de Fonseca.
- Fonseca ?
- Le seul archéologue que Panasiuk ait autorisé à étudier la collection. Personne ne comprend ce qu'il lui a trouvé, car il n'était même pas un scientifique renommé. Après avoir éconduit des dizaines d'archéologues et d'anthropologues, il

lui a ouvert la porte comme à un parent qui arrive de loin. Fonseca a dessiné les flèches avec une précision infinie, reproduisant chacune des centaines d'entailles de toutes ces pierres taillées.

Castro toucha de son index plusieurs dessins du diagramme.

- Il les a aussi numérotées de haut en bas et de gauche à droite, en respectant l'ordre selon lequel Panasiuk les avait disposées. Il a consigné la taille, le poids de chacune d'elles et il a même calculé leur volume en les plongeant dans l'eau. À côté de la description des flèches un et deux, il a noté que, selon Teodor Panasiuk, c'étaient celles que Magal avait utilisées pour tuer Yalén et Aimar.

- Et ça, lui, comment pouvait-il le savoir ?

L'archéologue haussa les épaules.

- Là-dessus, je ne peux pas t'aider. Il n'existe aucun écrit l'attestant. Aucun registre ne mentionne que Panasiuk ait raconté à quiconque où il avait trouvé ces flèches. Il paraît que ce n'était pas un type très causant, et on dit même qu'avec le temps il était devenu encore plus sauvage.

- Avec tout ce mystère, cela ne m'étonne pas qu'elles vaillent une fortune au marché noir.

- C'est certain. Et, nous les archéologues, cela nous porte préjudice. C'est la raison pour laquelle je suis venu aider de mon mieux. Sans perturber l'enquête, bien sûr. Si nous perdons à nouveau la trace de la collection, il peut s'écouler encore cinquante ans jusqu'à ce qu'elle ressurgisse. Et je ne peux pas me permettre d'attendre cinquante ans. Je crois que c'est une occasion unique de la retrouver et de permettre à tout le monde de la voir. Dans ce musée, par exemple. Même si cela ne m'étonnerait pas qu'on veuille l'emmener à Buenos Aires.

- À Buenos Aires ? Pourquoi ?

- Parce qu'elle pourrait apporter des réponses à des questions que nous, les archéologues, nous nous posons depuis toujours. En fait, sa simple existence accrédite un article que j'ai publié il y a quelques années dans le *Journal of Anthropological Archeology,* dans lequel je développe l'hypothèse que les interactions entre les peuples d'Amérique du sud étaient beaucoup plus fluides qu'on ne le croit. Nous parlons de pierres semi-précieuses, transportées sur presque sept mille kilomètres à travers la forêt tropicale, la montagne, la pampa humide et le désert de Patagonie. Rien d'équivalent à cette collection ne peut le prouver.

Cela expliquait le grand intérêt qu'il manifestait à collaborer. Si nous retrouvions les flèches, Alberto Castro deviendrait une vraie célébrité dans le landerneau des archéologues.

Je le remerciai de son aide sans mentionner que, selon les circonstances dans lesquelles nous retrouverions les flèches – si toutefois nous les retrouvions –, elles pouvaient faire l'objet de mesures de conservation de preuves qui les rendraient inaccessibles durant des mois, et même des années.

Mais du moins, pas pendant cinquante ans.

CHAPITRE 15

Je dis au revoir à Alberto Castro et retournai au tribunal. Il me restait vingt minutes avant l'heure du café, un moment où la plupart des employés – et parfois même la juge –se retrouvaient dans la cuisine. J'entrepris de répondre à plusieurs mails professionnels en attendant l'heure.

Arrivée au troisième, je n'y tins plus et j'ouvris mon navigateur. Depuis un certain temps, j'avais la manie de rechercher sur Google les personnes que je rencontrais. Oui, j'étais une vraie *voyeuse* en ligne.

Google me donna plus de quarante millions de résultats pour « Alberto Castro ». Je précisai « archéologue » et leur nombre prit des proportions plus raisonnables. Le premier lien de la liste était celui de l'Université de Buenos Aires. Il ouvrait une page sur fond gris, en Times New Roman, avec pour en-tête une photo de l'archéologue qui remontait au moins à dix ans. Le professeur Alberto Castro était attaché à la chaire d'Archéologie de la UBA, comme l'avait dit la juge en faisant les présentations.

Bien que la page fût d'une présentation médiocre, un coup d'œil suffisait pour voir que l'ami d'Echeverría était une sommité. Ces dernières années, il avait donné des conférences en Europe, aux États-Unis et dans divers pays d'Amérique latine. Il était rédacteur en chef d'une revue scientifique d'archéologie hispano-américaine et la liste de ses publications avoisinait la centaine. La plupart d'entre elles étaient consacrées aux peuples précolombiens de la Patagonie. Il faut croire que la juge Echeverría n'avait pas exagéré quand elle me l'avait présenté comme un des grands spécialistes mondiaux du sujet.

Je revins sur Google et parcourus des yeux les autres résultats : des pages web de conférences d'archéologie et d'anthropologie, une vidéo sur You Tube, un cours que le professeur avait donné dans la ville de Mexico et une interview dans le supplément de *Clarín,* sur la valeur culturelle du patrimoine historique.

En bas de page, un lien attira mon attention, une information qui remontait à 2012, sur le site de *Azul Hoy,* le quotidien de la localité d'Azul, une ville du centre de la province de Buenos Aires. Les gros titres n'avaient rien à voir avec l'archéologie. Néanmoins, il figurait au milieu des résultats de la recherche :

MORT D'UN JEUNE HOMME DANS UN ACCIDENT DE MOTO

Hier matin, à l'aube, un accident mortel s'est produit à l'intersection des rues Viel et Reconquista. Lautaro Castro, un jeune homme de vingt-trois ans, originaire de la ville de Buenos Aires, a perdu le contrôle de sa moto Yamaha YZ-RI, de 998 centimètres cube, il a dérapé et terminé sa chute sous les roues d'un camion qui transportait du bétail. Le jeune homme, père d'une petite fille de dix-huit mois, est mort sur le coup. Sa dépouille a été transportée vers la capitale où sa famille organisera ses funérailles. Lautaro Castro était étudiant en Archéologie à l'Université de Buenos Aires, où son père, Alberto Castro, est un éminent professeur.

La suite de l'article était une sorte de tribune dans laquelle le journaliste réclamait des autorités d'Azul qu'elles fassent respecter les règles de circulation pour éviter que ce type d'accident se reproduise et il énumérait une série de faits similaires qui s'étaient produits récemment. Il n'y avait aucune autre référence à Alberto Castro.

Il ne fit plus aucun doute que cet Alberto Castro était bien celui qui était venu me prêter main forte sur la question des flèches lorsque je consultai le profil de l'archéologue sur Facebook : nous avions tous les deux la juge comme amie. Sur sa page, je trouvai la photo d'un jeune homme, ressemblant à l'archéologue, tenant un bébé dans ses bras. De toute évidence, il s'agissait de son fils décédé cinq ans plus tôt.

Je fermai le navigateur et m'éloignai de l'ordinateur, en proie à une sensation de malaise. Jamais avant cette fois mes recherches de potentiels ragots ne m'avaient fait tomber sur une histoire aussi triste.

J'allai à la cuisine me préparer un café.

CHAPITRE 16

Sur la table en bois bon marché de la cuisine du tribunal traînaient quelques papiers. Les chaises autour étaient vides. La seule personne qui occupait la pièce, la dernière que j'avais envie de voir, était Isabel Moreno.

- Comment vont vos affaires, officier ? me demanda-t-elle, une tasse à la main. Pour donner encore plus d'effet à sa question, elle s'adossa au mur et me gratifia d'un sourire ironique.

- Bien, répondis-je, en me dirigeant à grands pas vers la machine à café. J'appuyai sur un bouton, au hasard.

- Beaucoup de travail ?

- Pas mal.

- Comment se présente l'affaire Ortega ?

- Nous n'en sommes qu'au commencement – dis-je, attendant que le filet sombre qui s'écoulait emplisse ma tasse pour que je puisse sortir au plus vite de cet endroit.

- Tu vas certainement la résoudre très vite. On ne tarit pas d'éloges sur l'intelligence de l'officier Badía. Comme pour l'affaire de l'assassinat du surveillant du port, on peut être sûr que cette fois encore, tu ne tarderas pas à démasquer le coupable. Surtout compte tenu des circonstances...

« Ne pose pas de question », me dis-je à moi-même. « Ne pose pas de question »

- Quelles circonstances ?

Le sourire de la Harpie se fendit de la largeur de sa tasse de thé.

- Dans le cas précis, tu disposes d'informations très personnelles concernant la victime.

- Je ne vois vraiment pas de quoi tu veux parler, répliquai-je en lui tournant le dos et en feignant d'aller chercher du sucre près de la machine à café.

- Je veux dire que, quand on enquête sur un crime, il est

évidemment très important de connaître à fond la victime pour trouver le coupable. N'est-ce pas ? Même si j'imagine que cette connaissance s'acquiert aussi, bien sûr, au fil de l'enquête.

Je m'escrimai à ouvrir un petit sachet de sucre en maîtrisant le tremblement de mes mains.

- Dans le cas où la victime est intimement connue de l'enquêteur avant d'être assassinée, on peut parler de conflit d'intérêts... N'est-ce pas ? Quiconque ayant entretenu une relation sentimentale avec la victime d'un assassinat ne pourrait certainement pas se comporter de manière totalement objective au cours de l'enquête.

Les yeux rivés sur la vapeur que dégageait mon capuccino, j'évaluai le degré de gravité des brûlures que je lui infligerais si je lui jetais ma tasse à la figure.

- Sans parler, continua la Harpie, de ce qu'éprouverait la fiancée de la victime si elle apprenait que c'est *l'autre* qui mène l'enquête. Elle se sentirait doublement trahie, je suppose. Déjà cocue, mais en plus...

Je posai mon capuccino sur la table et fis deux pas vers Isabel Moreno. En moins d'une seconde j'étais à deux centimètres d'elle, au point que nos nez se touchaient presque.

- Pourquoi ne me dis-tu pas en face ce que tu as à me dire et qu'on en finisse une bonne fois pour toutes ?

- Attention, officier... l'intimidation physique d'une collègue peut te coûter ton poste, grinça la Moreno, en hoquetant.

Je comptai jusqu'à cinq avant de faire un pas en arrière. La Harpie croisa les bras et murmura quelque chose d'inaudible.

- Ecoute-moi bien, je vais te le dire très clairement, pour qu'il n'y ait pas de malentendu, lui expliquai-je en prenant appui sur la table. La prochaine fois que tu me menaces, je te casse toutes les dents, tu m'as bien comprise ? Alors, dénonce-moi, si tu veux. Tu ferais bien d'économiser ton énergie et de t'offrir une vie bien à toi au lieu de te mêler constamment de celle des autres.

Je saisis ma tasse et quittai la cuisine. Avant de passer la porte, je m'arrêtai et me retournai.

- Et tu sais ce que j'ai aussi à te dire ? Je n'y suis pour rien dans ce qui t'est arrivé avec Campanella.

- Campanella ?

- Ne fais pas l'imbécile, s'il te plaît, ça ne te va pas du tout. Nous savons pertinemment toutes les deux que, durant les premiers mois que Campanella a passés à Deseado, nous lui avons fait du gringue à tour de rôle pour l'emmener dans notre lit.

Campanella était un inspecteur que la Police Fédérale avait mandaté pour enquêter sur une affaire de sac de cocaïne trouvé sur un bateau de pêche qui mouillait au port.

- Et toi, tu savais que Campanella entretenait une liaison avec nous deux en même temps ? me demanda-t-elle.

- Je l'ai su dès le premier jour où j'ai couché avec lui, répondis-je, pour enfoncer le couteau au plus profond de la plaie. J'ai su aussi que tu lui avais laissé entendre que tu n'envisageais rien de sérieux avec lui. Je lui ai laissé entendre la même chose, moi aussi, mais contrairement à toi, moi, je disais la vérité.

- Une chose est de ne pas vouloir d'une relation sérieuse, c'en est une autre de se partager un mec.

- Pour moi, vraiment pas, vois-tu. Et il était clair que pour lui non plus.

- Tu es une vraie salope.

J'acquiesçai et avalai une gorgée de café, en tentant de contrôler le tremblement de mes mains.

- Très bien, crache tout ce que tu as sur le cœur, une bonne fois pour toutes. Comme ça, la prochaine fois que nous nous croiserons, tu seras plus détendue et tu me laisseras travailler en paix.

Isabel Moreno souffla bruyamment et secoua la tête,

comme pour me signifier que je n'avais rien compris. Elle prit sa tasse de thé, la leva vers moi comme pour trinquer et elle sortit de la cuisine en me bousculant.
- Tu ne t'en tireras pas à si bon compte, dit-elle.

CHAPITRE 17

La station de taxi la plus proche de la maison où Julio était mort s'appelait *Les Amis*. Je traversai le parking vide et pénétrai dans un petit préfabriqué qui avait une baie immense, d'une dimension exagérée. Une Bolivienne, assise derrière un bureau déglingué, tenait d'une main un radio-émetteur et, de l'autre, notait quelque chose sur un cahier. Quand je la saluai, tout en frottant mes mains transies par le froid de la nuit, elle leva les yeux et me gratifia d'un sourire éclatant.

- Bonsoir, lançai-je.
- Bonsoir, me répondit-elle. C'est pour une voiture ?
- Non, en réalité je viens pour vous poser quelques questions. Je travaille pour la police, mon nom est Laura Badía.

Comme à l'accoutumée, cette phrase ne fut pas reçue avec un enthousiasme débordant. La femme se contenta de hocher la tête.

- Vous avez combien de taxis qui travaillent de nuit ?
- Aucun taxi. Nous sommes une agence de voitures avec chauffeur, me répondit-elle avec un sourire malicieux.

À Deseado, il y avait très peu de taxis. La ville était trop petite et les courses trop courtes pour justifier l'usage d'un taximètre. La majorité des courses, de porte à porte, se faisaient avec des chauffeurs qui fixaient le prix de la course à l'avance.

- La plupart du temps, trois. Quatre ou cinq en fin de semaine.
- Et ce sont toujours les mêmes ?
- Oui, habituellement, oui.
- J'ai besoin de parler à quelqu'un qui aurait travaillé de nuit, la semaine dernière, plus précisément dimanche dernier, au petit matin.

Lors de son interrogatoire, Noelia Guillón nous avait dit qu'elle sentait que son fiancé trempait dans des choses pas claires. Trois semaines avant sa mort, la nuit où elle n'avait trouvé Julio nulle part, il était rentré chez lui à six heures du matin dans une voiture avec chauffeur. À Deseado, il n'y avait que sept services de voiture avec chauffeur. J'en déduisis que je n'aurais pas beaucoup de mal à trouver le chauffeur qui l'avait ramené, quel que fût le lieu qu'il avait fréquenté au cours de ses escapades nocturnes.

La femme approcha le radio-émetteur de sa bouche.

- Edgar et Rogelio, s'il vous plaît, passez à l'agence quand vous serez libres.

- D'accord – dit une voix après une seconde de silence.

- J'arrive – dit une autre voix.

Tandis que nous attendions qu'Edgar et Rogelio arrivent de l'endroit où ils se trouvaient - probablement au casino ou à la sortie d'un bar à putes -, je m'adossai au radiateur pour tenter de me réchauffer un peu. J'essayai de faire la causette à cette femme, dont je ne tirai que des monosyllabes.

Le téléphone sonna. Elle répondit, s'excusa, disant que les deux voitures en service étaient prises et qu'elle pensait qu'il y aurait au moins une demi-heure d'attente. Elle enchaîna et, me regardant droit dans les yeux, elle suggéra au client d'appeler une autre agence.

Cinq minutes plus tard, les phares d'une voiture éclairèrent le parking de l'agence. Quand il s'arrêta à côté de la porte, le chauffeur baissa la tête et la lumière bleutée de l'écran de son téléphone illumina son visage. Voyant qu'il ne levait pas les yeux, je m'apprêtai à aller le chercher, mais la téléphoniste m'arrêta d'un signe et approcha le radio-émetteur de sa bouche.

- Descends une seconde, Rogelio.

Les phares de la voiture s'éteignirent et l'homme pénétra dans le petit local, où s'engouffra également une bourrasque glacée. Il me regarda d'un air interdit.

- Je suis Laura Badía, je travaille pour la police. J'ai quelques questions à vous poser.

- Je n'ai rien fait, dit l'homme.

- Je ne vous accuse de rien. Je viens vous demander votre aide, dis-je en lui tendant la main.

- Rogelio Quispe, dit-il en la serrant.

Je montrai au chauffeur une photo de Julio Ortega que j'avais dans mon téléphone.

- Vous souvenez-vous d'avoir conduit cet homme récemment ?

- C'est lui qui a été tué l'autre jour, n'est-ce pas ? Pauvre garçon. Nous l'avons souvent amené de nuit.

- Au casino ?

- Surtout à *La Preciosa*.

La fiancée d'Ortega avait également indiqué que Julio fréquentait ce bar.

- Il aimait miser gros – ajouta Quispe.

- Et ça, comment le savez-vous ?

- Quand il m'arrivait de le ramener, la plupart du temps il me racontait sa soirée : quand il avait eu de la chance, il me disait « aujourd'hui j'ai fait exploser la banque » et il me laissait un pourboire royal. Dans le cas contraire, c'était « aujourd'hui ça a été compliqué » et il me demandait de lui faire crédit.

La porte de l'agence s'ouvrit et un garçon, de vingt ans à peine et aux cheveux gominés, se présenta : Edgar Quispe, le fils de Rogelio.

- Où amenions-nous toujours ce garçon qui a été tué la semaine dernière ? demanda le père à son fils, en me regardant comme pour me persuader qu'il ne mentait pas.

- De chez lui à *La Preciosa* ou de *La Preciosa* à chez lui. Au moins une fois par semaine, confirma le garçon.

- Et, à tout hasard, tu ne l'aurais pas ramené, lundi dernier, à l'aube ?

- Non, lundi, non.

Edgar répéta, presque mot pour mot, les commentaires de Julio rapportés par son père sur le bilan de ses soirées. Je leur posai encore quelques questions, sans obtenir d'information utile. Je les remerciai de leur collaboration et enfilai mon manteau.

- Parfois aussi, je l'ai conduit au casino, ajouta le jeune homme, alors que je lui serrais la main.

- Il aimait jouer, précisa le père, en me regardant.

- Oui, mais certaines fois, il n'y allait pas pour jouer. Pas souvent, mais il me disait de l'attendre devant la porte. Il y restait quinze minutes au maximum et ressortait. Et, dans ces cas-là, il retournait toujours à *La Preciosa*. Toujours. Surtout des nuits comme aujourd'hui.

- Comme aujourd'hui ? Qu'est-ce que vous entendez par là ?

- On est jeudi. Presque à chaque fois que je l'emmenais à *La Preciosa,* c'était un jeudi.

CHAPITRE 18

Je remerciai les chauffeurs des informations qu'ils m'avaient données et leur laissai mon numéro de téléphone au cas où un détail leur reviendrait. Je traversai le parking en courant et me précipitai dans ma voiture, dont le siège et le volant s'étaient refroidis au point de geler pendant la demi-heure que j'avais passée à l'agence.

Je dus tourner plusieurs fois la clé de contact pour parvenir à la faire démarrer. Quelqu'un m'avait dit que c'était la batterie, ou l'alternateur, ou un truc dans le genre. Et, même s'il était vrai que le problème s'aggravait, surtout les nuits froides comme celle-là, mon inoxydable Corsa finissait toujours par démarrer.

Je parcourus le petit kilomètre qui séparait l'agence de *La Preciosa* et je stationnai juste en face. Je comptai huit véhicules garés à proximité de ce bar mal famé. Pourtant, par la fenêtre, je n'aperçus que le barman et un couple qui dansait enlacé. Huit voitures, trois personnes.

J'éteignis le moteur et pressai le pas pour entrer.

Le bar sentait le tabac et était éclairé par des néons rouges fixés au mur. Le couple qui dansait se décolla un peu en me voyant entrer, bien que le lecteur de CD continuât à diffuser à plein volume la voix de Marco Antonio Solís. L'homme, d'une soixantaine d'années, costaud et grisonnant, me dévisagea des pieds à la tête. La femme, de trente ans plus jeune que lui, vêtue d'un pantalon plein d'accrocs sur les côtés, me lança un regard haineux puis, en me reconnaissant, me salua d'un geste de la main. Avant mon transfert au tribunal j'avais pris ses dépositions au commissariat des quantités de fois. Je ne l'avais pas revue depuis trois ou quatre ans, et elle avait vieilli comme si elle en avait pris dix.

Je les saluai de loin et me dirigeai vers le comptoir. Le serveur, un garçon de mon âge qui n'avait presque plus un cheveu sur le crâne, leva à peine les yeux de son téléphone pour me parler.

- Qu'est-ce que je te sers ?
- Une Heineken.

Tandis qu'il cherchait ma bière, une tête surgit à travers la porte entrouverte derrière le comptoir.

- Cucho!, dis-je, un instant après l'avoir vu disparaître. Il m'avait probablement entendue, car la porte s'ouvrit et la silhouette ronde de Cucho Soto, le propriétaire de *La Preciosa*, reparut.

- Laura, qu'est-ce qui t'amène ?
- Aujourd'hui je me sens des envies de jouer quelques pesos au poker.
- Laura, tu sais très bien qu'ici on ne joue pas d'argent. C'est un truc entre amis. Il peut nous arriver parfois de parier une petite bière, rien d'autre.

Le barman posa la petite bouteille verte sur une serviette en papier et la glissa jusqu'à moi sur le comptoir en formica noir. Avant de parler, j'en avalai une bonne gorgée. Le liquide glacé se conjugua au froid que j'amenais de l'extérieur et me donna un frisson que je tentai de dissimuler.

- Cucho, n'essaie pas de te payer ma tête, lui lançai-je. Si je veux, je passe un coup de fil et les cinq ou six mecs qui jouent aux cartes à l'intérieur passent la nuit au commissariat.

Le propriétaire de *La Preciosa* ouvrit la bouche pour protester, mais je poursuivis.

- Mais ne t'inquiète pas, je ne suis pas là pour te causer des ennuis. Il se passe tellement de choses illégales dans cette ville que la police doit choisir celles qu'elle juge prioritaires. Je veux te parler un moment. Si tu m'aides, je sors par cette porte, je monte dans ma voiture, et circulez, il n'y a rien à voir ! Il n'y a ni jeu clandestin, ni aucune prostituée qui travaille dans ton bar.

- Tu m'en sers une, Alfredo, dit Cucho, en désignant ma bière, et il prit place à côté de moi sur un des tabourets du bar.

- Tu vas voir que ce n'est pas bien compliqué. Juste quelques questions, rien de plus. Julio Ortega venait-il souvent jouer ici ?

- De temps en temps, un peu plus ces derniers temps.

- Et il pariait gros ?

Ça dépend, répondit le propriétaire de *La Preciosa,* en se regardant dans le miroir à travers l'alignement des bouteilles du comptoir.

Quand Alfredo lui tendit sa bière, Cucho tira une serviette en papier d'un distributeur, il l'aligna parfaitement sur le bord du comptoir et y posa son verre, qu'il déplaça plusieurs fois jusqu'à ce qu'il soit exactement centré sur le carré de papier. Puis il se versa sa bière et tendit la bouteille vide à son employé.

- « Ça dépend », cette réponse ne me convient pas, Cucho. Il jouait gros ou pas ?

- Bon, oui. Pas mal. Toutes les cinq minutes, il disait qu'il se sentait en veine, il poussait un cri et déplaçait toutes ses fiches vers le centre.

- Il se faisait prêter de l'argent ?

- Ah, je ne sais pas. Je ne me mêle jamais de ça, Laura. Il y a des choses que je préfère ne pas savoir.

- Quelqu'un m'a dit qu'il y a deux semaines environ, il est venu jouer, qu'il avait trop bu et qu'il a fini par perdre un pari et que, pour cette raison, on lui a éteint des mégots sur les deux mains, dis-je, reprenant la déposition de sa fiancée, qui contredisait les résultats de l'autopsie.

Le patron du bar écarquilla les yeux, interloqué. Ce que je lui racontais semblait relever pour lui de la science-fiction.

- C'est... c'est ridicule. Nous ne sommes pas des gamins de quinze ans pour nous amuser à faire des conneries pareilles.

J'acquiesçai.

- Tu connais quelqu'un qui en aurait pu en vouloir à Ortega ?

Cucho leva son verre et but, le petit doigt levé vers le plafond. Quand il le reposa sur le comptoir, il le replaça exactement sur le cercle humide que le verre avait laissé sur la serviette. Cet homme avait toutes les qualités pour concourir au championnat du monde des troubles obsessionnels compulsifs.

- Le soir où il a été retrouvé mort, un type un peu bizarre est passé.

- Voilà quelque chose qui m'intéresse !

- Comme je te l'ai déjà dit, ici, nous nous réunissons un moment pour jouer entre amis. Oui, parfois nous parions un peu, mais...

Cucho fit une pause pour reprendre une gorgée de bière.

- Ce que je veux te dire c'est que c'est toujours notre même groupe d'amis qui se réunit depuis des années. De temps en temps, l'un d'entre nous amène un ami ou un parent de passage, mais aucun parfait inconnu n'est jamais venu s'asseoir à notre table de jeu. Tu comprends ?

- Mais cette nuit-là, oui ?

- Oui. Et il a demandé où était Julio.

Spontanément, je glissai la main dans la poche de mon manteau et en sortis le petit carnet que j'avais toujours sur moi.

- Qu'a-t-il dit exactement ?

- Il a demandé si quelqu'un connaissait Julio Ortega. En réalité, c'est à Cayota qu'il a surtout parlé.

En prononçant ce nom, Cucho fit un mouvement presque inconscient de la tête, indiquant la porte par où il venait d'entrer. Je vis la panique dans son regard quand il réalisa à quoi je pensais.

- Cayota est là-bas, à l'intérieur ?

- Oui, je te l'appelle, dit-il, en descendant de son tabouret.

- Ce n'est pas nécessaire. C'est moi qui y vais, l'interrompis-je en lui posant une main sur l'avant-bras.

Je contournai le comptoir et poussai la porte en bois.

Des effluves de fumée et de parfum d'homme me fouettèrent le visage. La réserve du bar de *La Preciosa* était une petite pièce de quatre mètres sur quatre, pleine de cartons de bière et de caisses de vin, empilés contre les murs. Au milieu, quatre hommes jouaient aux cartes autour d'une table recouverte d'un tapis vert couvert de fiches en plastique. À côté de la table de jeu, sur une petite table improvisée avec plusieurs caisses de vin, reposait une liasse plus haute que large de billets de cent et de cinq cents pesos.

En me voyant entrer, un des hommes saisit les billets et les fourra sous sa chemise pour les soustraire à ma vue. Les trois autres laissèrent leurs cartes sur la table. Tous foudroyèrent Cucho du regard.

- Bonsoir. Continuez, continuez, je ne veux pas vous interrompre. Je suis l'officier Laura Badía et j'enquête sur l'homicide de Julio Ortega.

Un des hommes, complètement chauve, se tortilla un peu sur sa chaise.

J'employai volontairement le titre d'« officier » au lieu de « docteur ». Officiellement je pouvais employer l'un ou l'autre, parce j'étais docteur en criminalistique et officier de police. J'utilisais de préférence ce titre lorsque je voulais mettre la pression aux gens, quand cela s'avérait nécessaire.

- Ne vous inquiétez pas pour les cartes, dit Cucho derrière moi. Laura veut juste vous interroger à propos de ce type qui est venu poser des questions sur Julio l'autre jour.

- Le Mister, dit l'un d'entre eux.

- Le Mister ? répétai-je.

- On lui a donné ce surnom. Il fumait la pipe, il marchait avec une canne en bois verni, et, avec sa moustache aux pointes retroussées, on aurait dit un lord anglais.

- Il marchait avec une canne ? demandai-je.

- Oui, il ne lui manquait que le monocle et une chaîne de montre pendant à la poche de son gilet, dit un autre homme aux cernes prononcés, qui avait une cigarette au bec. Personne ne trouva drôle sa plaisanterie.

- Lui, c'est Cayota, dit Cucho en le désignant.

- Enchantée.

Je m'installai sur la seule chaise vide autour de la table. En face de moi, il y avait quatre tas de fiches bleues parfaitement empilées, tous de la même hauteur. C'était évidemment celles de Cucho.

L'homme obèse qui avait caché le tas de billets se trouvait à ma droite. La sueur suintant de son large front luisait à la lumière qui tombait du plafond.

- Tu n'as pas besoin de les cacher, lui dis-je. Je t'ai vu. Et puis, cinq types qui jouent au poker, ça ne m'intéresse pas. Après tout, nous sommes dans un pays libre et vous ne faites de mal à personne. N'est-ce pas ? Ma priorité, vous comprendrez que c'est d'arrêter la personne qui a tabassé Julio Ortega à mort.

Je les regardai l'un après l'autre et les quatre m'adressèrent des sourires gênés.

- Nous avons besoin de plus de policiers comme elle, dit Cayota

L'homme à ma droite le confirma et déposa la liasse de billets sur la table. C'était une somme énorme.

- Cucho me disait que le dimanche 6 août, le jour où Julio Ortega a été assassiné, cet homme que vous appelez « le Mister » est venu demander où il pouvait le trouver.

- Oui. En fait, il nous a dit qu'il avait entendu avait parler de notre table de poker, et il a demandé s'il pouvait jouer quelques mains. Selon ses dires, il était de passage. Il venait de Calafate. Je notai le nom de la ville sur mon carnet.

- Il vous a dit son nom ?

- Il s'est présenté sous le nom de Pancho.

- Pancho, demandai-je intriguée - ce surnom n'allait pas du tout à un type élégant, moustachu et qui marchait avec une canne anglaise -. Que pouvez-vous encore me dire sur lui ?

- Il avait dans les soixante ans. Soixante-dix au plus. Un mètre soixante-quinze, à peu près. Et assez mince, on voyait que c'était un type qui soignait son apparence. Bizarre, cette canne, parce qu'il avait l'air en bonne santé et il marchait sans difficulté.

- Il misait gros, intervint un autre joueur, un homme à la

barbe rousse à qui il manquait les deux dents de devant. Ce n'était pas un grand joueur de poker, mais il misait gros. À son allure, je pense qu'il était plein aux as ; en plus, quand il perdait une main, il ne pestait pas, je te dirais même qu'il avait l'air de sourire.

- Et comment en est-il venu à poser des questions sur Ortega ?

- Nous avions dû jouer... que sais-je... trois ou quatre mains, se hâta de répondre Cayota. Alors, le Mister m'a demandé si nous étions toujours les mêmes à nous retrouver pour jouer. Moi, je lui ai répondu que oui, que nous étions un petit nombre, et qu'il il y en avait deux ou trois de plus qui n'étaient pas là ce jour-là mais qui venaient de temps en temps. Généralement le dimanche, mais aussi le mardi et le jeudi.

- Moi, ce dimanche-là, je n'y étais pas. Je ne viens jamais le dimanche, s'empressa de préciser celui qui avait caché la liasse de billets.

- N'aie pas peur, mon vieux, on ne va pas te mettre en prison parce que tu trafiques le budget des repas de la prison, dit avec un léger accent provincial du nord, de Salta ou Tucumán, le seul qui n'avait pas encore ouvert la bouche. C'était un homme plus jeune que les autres, au physique osseux, qui flottait dans ses vêtements. Depuis que j'étais arrivée, il avait passé son temps à envoyer des messages avec son téléphone.

- Allez-vous me dire enfin pourquoi il a demandé où se trouvait Ortega ? Vous comptez me jouer la comédie encore longtemps ?, lançai-je, d'un ton péremptoire.

Les hommes échangèrent des regards, déconcertés. Ils n'étaient pas habitués à voir une femme leur parler de la sorte.

- Il a demandé ça l'air de rien, dit Cayota. Nous étions en train de jouer et il a dit qu'il était un ami d'un ami de Julio et qu'il voulait savoir s'il allait venir cette nuit-là. Je lui ai dit que oui, parce qu'il venait tout le temps le dimanche. Mais les mains s'enchaînaient très vite et Julio n'arrivait toujours pas. Alors ce type a demandé quel autre jour de la semaine Julio avait l'habitude de venir jouer. Il a fait semblant de ne pas y accorder d'importance, mais nous avons tous bien vu qu'il cherchait vraiment à le rencontrer. Pas vrai ?, demanda-t-il, cherchant l'assentiment de ses amis.

Tous ceux de la table acquiescèrent, sauf le gros, qui répéta que lui n'était pas là.

- Que pouvez-vous me dire encore de cet homme, en plus de son allure et du fait qu'il était de Calafate ?

- Il venait de Calafate, mais il n'a pas dit qu'il était de là-bas, précisa le jeune maigrichon.

- Un autre détail particulier ? Aspect physique, façon de parler...

- Il était très parfumé, du Carolina Herrera, me semble-t-il, souligna Cucho. Et aussi, ce que je t'ai déjà dit, qu'il avait l'air d'un type tout droit sorti du siècle dernier. Ses manières, sa façon de s'habiller, sa moustache.

- Et qu'il était en bonne forme physique, dites-vous, mais qu'il s'appuyait sur une canne anglaise ?

- Oui, mais je crois que la canne était plus une extravagance qu'une nécessité. Je ne sais pas, de la part d'un type bizarre comme lui, ce ne serait pas surprenant, pas vrai ?

- Bien, je vais voir si je peux me faire envoyer un dessinateur de Caleta, comme ça nous lui ferons faire quelques portraits-robots et on aura une idée précise de son aspect physique.

- Pas besoin, dit le maigrichon, qui fit glisser son téléphone vers moi sur le tapis vert.

- Pourquoi l'as-tu pris en photo, imbécile ?, lui demanda Cayota.

- Son allure m'a amusé. J'allais mettre la photo sur Instagram, mais après j'ai changé d'avis.

Cayota se passa les mains sur le visage, comme quelqu'un qui hésite sur la façon de gronder un gamin.

La photo était prise sous un angle bizarre, comme si le

téléphone avait été posé sur la table. Bien que la lumière fût insuffisante, on distinguait clairement un homme dont les cheveux gris sortaient des côtés d'un béret en cuir. Sa moustache, grise elle aussi, était épaisse au centre et plus fine sur les côtés, et se terminait par deux pointes qui rebiquaient. Au-dessus d'une chemise à carreaux, il portait un gilet vert un peu plus foncé que le tapis de la table. À ses mains, qui tenaient les cartes à l'envers, brillaient plusieurs anneaux dorés. Ce n'était pas faux, il avait une allure vraiment très étrange.

- Génial, dis-je au garçon, et je lui donnai mon mail pour qu'il m'envoie la photo.

Un silence gêné s'installa tandis qu'il me transférait la photo et que je m'assurais que je l'avais bien reçue. Je pris même le temps de la renvoyer à Manuel avec un texto, bref mais parlant. « Surnom possible : Pancho. Peut-être de Calafate, parfum haut de gamme, prob. Carolina Herrera. Tu peux essayer de vérifier son identité ? »

- Bon, messieurs, nous en avons presque terminé, dis-je, tandis que j'appuyai sur la touche envoi. Et, après ce jour-là, il n'est pas revenu ?

Tous dirent non mais le gros haussa les épaules une fois de plus.

- Jusqu'à quelle heure est-il resté avec vous ?
- Jusqu'à trois heures du matin, environ. Il est reparti en taxi.

À trois heures du matin, me répétai-je à moi-même.

Selon le rapport de l'autopsie, c'est vers cette heure-là que Julio était mort

CHAPITRE 19

Je quittai *La Preciosa* et regagnai ma voiture, dont le toit et le pare-brise étaient recouverts d'une fine couche de cristaux de givre qui brillaient sous l'éclairage public. Heureusement, je n'avais pas passé plus d'une heure au bar et je n'eus pas de mal à gratter le givre avec la spatule en plastique que je gardais sous mon siège pour les journées froides comme celle-là.

Une fois le pare-brise dégagé, je tentai de démarrer ma voiture. J'y parvins au bout de la quatrième tentative seulement.

J'avais deux ou trois idées sur la façon de localiser ce Mister. Cela supposait que je parle avec mes collègues de travail, ce qui m'obligeait à attendre le jour suivant. Sachant que je n'arriverais pas à trouver le sommeil, je traversai les sept pâtés de maison qui séparaient le bar de Cucho du repaire de jeu le plus important de toute la ville. Un repaire légal, clinquant, éclairé de mille couleurs. Le pire de tous les repaires, qui se donnait de faux airs glamour, le casino de Puerto Deseado.

Le casino était un des rares lieux où on pouvait rencontrer à l'aube plus de vingt personnes encore debout, en semaine, un autre jour que le vendredi ou le samedi. Un jour comme cette nuit-ci et comme celle de la mort de Julio Ortega. Sur cette vingtaine de personnes, il y en avait une qui était toujours là, qui pouvait parfaitement être à l'origine de ses voyages éclair entre *La Preciosa* et le casino, que les Quispe père et fils avaient mentionnés.

À l'entrée, je saluai le sergent Ulloa, le policier qui montait la garde à la porte cette nuit-là. C'était un sous-officier sympathique, qui, comme nombre de ses collègues, se voyait obligé de compléter son salaire par des services de surveillance nocturne que la police prêtait, moyennant finance, à des discothèques, des bars à putes, et au casino.

Après avoir échangé quelques mots avec Ulloa, je payai mon droit d'entrée à une employée et pénétrai dans la salle du sous-sol. Dans l'air flottaient des parfums féminins entêtants mêlés à une légère odeur de pizza et de café chaud.

Je me promenai, foulant le tapis épais qui s'enfonçait sous mes pieds, entre les centaines de machines à sous qui émettaient de joyeux tintements pour m'inviter à jouer quelques pièces. Je regardai du coin de l'œil le snack, qui occupait les quelques mètres carrés qui n'étaient pas monopolisés par ces machines suçeuses de sang. Au bar, seul un tabouret était occupé, par un dos en trapèze aux muscles énormes moulés dans un polo collant en lin. Le propriétaire de ce dos s'appelait Enrique Vera et c'est pour lui que je me trouvais là cette nuit.

Les employés, blafards, avec leur chemise blanche et leur gilet vert pétrole, circulaient prestement dans le labyrinthe des machines, venant au secours des joueurs lorsqu'elles se bloquaient pour éviter que ces clients ne restent trop longtemps sans abreuver de billets leurs rainures illuminées.

Je filai vers le bar et m'installai sur un tabouret éloigné de l'homme charpenté. Il avait les cheveux courts et frisés et regardait un match de football de la ligue des Champions sur un écran mural. Sa main, qui tenait un verre de Fernet, semblait minuscule comparée à son énorme biceps.

Moi, comme tous les policiers de Puerto Deseado, je connaissais Enrique Vera. Cet homme faisait pratiquement partie des meubles du casino. Toujours là, appuyant son énorme musculature sur le bar. Et toujours seul.

Son travail exigeait en fait qu'il fût seul. Le prêteur, s'il s'entoure de gens, risque de perdre des clients.

- Qu'est-ce que tu prends? me demanda le barman, tout en préparant un cocktail qu'il posa sur un plateau pour qu'une serveuse l'emporte à un client qui ne voulait pas décoller de sa machine à sous.

- Un Fernet, fis-je en indiquant le verre et la canette d'Enrique Vera.

Le barman mit trois glaçons dans un verre et versa deux doigts de la liqueur foncée. Puis il ouvrit une canette de Coca-Cola et termina le mélange. Fidèle à la tradition, il posa à côté du verre la canette dans laquelle il restait encore un peu de liquide.

- Qui est-ce qui joue ? demandai-je en regardant la télévision.

Enrique Vera se tourna un peu sur son tabouret pour me regarder, non sans une certaine inquiétude, par-dessus une épaule aussi énorme que sa tête.

- L'Atlético de Madrid contre le Barça, répondit-il.

En le voyant de face, je remarquai qu'il avait un pansement couleur chair sur le lobe de l'oreille droite.

- Et c'est une rencontre importante ?, demandai-je, tout en buvant la première gorgée de mon Fernet. Sa saveur amère me rappela mes années d'université, quand je faisais mes études de criminalistique à Buenos Aires. Je n'en avais pas bu depuis cette époque où nous appelions cette boisson le « pétrole ».

- Oui, c'était un match important. Ils ont joué cet après-midi. Là, c'est en replay. Messi ne va pas tarder à mettre le premier but. Le Barça a gagné deux à zéro.

À ce moment-là, descendit de l'étage supérieur un homme au crâne rasé, vêtu d'un blouson en cuir noir. Il fit quelques pas vers le bar mais, me voyant converser avec Vera, il s'arrêta net et resta immobile un instant. Puis, il eut un sourire forcé et s'avança vers nous.

- Je n'en crois pas mes yeux ! Enrique Vera en train de boire de l'alcool ? En plus, avec du vrai Coca-Cola, pas du zéro calorie !

Les deux hommes s'esclaffèrent et, juste à ce moment, le garçon déposa devant Vera une pizza jambon, mozzarella, poivrons.

- Eh bien, je m'attendais à tout sauf à ça !, s'exclama l'homme au crâne rasé, en croisant les bras sur son torse. Puis, s'adressant au barman :

- Il ne t'apporte plus ses Tupperware de filets de poulet à la plancha pour que tu les lui réchauffes au micro-ondes ?

- De temps en temps, il faut savoir aussi s'accorder ces petits plaisirs, dit Vera, levant une part de pizza jusqu'à ce que les coulures de mozzarella fondue se détachent. Il en avala une bouchée énorme qu'il fit descendre avec une gorgée de Fernet.

- Tu en veux une portion ?

- J'ai déjà dîné, merci. En plus, je ne sais pas qui tu es, mais moi, je veux que tu me rendes tout de suite mon ami, le vrai Enrique Vera, celui qui passe ses nuits à boire de l'eau plate et qui apporte ses plats préparés à réchauffer.

Tous deux s'esclaffèrent à nouveau et le chauve asséna un coup de poing au bras gigantesque de Vera.

- Les compétitions sont terminées jusqu'à l'année prochaine, Mario.

- Tu ne t'entraînais pas pour en faire une qui était prévue en octobre ?

- C'était pour fin novembre, mais je me suis rendu compte que je n'étais pas prêt.

- Qu'est-ce que tu me racontes, toi, le sosie de l'incroyable Hulk ?

- Et toi, depuis quand participes-tu aux jurys de culturisme ?, dit Vera, avec un petit rire avant de boire une autre gorgée de son Fernet. Non, mais, sérieusement, pour novembre je n'étais pas prêt. Du coup, j'ai un mois devant moi pour profiter de tout ce qui me tente. Pizzas, glaces et un petit Fernet de temps en temps. Même si, pour l'alcool, je dois me surveiller ; comme je ne suis pas habitué, il me monte très vite à la tête. Je me remets au régime le mois prochain.

- Tu as aussi laissé tomber la salle de sport ?

- Tu n'es pas bien ! La salle de sport, c'est comme notre

mère, on lui est fidèle jusqu'à la mort.

- Là, je retrouve mon copain, putain ! Un mec capable de vendre sa mère pour se payer son abonnement à la salle.

- Ce n'est pas ce que je veux dire, crétin.

Vera ponctua sa phrase en lui donnant une très légère tape dans le dos. Il le fit avec la douceur d'un géant qui toucherait une princesse de peur de lui briser les os.

Tous deux se turent un instant et le chauve me regarda à la dérobée, me sembla-t-il, à plusieurs reprises. Je remarquai qu'il échangea un regard avec Vera avant de descendre du tabouret sur lequel il s'était installé. Il était probablement venu le voir par ce qu'il avait besoin d'un prêt.

- Je reviens plus tard, dit-il à voix basse, et il disparut entre les machines à sous.

J'attendis que Vera finisse ses deux premières parts de pizza avant de commencer.

- Tu es là tous les jours, n'est-ce pas?, lui demandai-je, en tentant d'adoucir ma voix.

- Oui. Et toi, tu travailles pour la police, n'est-ce pas ?

- Mais je ne suis pas en service en ce moment. De toute façon, tu as quelque chose à cacher ?, lançai-je, en souriant. Je faillis lui faire un clin d'œil, mais je ne voulais pas trop en faire.

Enrique Vera cacha son sourire derrière son grand verre, opacifié à l'intérieur par la mousse brune de la boisson et à l'extérieur par l'huile de la pizza. Il l'avala d'un trait et le posa sur le bar sans cesser de me regarder dans les yeux. Puis il fit de même avec la canette de Coca-Cola. Histoire de chercher à m'intimider.

- Je vais aller jouer un petit peu, dit-il en descendant du tabouret, et il s'éloigna, laissant plus de la moitié de sa pizza.

Je souris ; tout le monde au casino savait qu'Enrique Vera ne jouait jamais. Ici, il avait une tout autre fonction.

- Qu'est-il arrivé à ton oreille ?, lui demandai-je alors qu'il s'était déjà éloigné de quelques pas. Quand il se retourna, je pris une portion de sa pizza, dans laquelle je croquai à pleines dents.

- Une nuit de passion. Parfois, elles perdent le contrôle ; je les comprends. Lentement, il glissa une main dans la poche de devant de son pantalon moulant, avant de se retourner et de se perdre, en slalomant, derrière une rangée de machines à sous.

- Voilà le premier but, annonça le garçon derrière le bar, qui me tourna le dos pour voir le ralenti du but de Messi.

J'échangeai prestement ma canette de Coca et celle que Vera avait laissée. Puis, je terminai la part de pizza, je repris une gorgée de Fernet et me levai, emportant d'une main mon verre et, de l'autre, la canette de Vera. Je circulai entre les machines comme le faisaient certains, en regardant chaque écran et en tentant de deviner quelle allait être la première à payer.

Je laissai mon verre encore presque plein sur une petite table et me rapprochai lentement de l'entrée. Je saluai Ulloa et sortis dans la nuit glaciale.

Je tenais toujours la canette bien serrée entre mes doigts.

CHAPITRE 20

Le lendemain matin, j'arrivai très tard au tribunal, sur le coup de neuf heures. Je m'étais couchée tard, presque à trois heures, et j'avais eu du mal à m'endormir. Je passai à côté de la Harpie sans lui dire bonjour et, d'un tour de clé, je m'enfermai dans le laboratoire.

Je déposai mon sac sur un des hauts tabourets à côté de la table en inox et j'en sortis la canette de Coca que Vera avait bue la veille. Je pris un petit flacon de poudre magnétique noire du kit pour empreintes digitales. Je saupoudrai la canette, et la poudre révéla plusieurs empreintes sombres sur la surface rouge. Je souris. Parmi elles, j'étais sûre d'en trouver au moins une qui fût exploitable.

Je les recouvris toutes soigneusement d'un ruban adhésif transparent; puis j'en fis un relevé, en obtenant de chaque fragment une empreinte que je collai sur un papier blanc. En moins de vingt minutes, j'obtins douze empreintes franches.

Le moment était venu de confirmer ma théorie ou de l'invalider.

L'hypothèse était simple : les courts passages de Julio Ortega au casino étaient destinés à emprunter de l'argent à Ortega. Argent qu'il avait ensuite été incapable de rembourser. Ce ne serait pas la première fois qu'un prêteur recourrait à la torture pour se faire payer, même si, dans notre ville, ce genre de faits-divers restaient peu fréquents et n'allaient pas au-delà de quelques coups ou de menaces. La brutalité de cette affaire était sans précédent à Deseado.

Pour autant, cette hypothèse était fragile : à supposer que Vera ait torturé Ortega, quelle raison avait-il de le tuer ? Aurait-il eu la main lourde sans s'en rendre compte ? Et même si les choses s'étaient passées ainsi, cela n'éclaircissait pas le lien entre la mort d'Ortega et la disparition des flèches. Ortega savait-il que la collection Panasiuk avait une énorme valeur et l'avait-il offerte à Vera en guise de paiement ? Vera l'avait-il cru ?

Même si certaines empreintes du prêteur concordaient avec celles relevées sur les débris de verre, nous n'arriverions pas, néanmoins, à répondre à toutes ces interrogations. Mais cela nous rapprocherait un petit peu de la vérité. Je passai aussi un écouvillon sur la partie supérieure de la canette où Vera avait posé ses lèvres. Je plaçai l'échantillon de salive dans un sachet et, dans un petit tube à essai, je déposai des fragments de la goutte de sang séché que nous avions trouvée à distance du cadavre d'Ortega. Je mis le tout dans une enveloppe à l'adresse d'une amie qui travaillait dans le Laboratoire Régional de l'Institut Médico-Légal de Río Gallegos pour qu'elle fasse une analyse comparative de l'ADN des deux échantillons.

L'envoyer directement à mon amie était la seule manière d'obtenir des résultats. Impossible de passer par la voie hiérarchique, car ce recueil de l'échantillon de salive était parfaitement illégal. Et, même si cette preuve n'était évidemment pas utilisable dans le cadre d'un procès, elle allait au moins m'indiquer formellement si mes soupçons suivaient la bonne piste.

Je sortis de l'armoire le dossier référencé ORTEGA. HOMICIDE 08/2017 et cherchai le folio des empreintes digitales que j'avais relevées sur les fragments de verre. Je parcourus une à une les pages des procès-verbaux et des photos, sans pouvoir remettre la main sur la fiche des empreintes. Je me souvins alors que j'avais demandé à Manuel de la photographier. Il avait certainement oublié de remettre cette feuille à sa place.

Je quittai le laboratoire en le maudissant à voix basse. Un de ces jours, nous allions finir par perdre, par sa faute, des preuves importantes et... celle qui paierait les pots cassés et qui se ferait mettre à la porte illico… ce serait moi.

Je trouvai Manuel dans son bureau, penché sur les pièces

d'un téléphone désossé, qui étaient éparpillées sur sa table.

- Dis, tu nous prends pour le FBI ? Sérieusement, arrête de regarder des films américains, me balança-t-il avant de me laisser le temps d'ouvrir la bouche.

- Quoi ?

- La photo et les quatre malheureux indices que tu m'as envoyés hier soir, à une heure et demie du matin, comment penses-tu que je vais retrouver ce type avec ça ? Même dans *Les Experts,* ils seraient incapables de retrouver sa trace avec des informations aussi minces. Qui est-ce ?

- C'est ce que je voulais que tu m'aides à découvrir. Il est sorti de nulle part et il cherchait Ortega la nuit où il a été assassiné. Il a quitté *La Preciosa* en taxi à trois heures du matin.

- Précisément à l'heure supposée de sa mort.

- Tu comprends maintenant pourquoi il est si important de le retrouver ?

- Mais je ne vois pas comment y arriver.

- Peu importe. C'était au cas où tu aurais eu une idée, tranchai-je. Où as-tu mis la feuille des empreintes que j'ai relevées sur les morceaux de verre ?

- Ouille, tu vas me tuer. J'ai oublié de les photographier.

- Cela n'a aucune importance pour l'instant. Donne-moi cette feuille et nous prendrons les photos plus tard.

Manuel haussa les sourcils et son éternel sourire disparut l'espace dune seconde.

- Elle est dans ton armoire, dans le dossier avec les éléments de l'affaire.

- Non, elle n'y est pas. Je viens de vérifier.

- Je n'y ai pas touché, dit-il surpris. Si j'étais allé la chercher, je l'aurais photographiée.

- Tu l'as peut-être emportée et puis après, tu as été distrait, que sais-je, tu as regardé des films pornos sur ton ordinateur, par exemple.

Il retrouva son sourire.

- Non, je suis presque sûr que non, dit-il, tandis qu'il fouillait dans les papiers de son bureau et ouvrait chaque tiroir.

- Continue à chercher, s'il te plaît.

Je retournai au laboratoire et j'examinai à nouveau le dossier, l'armoire d'où je l'avais sorti et, un à un, tous les papiers qui s'y trouvaient. Puis, avec la plus petite des clés de mon porte-clés, j'ouvris les tiroirs du bureau, et vérifiai soigneusement le contenu de chacun. Dans l'un d'eux se trouvait la flèche irisée, dans la petite boîte en plastique où je l'avais déposée, mais aucune trace de la feuille des empreintes. J'allai même jusqu'à la chercher, à plat ventre, sur le sol, mais rien non plus sous les meubles.

Après avoir retourné deux fois sans succès tout le laboratoire, je décidai de faire une pause pour réfléchir plus sereinement. De plus, j'avais un creux à l'estomac car je n'avais pas pris de petit déjeuner ; un café bien sucré allait me faire le plus grand bien.

Quand je pénétrai dans la cuisine du tribunal, deux choses merveilleuses m'arrivèrent. La première, Isabel Moreno n'était pas là, chose qui me mettait toujours de bonne humeur. La seconde, le sachet de macarons que quelqu'un avait laissé sur la table. J'en mangeai un ou deux, après les avoir trempés dans mon café, et je bavardai un moment avec une secrétaire qui venait faire chauffer l'eau de son maté. Je me préparai une seconde tasse et retournai au laboratoire.

J'étais en train de fouiller l'armoire pour la quatrième fois quand j'entendis frapper deux petits coups à la porte. J'ouvris et trouvai Manuel, appuyé sur l'encadrement, qui me montrait ses deux mains vides.

- Elle n'est nulle part ?, lui dis-je. Merde !
- Tu vas bien la retrouver, fais une pause. Parfois ça fait du bien de faire le vide, dit-il, et il sortit de sa poche le téléphone de Julio.

- Tu as trouvé quelque chose de nouveau.

- J'ai réussi à accéder à sa messagerie électronique.

Je me redressai sur ma chaise. Il y avait quelque chose de jouissif dans le ton de sa voix.

- Dans les messages que j'ai pu décrypter, il n'y en a qu'un seul qui fasse référence aux flèches. Mais il est remarquable.

Manuel posa le téléphone sur la table en inox et le fit glisser vers moi comme un cocktail. Je le saisis et lus l'e-mail sur l'écran.

A : cornalitodelsur@yahoo.com.ar
DATE : Vendredi, 04-08-2017 11h37 AM
OBJET : À toi qui aimes les flèches

Que deviens-tu, Arielito ? Il y a si longtemps que nous ne nous sommes pas parlé que je me demande si tu te souviens de moi. Bon, je t'écris car j'ai déménagé il y a six mois et figure-toi que, la semaine dernière, j'ai trouvé dans le fond d'une armoire une collection de flèches qui me semble assez étrange. Je t'envoie la photo.

Comme je sais que tu travailles dans l'achat et la vente d'antiquités, je voulais te demander combien tu estimes que peut valoir cet ensemble. Moi, je ne connais rien aux flèches, mais je n'en ai jamais vu aucune de cette couleur irisée. Elles ont l'air taillées dans une pierre particulière.

Bref, je ne sais pas si tu vis toujours à Caleta mais, si tu es dans les parages, je t'invite à venir à Deseado un de ces week-ends. Même s'il s'avère que ces flèches sont en plastique, ce sera au moins un bon prétexte pour nous revoir et nous régaler d'un asado. C'est moi qui invite !

A bientôt. Je t'embrasse. Julio

- Tu as vu la date ? me demanda Manuel quand j'eus fini de le lire.

- Oui. Le 4 août, deux jours avant qu'il se fasse tuer. Et il n'y a pas de réponse ?

- Si, il y a une réponse le jour-même à 13h53, deux heures et quelques après qu' Ortega lui avait écrit.

- Et qu'est-ce qu'il dit ?

- Je ne sais pas, je n'ai pas encore décrypté une partie des messages. L'ordinateur continue de mouliner, mais ça peut prendre du temps.

- Combien ?

- Impossible à dire. Ça peut sortir aujourd'hui, demain ou dans un an, tout dépend de la chance que nous aurons avec l'algorithme booléen.

Je soufflai, en croisant les bras.

- Ce qui veut dire, donc, que deux jours avant sa mort, Julio ne savait pas que les flèches avaient une valeur inestimable.

- Alors, l'hypothèse qu'on l'ait tué en le rouant de coups à cause de la collection n'a aucun sens, n'est-ce pas ?, dit Manuel en fronçant les sourcils. Si quelqu'un se pointe chez moi et menace de me briser les os si je ne lui donne pas une poêle rouillée, ma décision est toute trouvée, non ? Pourquoi irais-je me laisser défigurer, me faire tabasser, pour une chose qui, pour moi, n'a aucune valeur ?

- Par fierté, par exemple. Car enfin, cette poêle rouillée, c'est la tienne !

- Oui, mais quand ton visage commence à ressembler aux parois de la Grotte aux mains[2], c'est sûr, tu la donnes sans hésiter.

- Il a pu se passer beaucoup de choses sur ces deux jours. Nous devons lire la réponse à cet e-mail le plus vite possible. Essaye de trouver au moins l'identité de celui qui a cette adresse, « cornalitodelsur@yahoo.ar »

- Laura, qu'est-ce que tu crois ! Quand tu en es encore à acheter tes chewing-gums, moi, je suis déjà en train de faire

---

2 La Cueva de las Manos (« la Grotte des Mains ») est un site préhistorique riche en peintures rupestres qui se trouve en Argentine, en Patagonie.

des bulles, dit Manuel en me tendant une feuille. J'ai trouvé son nom sur un forum dédié aux antiquités.

- Ariel Ortiz ?, demandai-je, le reconnaissant sur la photo en noir et blanc.

- Tu le connais ?

Il ne manquait plus que ça ! Non seulement j'avais eu une aventure avec la victime du crime mais, en plus, j'avais flirté avec le destinataire de ce mail.

- Hélas oui, dis-je.

***

Je passai le reste du vendredi à préparer ma rencontre avec Ortiz. Après des dizaines d'appels téléphoniques et quelques mails, je parvins à obtenir un entretien pour le dimanche, mais ce fut loin d'être facile. Il n'était jamais aisé de pouvoir rencontrer un homme qui se trouvait à deux cents kilomètres, et qui était incarcéré dans une des prisons les plus isolées du pays.

CHAPITRE 21

À sept heures du matin, cela sentait le café au bar de l'hôtel *Isla Pingüino*. Cinq ou six clients prenaient leur petit déjeuner sur les tables en bois verni. Presque tous des hommes, dans la cinquantaine, dont je supposai qu'ils étaient cadres dans une des pêcheries de Deseado ou à la mine d'or de Cerro Moro. On était samedi.

Derrière le bar, un jeune homme, en gilet bordeaux et chemise blanche, s'affairait à la machine à café. Deux mètres plus loin, un homme sans uniforme était accoudé au bar et surveillait la salle.

- Bonjour. C'est pour déjeuner ? me dit-il, alors que je m'approchais du bar.

- Non, merci. Je suis Laura Badía, je travaille pour le commissariat et le tribunal de Première Instance. Tu es Adrián Gálvez ?

- Oui, répondit-il, un peu étonné.

Dans un bourg de la taille de Puerto Deseado, ce genre de questions semblaient bizarres. Évidemment que c'était Adrián Gálvez, nous connaissions tous les commerçants les plus importants du village. Et lui devait me connaître aussi, il ne devait guère avoir que cinq ans de plus que moi. Il nous était sans doute arrivé de danser ensemble en discothèque, au *Jackaroe*, dix ou quinze ans plus tôt.

- Il s'est passé quelque chose ? demanda-t-il.

- Je suis chargée de l'enquête sur l'homicide de Julio Ortega.

- Oui, c'est terrible ce qui est arrivé à ce type, dit-il en portant une tasse de café à sa bouche.

- Cet homme qui a logé à l'hôtel en fin de semaine, il te dit quelque chose ?

Je lui montrai sur mon téléphone la photo que j'avais récupérée à *La Preciosa*. Si le Mister avait la classe qu'il prétendait, il n'y avait dans le village que deux hôtels où il pouvait avoir séjourné. Il y avait *Los Barrancos*, où logeait Alberto Castro. L'autre, qui était plus proche du lieu du crime, était l'*Isla Pingüino*.

Le propriétaire de l'hôtel regarda attentivement la photo et confirma calmement d'un signe de tête.

- Oui, il a passé une nuit chez nous.
- Dimanche dernier ?
- Je crois que oui. Maintenant, à bien y réfléchir, dit-il, en se levant et en contournant le bar pour se rapprocher de moi, je ne crois pas que ce type ait quelque chose à voir avec l'assassinat. C'est un homme d'un certain âge, très courtois. Ortega n'a-t-il pas été tabassé à mort ?
- J'aimerais parler au réceptionniste qui travaillait à l'hôtel ce soir-là.
- Diego, dit-il, en désignant du menton l'accès au bar, à droite duquel se trouvait la réception de l'hôtel. Normalement, il travaille de nuit, mais le garçon du service du matin est malade et c'est pour ça que lui est resté jusqu'à midi aujourd'hui. Tu as de la chance.

Diego ne pouvait pas en dire autant. Ses yeux cernés et ses vêtements froissés laissaient clairement imaginer qu'il aurait déjà dû avoir terminé son service. C'était un garçon qui n'avait guère plus de vingt-cinq ans, avec une grosse tête et des dents de rongeur. Je me présentai et lui demandai ce qu'il pouvait me dire de ce Mister.

- Il n'a passé qu'une seule nuit chez nous. Il a fait son check-in vers dix-neuf heures et il n'est rentré à l'hôtel que très tôt le lendemain matin, dit-il tout en avalant une grande gorgée de café noir.
- À quelle heure ?
- Vers les trois ou quatre heures.
- Quelle allure avait-il quand il est rentré ?
- Je crois qu'il avait bu un verre ou deux. Il n'était pas vraiment ivre, mais il parlait d'une voix pâteuse et un de ses

boutons de chemise était défait.

- Des taches de sang ?

Autant le réceptionniste que le patron eurent un sursaut en entendant la question.

- Non, pas autant que je m'en souvienne. Mais nous pouvons visionner les images de la caméra de surveillance.

- N'avons-nous pas besoin d'un mandat du juge pour ça ?, intervint son patron tout en le fusillant du regard.

- À moins que vous ne décidiez vous-même de me la montrer.

- Non, ce n'est pas pour ça. C'est que je préfèrerais ne pas dévoiler certaines activités intimes de mes hôtes. Si quelqu'un se présente pour louer une chambre, nous la lui donnons. Nous ne lui demandons pas son état-civil, rien de tout ça. Je suppose que tu me suis.

- Parfaitement. Mais ne t'inquiète pas, même si, sur ces enregistrements, il y a de quoi faire chanter la moitié de la ville, ce n'est pas la préoccupation de la police pour le moment.

- Et puis...

- Ce n'est pas non plus le premier hôtel au monde où les clients amènent des prostituées, si c'est cela qui te préoccupe.

- Non, absolument pas, dit Adrián Galván, en montrant ses paumes de mains.

Je souris, mais je gardai le silence jusqu'à ce qu'il devienne pesant, une de mes tactiques qui fonctionnait presque toujours. Au bout de quelques secondes le propriétaire de l'hôtel soupira, baissa les mains et fit de la tête un signe affirmatif à l'intention de Diego. Le réceptionniste déplaça la souris de l'ordinateur tandis que je contournai le desk de la réception pour regarder par dessus son épaule.

Sur l'écran, on voyait quatre images en noir et blanc. L'une était celle de l'entrée de l'hôtel, la caméra orientée vers les gens qui venaient de la rue. L'autre était celle du parking. Les deux du bas filmaient deux couloirs identiques flanqués de portes.

- Dimanche soir. En fait, c'était plutôt lundi, tôt le matin.

Diego positionna le curseur sur trois heures du matin et fit défiler l'enregistrement en accéléré. Si ce n'avait été sa tête, qui changeait légèrement de position, et les phares d'un véhicule éclairant par moments l'asphalte derrière la porte vitrée de l'entrée, l'immobilité des images m'aurait laissé penser que c'était des photos que j'étais en train de regarder.

Alors qu'une horloge située dans le coin de l'écran indiquait environ trois heures trente, l'homme à la moustache occupa la scène durant une fraction de seconde.

- Là, c'est lui !, nous écriâmes-nous tous les trois, à l'unisson.

Diego revint en arrière jusqu'à tomber précisément sur l'instant indiqué. Trois heures, vingt-sept minutes, quarante-deux secondes du matin.

Sans aucun doute, c'était bien le même homme que celui de la photo qu'on m'avait donnée à *La Preciosa*. Il pénétra dans la réception de l'hôtel en se frottant les mains et dit quelque chose qu'il accompagna d'un sourire aimable sous sa moustache.

- Ces vidéos n'ont pas de bande-son, mais il a certainement lancé une remarque sur le froid qu'il faisait.

La main de Diego entra en scène ; elle montrait à l'homme une clé qu'il prit en disant merci d'un signe de tête. Puis il disparut de l'écran. Dix secondes s'écoulèrent avant qu'il ne réapparaisse dans l'un des couloirs.

Il marchait avec sa canne d'une curieuse façon. Il ne s'appuyait pas de tout son poids sur elle pour avancer. Il avait encore un corps robuste et de larges épaules. Dans sa jeunesse, cet homme devait sans doute être très costaud.

- Attends, reviens un peu en arrière, demandai-je une fois que le Mister eût traversé tout le couloir.

Lorsque nous revisionnâmes la scène, je comptai vingt-et-un pas, dont huit pour lesquels le bout de sa canne n'avait même pas touché le sol.

- Celle-là, c'est la cent quatre, précisa Diego en montrant la porte que l'homme déverrouilla.

- J'imagine que vous ne mettez pas de caméras dans les chambres, non ?

Adrián Gálvez me regarda avec une expression qui interrogeait la moralité de ma question.

- Il n'est pas ressorti, ce soir-là ?
- Non.
- Et… tu ne peux pas avoir été distrait, ou t'être endormi pendant un instant ?
- Je ne pense pas, mais la façon la plus facile de le savoir est de continuer à regarder l'enregistrement.

Diego appuya sur un bouton avec trois petites flèches tournées vers l'avant, et les images commencèrent à défiler à la même vitesse vertigineuse que tout à l'heure. Nous mîmes à peine quinze minutes à visionner les six heures qui s'écoulèrent jusqu'à ce que le Mister ressorte de sa chambre pour aller prendre son petit déjeuner.

- Cette chambre a-t-elle une fenêtre ?
- Oui, elle dispose d'un petit balcon qui donne sur cette rue, dit Adrián en indiquant le trottoir qui se trouvait de l'autre côté de la porte vitrée. Les gens l'utilisent généralement pour aller fumer.

Je réfléchis un moment, les yeux fixant les images des caméras de surveillance. Elles montraient maintenant un véritable essaim de personnes qui prenaient leur petit déjeuner en accéléré.

- Quels renseignements demandez-vous à vos clients ?
- Nom, prénom, adresse, et nous photocopions leur carte d'identité.

Sans qu'il fût seulement nécessaire de le lui demander, Diego se mit à fouiner dans un dossier plein à craquer.

- Francisco Menéndez Azcuénaga, dit-il. De Calafate.
- Pancho, de Calafate. Exactement ce qu'ils m'avaient dit à

La Preciosa.
- Fais des photocopies de tout ça pour l'inspecteur, Diego. Aussi de sa carte d'identité.
- Nous n'avons pas de photocopie de sa carte d'identité.
- Comment cela ?, gronda l'hôtelier.
- Non, j'ai bien ses renseignements, sa signature et la photocopie d'un permis de conduire, mais pas de carte d'identité.
- Lorsque les gens arrivent de loin et nous disent qu'ils ont oublié leurs papiers, des fois, nous leur donnons quand même une chambre s'ils nous montrent autre chose qui atteste d'une façon ou d'une autre de leur identité, justifia Gálvez en guise d'excuse.
- Pas de problème, répondis-je. Et, la nuit qu'il est resté là, il l'a payée en espèces ?
- Oui, le pourboire aussi. En fait, il a été plutôt généreux, sûrement parce que je lui ai annulé les autres nuits sans lui prendre de frais.
- Quelles autres nuits ?
- Les deux autres, dit Diego, et il me montra sur l'ordinateur le planning des réservations. Il avait réservé trois nuits chez nous mais, après la première, il nous a dit qu'il avait un imprévu et qu'il devait quitter l'hôtel et que, si je devais lui charger le reste du séjour, que je n'avais qu'à le faire. Adrián m'avait dit de laisser tomber.
- De toute évidence c'était un type qui avait les moyens, se justifia l'hôtelier. Nous aimons que ce genre de client reparte satisfait de chez nous.

CHAPITRE 22

Je me penchai en arrière sur ma chaise, mis les pieds sur mon bureau dans le laboratoire du tribunal. J'examinai, l'une après l'autre, les photocopies qu'on m'avait données à l'hôtel. La réservation pour trois nuits, la facture pour une seule nuitée et le permis de conduire de Francisco Menéndez-Azcuénaga.

Je soufflai, dubitative, en regardant le plafond. Il était très facile de falsifier les permis de conduire délivrés dans les petites villes. Depuis des années, le gouvernement parlait d'un permis unique pour tout le pays, mais, en 2017, nous avions toujours, en guise de permis, de petites fiches cartonnées remplies à la machine sur lesquelles on collait une photo. Pour ne rien arranger, chaque ville concevait le sien comme elle l'entendait.

Je m'enfonçai un peu plus dans ma chaise et j'examinai à nouveau celui de Francisco Menéndez Azcuénaga. S'il était authentique, cet homme était né en 1945 et vivait à El Calafate. Je remarquai alors, qu'en plus des données d'usage, le permis indiquait également le groupe sanguin de son détenteur, pour simplifier la tâche des secours en cas d'accident de la circulation. Menéndez-Azcuénaga était A négatif, le même groupe que la goutte de sang séché trouvée chez Ortega.

J'allumai l'ordinateur et cherchai son nom sur Google. Les résultats me laissèrent bouche bée. La première entrée, par exemple, renvoyait à un article du quotidien *Latitude 51*, de Río Gallegos. Le titre disait : « Une très importante exposition d'art lithique sera ouverte aux visiteurs durant le mois d'octobre ». Je cliquai sur la page du quotidien et je vis apparaître la photo de l'homme qui s'était enquis d'Ortega à *La Preciosa*. D'après l'article, Francisco Menéndez-Azcuénaga, un collectionneur d'artefacts tehuelches en pierre, natif de la localité d'El Calafate, avait décidé d'ouvrir les portes de sa demeure pour que toute la communauté pût profiter de sa collection privée, une des plus importantes de la Patagonie. Au total c'étaient plus de douze mille pointes de flèches et autres pièces recueillies dans la zone centre de la province par trois générations de membres de sa famille. « La zone centre de la province », lus-je à nouveau. D'après ce que m'avait raconté Castro, Panasiuk avait trouvé les flèches irisées aux alentours du lac Cardiel. Exactement au centre de la province de Santa Cruz.

La sonnerie du téléphone interrompit mes pensées. Sur l'écran apparut la photo du légiste Luis Guerra, qui serrait sa femme et sa fille dans ses bras.

- Luis, comment vas-tu ?
- Bonjour Laurita. Devine ! Aujourd'hui, j'ai eu une réunion avec mon autre chef.
- Le directeur de l'hôpital ? Ne me dis pas qu'il t'a convaincu d'aller travailler *full time* dans sa morgue et que tu nous abandonnes !
- Ça jamais ! Je n'ai pas l'intention de mettre un pied hors des deux morgues de cette ville et ça, jusqu'au jour de ma mort.
- Ce jour-là, il te faudra en choisir entre les deux.

J'entendis le petit rire de Luis à l'autre bout du fil. Puis il s'éclaircit la voix.

- Laura, tu te souviens des blessures qu'Ortega avait sur les mains ? Celles qui semblaient être des brûlures mais qui avaient été faites avec une perceuse.
- Bien sûr que je m'en souviens !
- À la fin de la réunion avec le directeur de l'hôpital, je lui ai demandé si ça lui disait quelque chose, un patient qu'il aurait vu récemment avec ce type de lésions.
- Et ?
- Il y a deux mois s'est présenté aux urgences de l'hôpital un homme d'âge moyen présentant des blessures sur les deux

mains faites par une perceuse. Il a prétendu que c'était un accident et qu'il ne voulait pas déposer plainte contre quiconque, mais aucun des médecins ne l'a cru. Personne ne peut se faire de telles blessures sur les deux mains par inadvertance.

- Comment s'appelle cet homme ?
- Le directeur a refusé de me le dire. Il m'a seulement précisé qu'il était d'âge moyen et qu'il travaillait pour l'État.
- Entre les professeurs, les policiers et les agents municipaux la moitié du village travaille pour l'État.
- Les seuls détails que je connaisse sont qu'il souffre d'une possible addiction au jeu et d'un ulcère à l'estomac causé par des troubles graves liés au stress.
- Ce ne serait pas la première fois qu'un ludopathe se fait agresser parce qu'il n'arrive pas à rembourser un prêteur.
- Peut-être que ça n'a rien à voir avec notre affaire, mais j'ai pensé que ce détail pouvait t'être utile.

Je remerciai Luis de ces informations et restai l'écouteur collé à l'oreille, même après la fin de notre conversation. Cela confortait mon hypothèse que l'assassinat d'Ortega pouvait avoir eu pour mobile une dette de jeu.

Avec un peu de chance, le résultat de recherche d'ADN que j'avais demandé, de façon totalement illégale, à mon amie du laboratoire de médecine légale de Río Gallegos, n'allait pas tarder à arriver.

CHAPITRE 23

Le lendemain, la ville se réveilla plus silencieuse que jamais pour un dimanche. Je tirai le rideau de ma chambre : la chaussée était blanche de givre, sans la moindre trace de pneus de voiture ou de pas sur les cristaux minuscules qui réfléchissaient les rayons du soleil.

J'eus un mal fou à faire démarrer ma voiture. Je tournai la clé, clic. Encore une fois. Clic. Je m'y repris plusieurs dizaines de fois jusqu'à ce qu'enfin le moteur ébranle la Corsa et finisse par tourner avec un ronronnement régulier. « Un de ces jours, elle va te lâcher », tout le monde me le disait et je commençais maintenant à le croire. Je me promis qu'au retour de ce voyage je l'amènerais chez un garagiste.

En écoutant *Soda Stereo*, les deux heures et quart de route, une route droite et déserte, passèrent rapidement. Je me rendis compte que j'arrivais à Pico Truncado car, sur l'horizon, je vis se découper les grandes trémies de la cimenterie, et de plus en plus de sacs en plastique accrochés à des fils de fer commencèrent et apparaître sur le bas-côté de la route.

En entrant dans le village, je filai directement vers la guérite de sécurité, à l'entrée de la prison, qui se détachait au milieu des maisons basses. Je stationnai en face d'un énorme mur gris surmonté de barbelés et me dirigeai vers un portail de métal noir.

- Oui ? dit une voix par le parlophone avant même que j'appuie sur le bouton.

- Laura Badía. Je viens du tribunal de Puerto Deseado.

- Un moment.

Je m'attendais à voir la porte s'ouvrir, après une vibration, mais non. Au bout de presque une minute, j'entendis le cliquetis métallique de la serrure. Un policier, de vingt ans à peine, me reçut de l'autre côté.

Je traversai une cour au sol gris de terre battue. En son centre, en haut d'un énorme mât, flottait le drapeau argentin que le vent de la Meseta commençait à effilocher. Derrière se dressait un édifice aux murs bruns et aux toutes petites fenêtres.

Nous entrâmes, je remplis plusieurs papiers et passai un contrôle de sécurité digne de celui des aéroports.

- Et elle, pourquoi vous ne la fouillez pas comme vous me fouillez moi ?, cria une femme en me désignant. Elle était à côté du scanner et une policière lui palpait tout le corps.

- C'est une princesse, celle-là, ou quoi ?

- Par là, me fit signe le sous-officier qui m'avait ouvert la porte.

Nous empruntâmes un couloir aux murs de couleur crème et nous arrêtâmes devant une fenêtre qui donnait sur une grande salle lumineuse avec des chaises pour seuls meubles. Certaines, regroupées par deux ou par trois, d'autres en grands cercles de plus de dix, dont presque la moitié étaient vides. Celles qui ne l'étaient pas étaient occupées par des détenus et les membres de leur famille qui parcouraient des centaines de kilomètres pour venir les voir tous les dimanches.

- Normalement les visites ont lieu dans cette salle, dit le policier en me faisant signe de le suivre, mais, comme vous venez du tribunal et qu'en plus, la conduite d'Ortiz est exemplaire, nous vous permettons de le voir dans sa cellule.

Le couloir menait à une porte en fer peinte en blanc. Le policier introduisit une clé dans chacune des deux serrures et l'ouvrit d'un coup. Cinq pas plus loin, il répéta l'opération sur une autre porte identique.

- Marchez en regardant devant vous, me suggéra-t-il.

Nous pénétrâmes dans une galerie longue et très bien éclairée. Des cellules, de chaque côté, jaillirent des sifflets et des compliments qui allaient de « tu es bonne » à des expressions plus graveleuses.

- Ce n'est pas la première fois que je mets les pieds dans une prison, dis-je à mon guide à voix basse, si ces gamins veulent me faire peur, ils vont devoir faire un peu plus d'efforts.

- Cellule trente-sept, annonça le sous-officier, ignorant mon commentaire.

Ariel Ortiz était là, allongé sur le lit, un sourire las sur le visage.

- C'était évident pour moi que tu allais venir, dit-il sans se lever.

Le policier ouvrit d'un tour de clé, me fit entrer et referma la porte à barreaux derrière moi.

- Appelez-moi quand vous voudrez sortir. Je vous attends ici, dit-il.

La cellule devait faire dans les trois mètres sur deux. Au pied du lit, contre un des murs, il y avait une cuvette pour se laver les mains. Tout à côté, un rideau cachait ce que je supposai être les toilettes. Il restait à peine de la place pour une table et une chaise.

Je m'installai sur une chaise et feuilletai le livre qui se trouvait sur la table. Il était intitulé *Impeccable : le vol de diamants le plus incroyable du monde.*

- Je vois que, comme on t'empêche de sévir, tu t'occupes à apprendre ce que font les autres.

- Ce n'est qu'un passe-temps, dit Ortiz en montrant le livre. Les diamants, c'est pas mon truc !

En cela il avait raison. Ariel Ortiz ne s'intéressait pas aux pierres précieuses, mais il était le plus grand trafiquant d'antiquités et de pièces archéologiques de toute l'Argentine. Dans son adolescence, il avait participé à la découverte de la corvette Swift et, avec ses camarades, ils s'étaient promis que, s'ils trouvaient le navire englouti, ils fonderaient un musée. Pourtant, à peine l'eurent-ils trouvé qu'Ortiz se mit à plonger en solitaire et en cachette pour remonter des pièces qu'il vendait ensuite à des antiquaires de Buenos Aires. Personne n'aurait découvert la chose si ce n'est par une incroyable coïncidence qu'on ne tarda pas, au village, à qualifier de justice divine : lors de l'un de ses voyages à la capitale, il proposa un sablier de la Swift à un magasin d'antiquités dont le propriétaire avait de la famille à Puerto Deseado.

Sur le moment, le tribunal provincial avait voulu le traduire en justice pour pillage de site archéologique mais, finalement, l'affaire en était restée là. Peut-être fut-ce cette impunité qui le poussa à choisir sa manière de gagner de l'argent. Tout le monde savait à Puerto Deseado qu'Ariel Ortiz achetait et vendait des « objets anciens ».

Il est certain que l'astuce par laquelle il avait échappé aux griffes de la justice faisait encore des envieux tout récemment, il y a de cela moins de trois ans. Tandis que sur le port il tentait d'expédier un conteneur vers la Hollande, l'inspection de la division du Patrimoine culturel de la Police Fédérale lui était tombé dessus. Au milieu de ballots de laine de très mauvaise qualité, ils avaient découvert presque deux tonnes de troncs et de pommes de pins pétrifiés. Ils avaient également trouvé quatre cents kilos de pointes de flèches, de lances et de boleadoras tehuelches.

Au moment où il avait été arrêté, je venais juste d'entamer une relation amicale avec lui. Une amitié qui devait clairement déboucher sur autre chose, mais qui s'est bornée, en fin de compte, à une simple amitié. J'étais passée, depuis quelques mois, de la police au tribunal et j'étais heureuse de mon travail et de la vie en général. C'est alors qu'Ariel avait fait son apparition, avec sa grande bouche sexy, ses manières raffinées et ses histoires de plongées et de navires engloutis.

- Je t'ai apporté des petites choses, lui dis-je en posant sur le lit un petit sac en plastique.

Ariel l'ouvrit, feignant l'indifférence, et en sortit un paquet de cigarettes. Il en porta une à sa bouche et l'alluma avec un briquet qu'il rangeait sur l'unique étagère du mur.

- Merci, dit-il en soufflant la fumée.

- Comment vas-tu ?

- Bien... que dire d'autre. La bouffe est bonne. Les douches, c'est pas vraiment ça.

Il parlait en souriant, les yeux fixés sur sa cigarette qu'il tenait entre le pouce et l'index, de sorte que la braise lui touchait presque la paume de la main.

- Tu dois avoir une bonne raison de venir me voir au bout de deux ans et demi. N'est-ce pas ?

- Ça m'a tout l'air d'un reproche.

- Ça t'étonne ?

- Ariel, nous avons dîné ensemble deux fois, rien de plus. Il ne s'est jamais rien passé entre nous.

- Mais ça aurait fini par se passer.

- Peut-être, mais j'aurais rompu dès que j'aurais eu vent du pétrin dans lequel tu t'étais fourré. Je ne sais pas si tu t'en souviens, mais je suis policier et je travaille au tribunal. Avoir une aventure avec toi aurait été un suicide professionnel. Et garder le contact après ton incarcération, plus grave encore.

C'était à moitié vrai. À un moment donné, Ariel Ortiz m'avait beaucoup plu et, s'il était resté libre deux ou trois semaines de plus, alors oui, il se serait peut-être passé quelque chose entre nous. Mais les choses avaient tourné comme elles avaient tourné et cela n'avait aucun sens de perdre son temps à fantasmer.

Toujours est-il que j'avais très vite oublié Ariel, d'autant que, quelques mois plus tard, un agent de la Fédérale qui devait se charger de cette affaire de coke s'était pointé au tribunal. Avec lui, par contre, j'avais bien conclu, même si cette histoire avait mal fini, elle aussi, non seulement entre lui et moi, mais aussi parce que je m'étais retrouvée avec une casserole aux fesses, qui s'appelait Isabel Moreno. En bref, pour moi, 2015 avait été une année désastreuse : les choses avaient mal fini, aussi bien avec le bon garçon qu'avec le mauvais.

Ariel pinça ses lèvres sur la cigarette puis souffla la fumée à quelques centimètres de la braise, pour la raviver.

- Trois fois, dit-il.
- Quoi ?
- Nous avons dîné ensemble trois fois. Pas deux.

Nous restâmes silencieux un moment.

- Peu importe, c'est une vieille histoire, dis-je enfin. Je viens te demander de l'aide.
- Si tu ne peux pas m'obtenir une carte de téléphone, je ne sais pas comment je pourrais t'aider.
- Je suis là pour que tu m'éclaires sur la collection Panasiuk.

Ariel éclata de rire tout en soufflant la fumée de sa cigarette.

- La collection Panasiuk ? Tu ne veux pas que je t'aide aussi à trouver l'Atlantide, non plus ?
- Quel rapport y a-t-il avec l'Atlantide ? Je viens te voir parce que tu es le trafiquant de flèches le plus connu de toute la région.
- Tu m'en vois flatté, dit-il, tandis qu'il faisait le geste de soulever un chapeau imaginaire, et même si ce qu'on dit de moi était vrai, moi je fais du trafic de vraies flèches, en pierre, de celles qu'on peut toucher. La collection Panasiuk n'existe pas, c'est une histoire que quelqu'un a inventée et qui s'est transformée un mythe. Tout comme l'Atlantide.

Je me soulevai un peu de ma chaise pour sortir un papier de la poche arrière de mon pantalon et le jetai sur les genoux d'Ariel. Il le regarda en silence pendant trente secondes.

- Et... d'où tu sors ça ?
- Encore une fois la mauvaise question. C'est la collection Panasiuk, oui ou non ?
- Il semblerait que oui. La disposition et le type de flèches concordent avec les dessins que j'ai vus.
- Combien pourrait-elle valoir au marché noir ?

Ortiz examina à nouveau la photographie.

- Cette collection n'est pas complète. Il y manque deux

flèches. La huit et la neuf.

Je me gardai de mentionner que je savais cela grâce à mes conversations avec l'archéologue Alberto Castro.

- Combien ? insistai-je.

- Telle qu'elle est là, je connais des gens en Europe qui donneraient trois cents mille euros pour l'avoir.

La somme était beaucoup plus élevée que celle estimée par Castro. Compte tenu du passé d'Ariel, elle était certainement plus précise.

- Et la collection complète ? demandai-je.

Ariel me regarda en levant ses yeux de la feuille.

- Si je devais avancer un chiffre, je dirais plus d'un million d'euros pour les quinze flèches. Ou même deux millions. Il est difficile de donner un prix à une chose qui n'a jamais été vendue et dont on ne sait pas si elle existe.

- Au-dessus du million d'euros, répétai-je.

Ariel acquiesça tandis qu'il se levait pour saisir à nouveau son briquet.

- Et tout ça, tu l'as dit à Julio Ortega avant qu'on le tue ? lui demandai-je.

Il écarquilla les yeux.

- Je fais allusion à l'e-mail qu'il t'a envoyé deux jours avant de mourir.

- Quel e-mail ? Ici, on ne nous laisse accéder à l'ordinateur qu'une fois par semaine. Mon jour, c'est le mercredi. Si tu veux, vérifie quand tu sortiras. Je n'ai pas répondu à ce message car, lorsque je l'ai lu, des articles sur sa mort faisaient déjà la une de tous les quotidiens de la province

- Mensonge. Tu lui as répondu exactement deux heures et seize minutes après que lui te l'avait envoyé.

Héberlué, Ariel ouvrit une bouche plus grande que jamais.

- Je n'ai rien à voir avec ce qui est arrivé à Julio. Je suis en prison, tu ne vois pas ?

- Je sais que tu lui as répondu, mais nous n'avons pas encore décrypté ton message. Ce n'est qu'une question de temps.

— Je lui ai dit qu'elles avaient probablement une certaine valeur. De me les confier et que j'allais lui trouver un acheteur.

— Qu'elles avaient une *certaine* valeur ? Tu viens de me parler de centaines de milliers d'euros.

Je me sentis comme une idiote d'avoir posé cette question. Bien sûr, Ariel allait faire en sorte qu'un de ses amis achète les flèches à Julio, à un prix dérisoire, pour les revendre ensuite au vrai prix du marché.

— Qui as-tu contacté pour les lui acheter ?

— Un ami. Un client de longue date, précisément.

— Comment s'appelle-t-il?

— Comme tu peux le comprendre, dans le milieu, chacun reste sur ses plates-bandes, on évite de se faire de l'ombre les uns aux autres.

Je me penchai un peu sur le lit pour attraper les anses du sac plastique dans lequel se trouvaient les quatre paquets de cigarettes. Avant que j'aie pu l'atteindre, la main rugueuse d'Ariel Ortiz se posa sur mon avant-bras. En levant les yeux, je vis ses yeux plantés dans les miens, nos visages se trouvaient à une dizaine de centimètres l'un de l'autre.

— Menéndez-Azcuénaga, dit-il. Le type que j'ai contacté s'appelle Manuel Menéndez-Azcuénaga. Il vit à El Calafate.

CHAPITRE 24

Le commissaire quitta sa chaise qui faisait face au bureau de la juge encombré de papiers. Il fit quelques pas, se croisa les bras, appuya une hanche contre le coffre-fort du tribunal, juste en dessous du tableau avec ces chiffres en forme de pieds et de mains qui faisaient la fête dans un bar.

- Voyons si j'ai tout compris, dit-il. Julio Ortega prend contact avec un trafiquant d'objets du patrimoine historique qui est en prison, lequel à son tour contacte un certain Menéndez-Azcuénaga. Deux jours plus tard, le type se déplace de Calafate à Deseado et s'enquiert d'Ortega dans un tripot de jeu clandestin. Le soir-même, Ortega est retrouvé mort.

- Et ce n'est pas tout, précisa la juge Echeverría tout en contemplant la ria par la fenêtre de son bureau. Menéndez Azcuénaga a quitté *La Preciosa* à l'heure où, d'après l'autopsie, l'homicide a été commis.

- Mais, sur la caméra de surveillance de l'hôtel, on voit que le type pénètre dans sa chambre à trois heures et demie du matin et n'en ressort pas avant l'heure du petit déjeuner. En outre, j'ai envoyé un sous-officier interroger le chauffeur de taxi qui a amené Menéndez-Azcuénaga de *La Preciosa* à l'hôtel. Il ne s'est jamais arrêté durant la course.

- Peut-être que le chauffeur ment.

- Impossible. Il nous a prêté son téléphone et Manuel a transféré toutes les données de son application de géolocalisation. Son trajet a été exactement comme il nous l'a indiqué.

- Ok ! Le chauffeur ne ment pas ; mais, alors, comment expliques-tu le relevé des traces de sang, insista la juge ? Ortega était O positif, comme tout le sang trouvé autour du cadavre. Pourtant, à l'entrée de la maison, il y avait une goutte de sang A négatif, qui correspond au groupe sanguin indiqué sur le permis de conduire de Menéndez-Azcuénaga.

– Il peut s'agir d'une simple coïncidence, suggérai-je, six pour cent des Argentins sont A négatif.

– Six pour cent ce n'est pas beaucoup, souligna le commissaire.

– Supposons un moment que ce type soit le tueur, dis-je, alors il aurait réussi à ressortir d'une façon ou d'une autre de sa chambre de l'*Isla Pingüino* en esquivant les caméras.

– La seule manière aurait été par le balcon du deuxième étage, dit Lamuedra, mais nous parlons d'une personne de plus de soixante-dix ans qui marche avec une canne anglaise.

– Une canne sur laquelle il s'appuie à peine, précisa Echeverría.

– C'est vrai, dus-je reconnaître, mais de nombreuses personnes d'un certain âge se servent d'une canne parce qu'elle leur donne de l'assurance, même si elles peuvent parfaitement s'en passer pour marcher. Cependant, je ne pense pas qu'un homme de son physique et de son âge, en aussi bonne forme soit-il, puisse avoir infligé à Ortega ce qu'on lui a fait subir.

– Mais, cela fait beaucoup d'éléments dus au hasard, tu ne crois pas ?, dit le commissaire. Un type sort de nulle part, demande Ortega et, précisément ce jour-là, à cette heure-là, Ortega est retrouvé mort. Il doit bien y avoir une relation.

– Peut-être, avouai-je, en me gardant bien de parler d'Enrique Vera.

Le seul fait de mentionner le prêteur impliquerait pour moi de reconnaître, devant mes deux supérieurs, bon nombre d'irrégularités : que j'avais prélevé de façon illégale ses empreintes digitales et un échantillon de salive, que j'avais demandé un test ADN non autorisé et que je n'avais pas pu comparer les empreintes avec celles du tableau car ces dernières étaient introuvables au tribunal. Une seule de ces infractions m'aurait valu un blâme et plusieurs jours de mise à pied. Et, toutes cumulées, ç'en aurait été fini de ma carrière à Puerto Deseado.

– Il faut que tu ailles parler à Menéndez-Azcuénaga, trancha Lamuedra. Tu dois t'imposer ce sacrifice et aller passer quelques jours dans la Cordillère. Je sais que ce n'est pas évident pour toi.

Il prononça ces mots avec un sourire malicieux. Il savait que la Cordillère était mon endroit de prédilection et que j'y passais le plus clair de mes vacances. En réalité, il y avait quelques années de cela, quand je travaillais encore au commissariat, je lui avais demandé quelles étaient les démarches à faire pour obtenir une mutation dans un village plus proche de la montagne.

– Moi, je serais enchantée d'aller à Calafate pour parler à ce type, je l'admets, mais qu'allons-nous lui dire ? Que nous n'avons pas de preuves, mais que nous avons des soupçons le concernant. Cela le mettrait sur ses gardes.

– Et vous, qu'en pensez-vous, Echeverría ?, demanda le commissaire à la juge qui, à ce moment-là, avait le regard rivé sur son ordinateur.

– Nous n'aurons besoin d'aucune excuse. Menéndez-Azcuénaga vient de nous inviter chez lui.

– Quoi ?

– « Madame la Juge de Première Instance », lut Echeverría à voix haute, « je vous écris ce message pour vous faire savoir que je dispose d'informations importantes concernant la disparition de la collection d'art lithique en pierre irisée communément appelée "collection Panasiuk". J'estime que ces informations peuvent s'avérer déterminantes pour l'élucidation de l'affaire de l'assassinat de Julio Ortega dans la localité de Puerto Deseado. Malheureusement, il m'est difficile de me déplacer jusqu'à vous compte tenu de ma condition physique, raison pour laquelle je vous invite (vous ou toute autre personne mandatée) à ma résidence d'El Calafate pour que je puisse vous dire ce que je sais. Ci-joint mon adresse. Je vous attends à tout moment, à votre convenance. Il serait long et compliqué de vous expliquer tout cela par téléphone ou par mail, raison pour laquelle je vous prie de m'envoyer quelqu'un. Cordialement. Francisco Menéndez-Azcuénaga. »

- C'est juste au moment où nous tombons sur son nom que ce type nous envoie ça ?

- Non, rectifia la juge, ce mail, je l'ai reçu il y a trois jours. Il l'a envoyé vendredi soir au secrétariat du tribunal. Isabel était certainement déjà rentrée chez elle. Elle ne me l'a transmis qu'aujourd'hui, dans la matinée.

CHAPITRE 25

À 8h45, le lendemain matin, en compagnie de Castro, que j'étais passé prendre deux heures plus tôt à l'hôtel *Los Barrancos*, je quittai Puerto Deseado. Les premiers rayons du soleil firent scintiller des coulées de neige sur la campagne. La chaussée n'était pas verglacée mais je restais néanmoins concentrée, les deux mains sur le volant, et ne dépassais pas les cent vingt kilomètres à l'heure. D'ailleurs, je n'étais pas vraiment à l'aise pour conduire la Ford Focus du commissariat, que Lamuedra nous avait assignée pour le voyage. J'aurais préféré y aller avec ma Corsa mais ses problèmes récurrents de démarrage me faisaient craindre de ne pouvoir arriver jusqu'à Calafate.

- Que dis-tu ? Douze heures de route au total ? Je pensais que c'était beaucoup moins !

Je souris à la question de l'archéologue qui, sur le siège passager, se penchait et farfouillait dans son équipement à maté, qu'il avait placé entre ses pieds.

- C'est parce que la route zigzague et que ce sont presque mille kilomètres au total. Si celle qui mène de Deseado à San Julián et celle qui traverse la province à Piedrabuena étaient goudronnées, nous gagnerions presque deux cents kilomètres.

La veille, après avoir reçu le mail de Menéndez-Azcuénaga, alors qu'avec la juge et le commissaire nous revenions sur l'affaire, nous avions décidé que ce serait moi qui irais rendre visite au collectionneur de flèches. Le soir de ce même jour, Echeverría me demanda si cela m'ennuyait d'emmener l'archéologue avec moi. « Il peut t'être extrêmement utile. En passant, tu en profiteras pour l'emmener voir le Perito Moreno qu'il n'a jamais vu », m'avait dit la juge. Je me demandais donc si l'intérêt de Castro relevait de l'archéologie ou du tourisme mais, ce qui était sûr, c'est que nous étions dans une voiture de la police, en route pour le fin fond de la province, pour aller parler au fameux Menéndez-Azcuénaga, et *en passant*, pour voir un des glaciers les plus célèbres du globe.

Vers midi, nous fîmes halte à Piedrabuena pour déjeuner dans un restaurant et nous dégourdir un peu les jambes. Nous avions fait plus de cinq heures de route et nous n'en étions même pas à la moitié. Quand on nous apporta l'addition, mon téléphone sonna. C'était la juge Echeverría.

- Laura, comment ça va ?
- Bien, nous sommes à Piedrabuena. Nous finissons de déjeuner.
- Une question. Où as-tu mis les empreintes digitales que tu as relevées sur les morceaux de verre chez Ortega ?
- Elles doivent être dans l'armoire de mon laboratoire. Il y a un dossier avec les photos et les autres documents de la scène du crime, mentis-je. Cela faisait quatre jours, depuis vendredi, que ces empreintes avaient disparu et ni Manuel ni moi n'avions idée de l'endroit où elles pouvaient se trouver.
- Manuel vient de vérifier et dit qu'elles n'y sont pas.
- Alors, j'ai dû les laisser dans un des tiroirs de mon bureau.
- Ils sont tous fermés. Où sont les clés ?
- Dans ma poche.
- Et il n'y en a pas un autre jeu ?
- Non. Je mentis à nouveau. J'en avais un double, qui était scotché sous mon clavier d'ordinateur.
- Laura, sérieusement, tu es en train de me dire que tu t'absentes et que tu ne laisses aucun moyen d'accéder aux preuves d'une affaire sur laquelle nous travaillons vingt-quatre heures sur vingt-quatre. Alors je vais devoir appeler un serrurier pour qu'il m'ouvre le tiroir, ou faire sauter la serrure avec mon Beretta ? Avec le budget dont dispose le tribunal, nous avons autre chose à faire que casser nos meubles!

- Veuillez excuser cette erreur, votre honneur. Je ne l'appelais ainsi que dans les cas où la politesse s'imposait. Nous serons de retour après-demain... pouvez-vous attendre jusque-là ? Pourquoi avez-vous besoin de ces empreintes ?

La juge claqua la langue et soupira.

- C'est pour les comparer avec celles de voyous qu'un voisin dit avoir aperçus près de la maison, le soir de l'homicide. C'est une petite bande de mômes, ils ont presque tous des antécédents pour vol, agression, et d'autres choses du même acabit. Je ne crois pas qu'ils aient quoi que ce soit à voir là-dedans, mais je veux m'en assurer.

- Bien, chef. Alors, qu'est-ce que vous en dites ? On attend jusqu'à après-demain ?

- Et qu'est-ce que je fais de ces quatre gamins ? Je les place en garde à vue au commissariat ou je les relâche et je prends le risque qu'ils quittent la ville ?

Je gardai le silence. De toute évidence, elle posait la question davantage pour elle-même que pour moi.

- D'accord, dit-elle, comme si je lui avais proposé une solution. Mais que ce soit la dernière fois que tu t'absentes sans laisser au tribunal le moyen d'accéder aux preuves d'une affaire.

- Pardon, votre honneur. Cela ne se reproduira plus.

La juge raccrocha sans me saluer et je poussai un soupir, mi-soulagée, mi-contrariée. Putain ! Où étaient passées ces copies d'empreintes ? Quelles excuses allais-je devoir inventer dans deux jours quand nous serions de retour à Deseado ?

- Des problèmes avec Delia ?, demanda Castro, qui avait consulté son téléphone durant toute ma conversation avec Echeverría.

- Non. Rien de grave.

Je réglai la note avec ma carte de crédit personnelle. Dans le meilleur des cas, le tribunal ne mettrait pas plus de deux mois à me rembourser mes frais de voyage.

***

Une demi-heure plus tard, nous avions déjà laissé derrière nous la verdoyante vallée du fleuve Santa Cruz et nous traversions à nouveau la Meseta grise et plane.

- Dis donc, ça fait tout de même un sacré voyage, rien que pour aller parler à un type qui était à Deseado il y a quelques jours !, fis-je. Il ne pouvait pas habiter encore plus loin ?

- Mais c'est un collectionneur très important. Son nom me dit quelque chose. Et si tu considères l'endroit où il se trouvait quand Ortega a été tué, il est certain que cette expédition peut t'être utile.

- Pour sûr ! Mais j'ai des tas de choses à faire à Deseado.

- Et puis, on t'envoie quand même à seulement vingt kilomètres d'une des plus grandes merveilles naturelles du monde, tous frais payés, et tu te plains !

Je souris. L'archéologue avait raison. Même si ces douze heures sur ces routes droites et interminables de la steppe de Santa Cruz ne nous permettaient pas de faire avancer l'enquête, elles seraient au moins une bonne excuse pour faire une escapade au Perito Moreno.

- Donc, tu n'as jamais été voir le glacis ?, lui demandai-je.

- C'est la même chose que le glacier ?

- Oui ! Je ris. C'est comme ça qu'on l'appelle en Patagonie.

- Alors non, je n'ai jamais vu le glacis, répondit Castro en me tendant un maté. Je le pris d'une main, tenant dans l'autre le volant, sans perdre de vue la route qui se perdait à l'infini.

Cette infusion tombait à pic pour me sortir de ma torpeur postprandiale. L'eau était à la température idéale et l'archéologue l'avait légèrement sucrée, juste comme je l'aimais. Ce n'était pas du luxe d'avoir quelqu'un qui sache préparer un bon maté pour un voyage aussi long.

- Tu vas être conquis, dis-je en lui rendant le maté. Ce n'est pas pour rien qu'il attire des touristes du monde entier.

À nouveau les mains sur le volant, je me souvins de ma

dernière visite au Perito Moreno, avec ma tante Suzanne, trois ans plus tôt. Ce glacier était comme le film *Le Parrain* : peu importait qu'on t'ait dit mille fois qu'il était fabuleux avant que tu le voies, tu en restais bouche bée quand tu le découvrais pour la première fois

- Oui, je suis sûr que je vais être émerveillé. Ça fait très longtemps que j'ai envie de le voir. Ma petite-fille va certainement me tuer quand elle apprendra que j'y suis allé sans elle.

- Tu as une petite-fille ?, dis-je, feignant de l'ignorer. Je le savais déjà, car j'avais lu l'article sur l'accident de son fils et vu le profil de la petite sur le Facebook de l'archéologue.

- Oui, elle s'appelle Alicia, elle a six ans. Elle adore la forêt, la montagne, la glace, et tout ce qui s'y rapporte.

- Ah oui ? Et ça lui vient d'où ? Tu l'as déjà emmenée dans la Cordillère ?

- Non, absolument pas. Et Castro rit. C'est ce qu'elle voit dans les films. Chaque fois qu'elle voit des scènes avec des forêts enneigées ou des chalets avec une cheminée, elle reste scotchée sur l'écran. Plus que devant n'importe quel dessin animé.

- Bon, alors il faut que tu l'y amènes un jour. Ou bien que tu ailles au moins avec elle à Mendoza ou à San Martín de los Andes. Pour vous, depuis Buenos Aires, c'est beaucoup plus près.

- Ça, ça serait super, dit Castro.

Je me tournai un instant vers lui pour lui repasser le maté et je surpris son regard perdu sur l'interminable ligne droite qui filait devant nous.

- Ça serait super, répéta-t-il.

Il souriait, mais son expression était empreinte de tristesse. Comme s'il s'imaginait quelque chose à la fois de très heureux et d'inatteignable.

CHAPITRE 26

Le lendemain matin, une demi-heure après le petit déjeuner, que nous prîmes au bar de l'hôtel, je me garai à l'adresse que Menéndez-Azcuénaga nous avait indiquée. Sa maison en bois et en pierre semblait beaucoup plus ancienne que toutes celles du quartier.

Alberto Castro ouvrit le portail en fer forgé et me laissa passer d'un geste galant. Empruntant un chemin pavé, nous traversâmes un petit jardin au gazon soigneusement entretenu, fleuri de soucis. Un manteau vert d'une telle beauté était quasiment impossible à voir chez nous, où le réservoir d'eau ne se remplissait qu'un jour sur quatre. À Puerto Deseado, arroser était aussi mal vu qu'allumer une cigarette avec un billet de cent pesos.

Les pavés s'arrêtaient sur le seuil d'une grande porte en noyer à double battant. Je frappai avec un heurtoir de bronze avant de m'apercevoir qu'il y avait une sonnette au mur. Je sonnai aussi, au cas où.

Je reconnus l'homme qui m'ouvrit. C'était celui que j'avais vu sur la vidéo de l'hôtel. Semblable en tout point à ce que m'avaient décrit les types de l'équipe de *La Preciosa*, avec son gilet à l'anglaise et sa moustache blanche aux pointes recourbées, qui faisaient penser à un homme né un demi-siècle plus tôt.

- Bonjour. Monsieur Francisco Menéndez-Azcuénaga ? Je suis l'officier Laura Badía, et voici l'archéologue Alberto Castro. Nous venons du tribunal de Puerto Deseado.

L'homme sourit et nous tendit la main, nous offrant du bout des doigts une poignée de main distante et molle.

- Entrez. C'est un honneur de vous recevoir chez moi, et tout particulièrement d'accueillir un des plus éminents spécialistes mondiaux de l'art lithique tehuelche. Ne le prenez pas mal, officier Badía, je suis un grand admirateur du travail scientifique du docteur Castro.

- Il n'y a pas de quoi, répondis-je en pénétrant dans la maison. L'air était tiède et sentait le feu de bois.

- Donnez-moi vos manteaux.

Je fis une légère courbette et quittai mon blouson qu'il accrocha à un portemanteau. En dessous, dans un porte-parapluie, j'aperçus une canne anglaise en bois qui me sembla être celle que j'avais vue sur l'enregistrement des caméras de l'hôtel. Castro s'était habillé comme s'il partait au pôle sud ; il lui fallut pas moins de deux patères du portemanteau pour accrocher son cardigan, son cache-nez et son manteau.

- Merci de nous recevoir, Monsieur Ménendez.

- Vous n'avez pas à me remercier. Vous imaginez bien que je n'ai pas un emploi du temps très surchargé ! Venez, entrez. Asseyons-nous devant la cheminée. Thé, café ?

Pour moi, ce fut un café et Castro demanda une camomille. L'homme nous fit signe d'attendre un moment et disparut dans la maison.

- Cet homme n'était-il pas supposé marcher avec une canne ? me demanda l'archéologue.

Je haussai les épaules.

- Bien que, il est vrai, beaucoup de personnes d'un certain âge ne s'en servent que lorsqu'elles sortent de chez elles, se répondit-il à lui-même.

Appréciant l'assise confortable de mon fauteuil capitonné, je regardai autour de moi. J'avais toujours rêvé d'avoir une maison comme celle de Francisco Menéndez-Azcuénaga. Une maison d'un autre temps, avec des murs de cinquante centimètres d'épaisseur et des portes qu'un géant aurait pu franchir sans se baisser. Et, bien entendu, avec une cheminée, encore une chose qui était inconcevable à Puerto Deseado. Se chauffer au bois en plein désert revenait extrêmement cher.

Menéndez-Azcuénaga revint dans la salle à manger, une pipe à la main, et choisit le fauteuil situé en face du mien, à côté d'une fenêtre par laquelle on apercevait son petit jardin verdoyant.

- On nous apporte cela dans un instant. Vous avez de la chance d'arriver pendant le service de ma domestique, car moi, je fais un café infect.

Je souris, mais gardai le silence. L'homme vida le contenu de sa pipe dans un cendrier, sur l'accoudoir de son fauteuil. Puis il leva les yeux et me regarda droit dans les yeux.

- Je n'ai rien à voir avec la mort de cet homme.
- Vous voulez parler de l'homicide de Julio Ortega à Puerto Deseado ?

Il fit signe que oui. Il tenait sa pipe vide par le tuyau, ce qui soulignait le tremblement de ses mains.

- Vous connaissiez Ortega ?
- Non, nous ne nous sommes jamais rencontrés.
- Pourtant, au bar *La Preciosa,* on m'a dit...
- Je ne l'ai jamais vu de ma vie.
- Comme vous le comprendrez, le fait qu'on vous ait vu à plus de mille kilomètres de chez vous et que vous ayez essayé de contacter cet homme précisément le soir où il a été trouvé mort m'oblige à vous demander quelques éclaircissements.

Menéndez-Azcuénaga soupira longuement et acquiesça silencieusement. Il prit son temps avant de répondre, remplit très calmement sa pipe et en tassa le contenu avec un petit instrument qu'il sortit de sa poche.

- Cela vous dérange-t-il ?

Castro et moi fîmes, l'un comme l'autre, non de la tête, et l'homme alluma sa pipe avec un briquet qui faisait un bruit de chalumeau miniature.

- Commençons par le commencement, dis-je en levant une main. Comment saviez-vous que Julio Ortega possédait ce cadre ?
- J'ai été prévenu, par e-mail, par une vieille connaissance qui se consacre au commerce des antiquités. Je préfèrerais, si possible, ne pas donner son nom.
- Cette précaution n'est pas nécessaire, nous le connaissons déjà. Il s'appelle Ariel Ortiz et il est incarcéré à Pico Truncado. Comme par hasard, pour trafic d'objets archéologiques.

Menéndez-Azcuénaga acquiesça, surpris, avec une expression qui semblait dire : « Si vous le savez déjà, alors pourquoi me posez-vous la question ? ».

- Je n'ai rien fait d'illégal. J'ai seulement reçu un mail de cette personne qui, il est vrai, se trouve dans un établissement pénitentiaire.

- Monsieur Menéndez, nous allons être dans l'obligation de voir tous ces mails.

Le visage du vieil homme resta une seconde impassible, réfléchissant à ce qu'il allait répondre. Finalement, il acquiesça par des hochements de tête rapides sans se lever de son fauteuil.

- Je me suis rendu à Deseado avec une idée en tête. Je voulais rencontrer Ortega -commença-il à expliquer - et, d'une façon ou d'une autre, l'amener à me parler des flèches. Lui faire savoir incidemment que j'étais un collectionneur pour qu'il comprenne qu'avec moi, il avait la possibilité de les vendre. Mais je voulais que cela semble une coïncidence. Dans ce domaine, il n'y a pas mieux pour perdre de l'argent que de se montrer impatient. Imaginez si je lui avais dit : « Bonjour monsieur Ortega, je suis Francisco Menéndez-Azcuénaga et je viens de faire mille cent kilomètres pour venir vous acheter vos flèches ». Ça ou lui faire un chèque en blanc, ç'aurait été la même chose.

- Et comment avez-vous su que vous pouviez le rencontrer à *La Preciosa* ?

- Mon ami...

- Ortiz, évidemment.

- Cette nuit-là, comme vous le savez certainement déjà, Ortega n'est pas venu à *La Preciosa,* poursuivit l'homme. Je suis resté pour jouer au poker avec ses amis, dans l'espoir, au début, qu'il arriverait tard mais, à mesure que le temps passait, j'ai fini par comprendre qu'il ne viendrait pas.

- Jusqu'à quelle heure y êtes-vous resté ?

- Jusqu'à trois heures du matin environ.

Cela coïncidait avec la vidéo des caméras de surveillance

de l'hôtel et avec la déposition que le chauffeur de taxi qui l'avait ramené à l'hôtel avait faite à un sous-officier.

- Le concierge de l'hôtel *Isla Pinguïno*, où j'ai passé la nuit, pourra vous le confirmer. C'est un garçon grand, qui a de grandes dents.

J'évitai de mentionner que j'avais déjà parlé avec le personnel de l'hôtel.

Néanmoins, l'assurance avec laquelle Menéndez-Azcuénaga me donnait cet alibi indiquait qu'il était certain que le concierge corroborerait ses dires.

Il y avait trois possibilités : soit l'homme disait la vérité, soit il était ressorti de l'hôtel sans qu'on le voie, soit il avait acheté la complicité du concierge pour éviter les caméras de surveillance. Car, à ce qu'il semblait, ce n'était pas l'argent qui lui manquait.

- Le lendemain, je me suis levé dans l'idée de retourner à *La Preciosa* le soir-même. Cependant, tandis que je prenais mon petit déjeuner, j'ai entendu la radio annoncer l'homicide et j'ai été saisi de panique. Imaginez, un parfait inconnu se présente et demande où trouver Ortega et, quelques heures plus tard, Ortega est retrouvé mort.

- Alors vous avez décidé de quitter Deseado.

- Qu'allais-je faire ? Rester et m'enquérir de ces flèches auprès de ses proches pendant ses funérailles ? Aller voir la police et lui dire qu'en dépit d'étranges coïncidences, je n'avais rien à voir avec ce meurtre ?

- À supposer que vous disiez la vérité, monsieur Menéndez-Azcuénaga, si vous ne savez rien sur les circonstances de cette mort, alors que faisons-nous ici ? Pourquoi avez-vous demandé à nous voir ?

- Je ne sais pas qui était cet homme, ni comment le meurtre a été commis, ni qui l'a commis. Mais je crois que j'en connais parfaitement le mobile.

CHAPITRE 27

- Dans mon e-mail au tribunal, je disais clairement que je voulais vous voir pour parler des pointes de flèches qui ont disparu des lieux du crime, mademoiselle Badía, dit Menéndez-Azcuénaga, en s'enfonçant dans son fauteuil après avoir expiré une bouffée de fumée.
- Et vous, comment savez-vous ce qu'il y avait ou non sur les lieux du crime ?
- Il n'est pas nécessaire d'être un génie. J'apprends que Julio Ortega possède un encadrement contenant une grande partie de la collection de flèches Panasiuk, je vais le voir pour essayer de le lui acheter mais le type est retrouvé mort. Deux jours après, quelqu'un propose les flèches à la vente sur internet.

L'homme se pencha sur la table basse devant nous et sortit d'un dossier marron une copie de la photographie que nous avions trouvée dans le téléphone d'Ortega.

- Comment cela ? Deux jours après sa mort, les flèches étaient en vente sur internet ? fis-je.

Il eut un sourire malicieux qui souligna la multitude de rides qu'il avait au coin des yeux.

- Écoutez, la collection des artefacts lithiques est une passion pour moi. C'est une tradition familiale. Et même si bon nombre de pièces que je possède, je les ai trouvées moi-même, je ne vais pas nier que, dans certaines occasions, il m'arrive d'en acheter lorsque je tombe sur des pièces qui me semblent particulièrement intéressantes.
- Je suppose que c'est ce qui explique votre amitié avec Ortiz, le trafiquant.
- « Trafiquant », le mot est un peu fort. Oui, je fréquente des gens comme lui, mais je me connecte aussi tous les jours sur certains sites web où apparaissent, de temps en temps, des pièces qui en valent la peine.

Le collectionneur évita de croiser le regard de Castro. Je supposai qu'il connaissait ou imaginait ce que l'archéologue pouvait penser de l'achat et de la vente d'artefacts lithiques.

- Il n'y a presque jamais de nouveautés, et encore moins de pièces qui vaillent le coup mais, deux jours après la mort d'Ortega, quelqu'un a mis en vente cet encadrement de flèches, dit-il en montrant la photo.

- Nous allons avoir besoin du nom de ce site web.

- Bien sûr. C'est *Mercado Fácil*.

- Vous êtes en train de me dire que sur le site de commerce en ligne le plus visité du pays, on trouve des objets archéologique en vente ?, demandai-je, effarée. J'imaginais que ce type de trafic se faisait sur des sites cryptés auxquels on ne pouvait accéder que sur invitation et dont les serveurs se trouvaient à coup sûr en Europe de l'Est.

- Tout juste ! Je ne répondrais pas de tout ce que l'on peut trouver sur *Mercado Fácil*. Cependant, je ne vais pas vous cacher que j'ai été un peu surpris d'y voir cette collection. Une chose d'une telle valeur, personnellement je l'aurais proposée sur un site plus spécialisé et de portée mondiale. Raison pour laquelle j'ai eu l'intuition que celui qui la vendait n'avait aucune idée de la valeur réelle de ce qu'il avait entre les mains.

- À quel prix le lot était-il proposé ?

- Il était mis aux enchères. Mais, au moment où je l'ai consulté, il n'y avait encore aucune offre.

- Il y avait une photo de la collection sur l'annonce ?

- Bien évidemment.

- Et c'était la même que celle-ci ?

- Non. Heureusement que j'ai eu l'idée d'en conserver une copie. Regardez vous-mêmes.

Du dossier marron, l'homme sortit une autre photo des flèches irisées, prise sous un angle différent et moins éclairée. Les flèches étaient dans le même cadre, sur un fond de velours rouge identique, mais sans aucun verre de protection.

En outre, au centre du triangle, manquait la flèche numéro cinq, celle que j'avais dans le tiroir de mon bureau au tribunal. Cette photo avait été prise après la mort de Julio Ortega.

- Vous avez contacté le vendeur qui a publié l'annonce ? lui demandai-je.
- Évidemment. J'ai sollicité un rendez-vous pour voir personnellement les flèches. Je lui ai dit que j'étais très intéressé, mais il ne m'a jamais répondu. Quelques heures plus tard, l'offre avait été retirée.
- Vous vous souvenez du nom du vendeur ?
- Non, mais je me souviens que, sur ce site, il n'y avait aucune estimation de transactions antérieures qu'il aurait pu avoir effectuées.
- C'était probablement un compte récent, créé exclusivement pour vendre ces flèches. Vous pourriez m'envoyer par mail une copie de cette photo ? Je désignai la photo de l'offre qu'il avait téléchargée sur son téléphone.
- Bien sûr ! Mais avant, j'aimerais savoir exactement quel est mon rôle dans cette affaire ? Suis-je toujours considéré comme suspect ?
- Monsieur Menéndez-Azcuénaga, cet entretien sort du cadre strictement officiel. Nous avons accédé à votre

demande car vous avez déclaré avoir des informations pouvant nous être utiles. Nous sommes ici pour vous écouter et c'est ensuite que notre équipe rendra ses conclusions.

Il acquiesça lentement et lissa ses moustaches mais je ne savais pas comment interpréter son sourire en coin.

- Et l'archéologue qui vous accompagne fait-il aussi partie de votre équipe ?, demanda-t-il en désignant Castro.

- C'est un collaborateur, expert en artefacts lithiques comme vous le savez.

« Artefacts lithiques » pensai-je. Ces derniers temps, j'avais prononcé cette expression des dizaines de fois, alors que je ne l'avais encore jamais entendue avant la mort d'Ortega. Pour moi, cela avait toujours été des pointes de flèches.

- D'après nos informations, vous possédez la plus grande collection privée de la province, affirmai-je.

- Privée et publique. Ma collection compte plus de douze mille pièces. La seconde est celle du Musée de Puerto Deseado, mais elle ne doit pas atteindre les dix mille. Souhaitez-vous voir ma collection ?

- Avec grand plaisir, si cela ne vous ennuie pas, répondit Castro, qui intervenait dans la conversation pour la première fois.

- Vous pourriez peut-être d'abord nous raconter ce que vous avez à nous dire et vous nous la montrerez ensuite ; qu'en dites-vous ?, intervins-je.

- Cela me semble être une excellente idée.

À ce moment-là, de l'intérieur de la maison surgit une dame d'une cinquantaine d'années, de très petite taille, qui apportait un plateau avec trois tasses.

- Merci beaucoup, Amalia, dit Menéndez-Azcuénaga, tandis qu'elle posait sur la table basse les cafés et la camomille de Castro.

- Que pouvez-nous nous dire de la collection Panasiuk ?, demandai-je.

- Beaucoup de choses, répondit le vieil homme. Bien que le

Docteur Castro en connaisse une grande partie.

- Mais pas moi. Alors, s'il vous plaît, racontez-nous tout dans les moindres détails.

L'homme y consentit d'un geste solennel et but une gorgée de café avant de commencer.

- Teodor Panasiuk était un immigré polonais qui était arrivé en Argentine au début des années vingt. Comme de nombreux Européens débarquant à cette époque-là, il avait fini par travailler la terre. Dans son cas, en Patagonie, dans une estancia qui se trouvait sur les rives du lac Cardiel. Vous êtes déjà allée au lac Cardiel, mademoiselle Badía ?

- Non.

- Bon, à moins que vous n'aimiez la pêche à la truite, il n'y a absolument rien à faire là-bas. Quand on pense à un lac, on imagine des arbres et un paysage verdoyant. Rien de tout cela. Le Cardiel est un immense miroir d'eau au milieu de nulle part. Les terres qui l'entourent sont presque aussi brunes et arides que celles de la Meseta de n'importe quel recoin de la province. Je vous raconte tout cela pour que vous compreniez que, pour Panasiuk, les loisirs étaient plutôt limités.

- Et passer son temps à chercher des flèches en était un, hasardai-je.

- Exactement. Chercher des flèches, mais aussi des pointes de lance, des grattoirs, des haches, des boleadoras...

Je trempai mes lèvres dans le café qu'Amalia nous avait apporté. Il était bouillant.

- Il y a quelque chose de singulier chez ceux qui partagent ma passion, officier, c'est que nous ne faisons pas les choses à moitié. Vous voyez, pour la plupart des gens, la simple idée de passer toute une journée à marcher, les yeux rivés au sol, pour déterrer le moindre éclat de pierre qui affleure, ressemblerait à une véritable torture. Il est vrai que cela se comprend. Mais le virus vous prend, comme cela m'est arrivé et comme c'est arrivé à Teodor, il y a presque cent ans de cela, et cette recherche devient un hobby qui vous accompagne toute la vie.

Je me souvins du cadre que ma tante Suzanne exposait fièrement dans sa salle à manger, et qui présentait une composition des plus belles flèches qu'elle avait trouvées sur une dizaine d'années.

- Teodor Panasiuk serait resté un paysan anonyme, parmi tous ceux qui collectionnaient des artefacts lithiques, si on ne lui avait pas raconté une histoire qui allait changer le cours de sa vie. Vous savez, dans les années vingt, près de Cardiel, subsistaient encore quelques campements de Tehuelches. Panasiuk commença à se rapprocher de ces gens qui, à l'époque, ne traquaient plus les guanacos à pied pour les tuer avec des flèches comme celles qu'il recherchait ; ils avaient désormais des fusils et se déplaçaient à cheval. Avec le temps, il finit par se lier vraiment d'amitié avec certains d'entre eux, alors qu'ils étaient plutôt habitués à ce que les hommes blancs, les *huincas*, les approchent pour ensuite les déplacer ou les dominer. Il s'entendait en particulier avec une des femmes du campement qui portait une flèche irisée en pendentif et qui lui raconta la légende de Yálen.

Menéndez-Azcuénaga leva à nouveau sa tasse et la pointa vers Castro pour qu'il raconte la suite de l'histoire.

- J'ai déjà expliqué à Laura que c'est une légende qui n'a aucun sens d'un point de vue scientifique, commenta l'archéologue avant de se tourner vers moi. Une autre des inepties que l'on colporte est que celui qui parviendra à réunir les quinze flèches irisées du cacique Yálen deviendra immortel, comme le sont ces pierres.

- Ce qui importe n'est pas tant de savoir si c'est ou non une légende, intervint Menéndez Azcuénaga, que de comprendre que ces croyances conditionnent notre façon d'agir, et nos actions qui, elles, sont bien réelles. Aussi réelles que les vingt-cinq années que Teodor Panasiuk a passées à chercher ces flèches irisées, jusqu'à parvenir à en réunir quatorze.

- Et comment y est-il arrivé ?
- En interrogeant, en cherchant et, surtout en payant.

Le vieil homme leva alors un doigt pour nous faire signe de l'attendre, et il disparut derrière une porte. Quelques minutes plus tard il revint avec un classeur en plastique qu'il ouvrit devant nous. Il contenait des coupures jaunies, très anciennes, de journaux de la région. Il en retira une soigneusement pour ne pas l'abimer. Au milieu de publicités vantant les mérites de produits contre la gale des brebis et de fils barbelés pour clôturer les champs se trouvait une annonce en lettres majuscules : ACHÈTE POINTES DE FLÈCHES EN PIERRE IRISÉE À BON PRIX

En dessous figurait un numéro de boîte postale du bureau de poste de Gobernador Gregores.

- Panasiuk parlait ouvertement de ce qui était devenu chez lui une obsession. Il disait à qui voulait l'entendre qu'il était prêt à payer une bonne somme pour des flèches en pierre irisée.

- Ne prenait-il pas ainsi le risque d'être abusé ?, demandai-je.

- Bien sûr, et on a tenté maintes fois de le tromper, car on trouve aussi des opales en Patagonie, mais pas celles qui sont considérées comme semi-précieuses. L'iridescence de l'opale de Patagonie est légère, elle n'arrive pas à la cheville de celle de l'Amazonie, qui est comme un arc-en-ciel. Les flèches de Panasiuk sont de véritables joyaux qui décomposent la lumière, irradiant des nuances plus intenses et plus profondes que celles de toute autre pierre. Quiconque en a vu une seule n'aura aucune difficulté à reconnaître une imitation.

C'était vrai. La flèche que nous avions trouvée chez Ortega et celle du musée étaient vraiment magnifiques.

- En outre, Panasiuk usait d'une technique très simple pour éviter de se faire avoir. Au cours des vingt années qu'il a passées à réunir sa collection, il ne l'a jamais montrée à personne. De sorte que personne ne savait exactement ce qu'il recherchait. Si on lui apportait une flèche en authentique opale d'Amazonie, il l'achetait. Dans le cas contraire, il la refusait poliment. C'est ainsi qu'il parvint à en réunir quatorze.

– Nous savons que la collection en compte quinze. D'où provient celle qui manquait ?

– Si vous avez suivi attentivement ce que je viens de vous dire, vous connaissez déjà la réponse.

– La quinzième flèche est celle que la femme tehuelche qui lui avait raconté l'histoire, vingt-cinq ans plus tôt, portait au cou, dit Castro en se touchant le torse comme si c'était lui qui la portait.

– Exactement, professeur, approuva Menéndez-Azcuénaga. Et, pour comprendre le dénouement de l'histoire, il faut savoir que Teodor Panasiuk n'était plus à l'époque un pauvre immigré qui tondait les brebis des autres. En vingt-cinq ans, il était devenu un éleveur très important de la province, propriétaire de six exploitations et actionnaire de *La Sociedad*.

– *La Sociedad* est la plus grande chaîne de supermarchés de la Patagonie, expliquai-je à l'archéologue.

– Et comme c'est souvent le cas quand quelqu'un réussit dans les affaires, les gens ont commencé à se poser des questions. Des gens attribuaient sa prospérité au pouvoir magique de la collection de flèches irisées qu'il avait réussi à réunir. D'autres prétendaient, et prétendent encore aujourd'hui, qu'il avait fait fortune dans des affaires louches alors qu'il était président de la coopérative des éleveurs de Gobernador Gregores. Ce qui est certain, c'est qu'il a fini par amasser beaucoup d'argent. Beaucoup. Tellement qu'il a offert à la femme tehuelche une maison dans le bourg, en échange du pendentif.

– Il a troqué une maison contre une pointe de flèche ?

Menéndez-Azcuénaga secoua la tête, comme pour me signifier que je n'avais rien compris.

- Il a échangé une maison contre *la* pointe de flèche. Celle qui complétait une collection qu'il avait passé la moitié de sa vie à essayer de réunir.

- Et Panasiuk parvint à atteindre l'immortalité, comme le dit la légende ?, demandai-je d'un ton ironique...

Menéndez-Azcuénaga émit un petit rire et lissa entre ses doigts les pointes de sa moustache grise.

- Évidemment que non. Mais je ne crois pas que Panasiuk avait avalé cette histoire d'accession à l'immortalité. Pour lui c'était une obsession personnelle, un défi. Il y a des gens qui veulent absolument courir un marathon, d'autres s'obstinent à collectionner des flèches. Pour lui, réunir les quinze flèches irisées avait plus de valeur qu'une de ses maisons à Gobernador Gregores. Après tout, que représentait une maison de village pour un des hommes les plus riches de la province ?

- Et vous ? Comment savez-vous tout cela ?

Menéndez-Azcuénaga se leva de son fauteuil et nous fit signe de le suivre.

- Je le sais parce que Teodor Panasiuk était mon arrière-grand-père, dit-il, en nous tournant le dos pour aller ouvrir la porte par laquelle Amalia était entrée avec le café.

CHAPITRE 28

Nous suivîmes Menéndez-Azcuénaga dans un couloir qui menait à l'intérieur de la maison. Nous passâmes à côté de la cuisine, où l'employée faisait la vaisselle, le dos tourné, et avançâmes jusqu'à nous arrêter devant une haute porte en bois.

- Bienvenue dans mon île au trésor, dit-il sur un ton exagérément solennel.

Nous entrâmes dans une pièce rectangulaire plus vaste encore que la salle à manger. Les murs étaient couverts de pointes de flèches, de lances et de fragments de poteries tehuelches, exposés dans des cadres.

- C'est vous qui avez trouvé tout cela ?, demanda Castro tout en parcourant les murs du regard.

- Pas tout. Une partie est un héritage familial.

- De Teodor Panasiuk ?, voulus-je savoir.

- Non, lui a fait don de toutes ses flèches au musée de Gobernador Gregores -répondit-il, avant de rectifier aussitôt-, enfin, presque toutes.

À une des extrémités de la salle se trouvait un secrétaire en bois couvert de livres et de papiers et, devant, un siège en cuir au dossier d'une hauteur qui rivalisait avec celle des portes de la maison. Menéndez-Azcuénaga repoussa les papiers pour tout dégager, à l'exception d'un de ces sous-mains rectangulaires en cuir qu'on utilisait autrefois pour poser le papier et écrire à la main. Il nous regarda alors un moment, sourit et souleva le sous-main par un coin, découvrant alors une sorte de fenêtre vitrée enchâssée dans le bois vernis. Puis il appuya sur un interrupteur, à hauteur des genoux, et le coffre s'illumina sur ses quatre côtés. Castro et moi nous nous regardâmes, incrédules.

Sous la vitre se trouvait une composition de flèches disposées en un triangle identique au diagramme que m'avait montré l'archéologue quelques jours plus tôt. Elles n'étaient pas irisées mais dorées. J'en comptai quinze.

- Le diagramme de Fonseca, dis-je.
- Qu'est-ce que c'est que tout cela ?, demanda Castro.
- Comme je vous l'ai expliqué, les flèches irisées avaient une immense valeur pour Teodor. Une valeur telle qu'il fit faire une reproduction de chacune d'elles en or massif, du vingt-quatre carats, qu'il plaça dans ce cadre. C'est la seule chose qu'il n'a pas donnée au musée.
- Elles doivent valoir une fortune.
- Beaucoup moins que la collection authentique, mademoiselle Badía.
- Et qu'est il advenu de cette collection authentique ?
- Personne n'en a jamais rien su. Quand il avait presque quatre-vingts ans, Teodor accepta, pour la première fois de sa vie, que la collection Panasiuk soit exposée au musée de Río Gallegos. Les gens allaient arriver de tout le pays pour l'étudier. C'étaient les seules flèches tehuelches connues en opale d'Amazonie. Au-delà des légendes qui l'entourent, c'était une collection merveilleuse, d'une valeur archéologique incalculable.
- À la façon dont vous en parlez, j'imagine que l'exposition n'eut jamais eu lieu.
- À la veille du transfert des flèches au musée, deux personnes cagoulées pénétrèrent dans la maison de Teodor, à Gobernador Gregores. Elles le frappèrent, lui ligotèrent les mains et emportèrent les flèches.
- Un instant, dis-je en regardant les deux hommes. Il y a une chose que je ne saisis pas. Si elles ont dérobé à Panasiuk la collection des quinze flèches, comment se fait-il qu'Ortega n'en détenait que treize et que les deux autres se soient retrouvées au musée de Puerto Deseado et sur un site de fouilles de la zone.

Le collectionneur haussa les épaules.

- La seule explication que je vois est que le nouveau

propriétaire de la collection se soit trouvé dans l'obligation de vendre quelques-unes des flèches pour faire face à des ennuis d'argent, par exemple.

- Cette explication ne me convainc pas, dis-je.

- Je dois vous avouer que moi non plus. De toute manière, ce ne sont que des spéculations. En tout cas, on n'a plus jamais eu de nouvelles de ces flèches. J'ai passé toute ma vie sur le marché noir, à surveiller, sans jamais qu'on en parle... jusqu'à il y a de cela huit jours.

- Je suppose que la semaine dernière vous n'avez plus rien vu sur internet qui y fasse une quelconque allusion ?

- Absolument rien. Et pourtant je passe des heures et des heures à chercher.

- Vous avez toujours l'intention d'acheter la collection après tout ce qui s'est passé ?, demanda l'archéologue, indigné.

- Non, plus maintenant, non. Je ne crois pas que ce soit désormais nécessaire.

- Que voulez-vous dire ?

- Que je suis l'unique héritier vivant de Teodor Panasiuk. Il me sera plus facile d'attendre que vous les retrouviez et que vous veniez me les restituer.

CHAPITRE 29

Menéndez-Azcuénaga nous invita à déjeuner, mais je décidai de décliner l'invitation. Même si tout ce qu'il nous avait raconté laissait supposer qu'il n'avait rien à voir avec la mort d'Ortega, nous n'allions pas non plus sympathiser avec un suspect potentiel.

Ayant désormais l'après-midi de libre et trop peu de temps pour revenir à Deseado, nous décidâmes, Castro et moi, de visiter le glacier. Nous achetâmes des sandwichs à prix d'or dans une rôtisserie de Calafate pour les manger pendant notre trajet vers le Perito Moreno.

Après avoir parcouru une cinquantaine de kilomètres de désert et dégusté nos sandwichs, je ralentis avant de m'arrêter à l'entrée du Parc National Los Glaciares. D'une petite construction en pierre surgit une des gardiennes du parc, vêtue d'un uniforme marron, un carnet de tickets à la main. Un panneau sur la droite indiquait que l'entrée d'Alberto Castro coûtait le double de la mienne, car il n'était pas résident de la province. Les étrangers, eux, payaient dix fois plus cher.

- Il s'est passé quelque chose ?, demanda la jeune femme, se penchant vers la vitre entrouverte de ma voiture.
- Pourquoi ? demandai-je.
- La police n'a pas l'habitude de venir en touriste.

Je me souvins alors que nous étions dans un véhicule du commissariat et non dans ma voiture personnelle.

- Nous venons de Puerto Deseado pour le travail, mais nous avons l'après-midi de libre.
- Dans ce cas, allez-y. Profitez bien de la visite.
- Vous n'encaissez pas ?

La fille sourit, se redressa et nous fit signe d'avancer.

***

Dès notre entrée dans le parc, le changement de paysage fut presque instantané. La route droite et monotone qui traversait l'étendue brune laissa place à un chemin sinueux qui serpentait à travers une forêt de hêtres blancs et de hêtres de Magellan, sur les rives d'un lac où flottaient des blocs de glace. Devant pareil spectacle, n'importe qui aurait compris mon envie, et celle de beaucoup d'autres comme moi, de tout laisser tomber et de partir vivre dans la Cordillère.

Après quelques minutes de silence, je regardai Castro. Il avait la tête appuyée sur le haut du siège et le regard fixé au plafond de la voiture.

- Tu te sens mal ? Tu es tout pâle.
- Les virages, dit-il, en s'épongeant des gouttes de sueur qui lui perlaient sur le front.
- Tu veux que je m'arrête un moment ?
- Non, si nous allons un peu plus doucement, ça ira.
- Nous nous arrêterons à ce mirador, dis-je en lui montrant le panneau qui indiquait qu'il ne restait plus qu'un kilomètre jusqu'à la Courbe des soupirs.

Il acquiesça d'un signe de tête, s'enfonça un bonnet cache-oreilles sur le chef et baissa la vitre pour prendre un peu d'air.

En arrivant à cette fameuse courbe, nous aperçûmes le glacier pour la première fois. Je ralentis, je me déportai sur la gauche du chemin et stationnai sur le bord d'un mirador qui n'était pas protégé par un garde-corps. Castro s'enroula une écharpe autour du cou et ouvrit la portière sans même me laisser le temps d'éteindre le moteur. Il vomit à côté de la roue arrière.

- Ce n'est rien, dit-il en toussant. Je ne supporte pas très bien les routes sinueuses.
- Je lui tendis un mouchoir et une bouteille d'eau. Quand il fut remis, il accrocha à son cou la bandoulière de son appareil-photo et nous avançâmes vers le mirador, les yeux rivés sur l'énorme masse de glace d'un blanc bleuté qui

escaladait la montagne jusqu'à se perdre dans les nuages.

- Elle porte bien son nom, cette courbe, commenta l'archéologue, tout en enlevant le cache de son objectif.

J'acquiesçai, mais il ne me vit pas car il avait déjà commencé à prendre des photos en rafale. Je m'appuyai sur le capot et contemplai le glacis. Je souris en pensant à ce mot. J'étais certaine que, si un touriste l'employait devant la gardienne du parc, elle lui ferait payer le tarif résident sans lui demander le moindre justificatif. Sous mon épais blouson, un frisson me parcourut la peau lorsque je sentis un formidable sentiment d'orgueil envahir tout mon être, le sentiment d'appartenir à un lieu comme celui-ci.

Nous continuâmes en voiture sur presque dix kilomètres, à vitesse très réduite, jusqu'à ce que nous atteignîmes l'aire de stationnement. De là, nous poursuivîmes à pied en direction des passerelles qui faisaient face au glacier.

- C'est impressionnant, dit Castro en s'appuyant sur la barrière en bois. Face à nous, le glacier s'achevait en son extrémité sur un véritable mur de glace qui surplombait de cinquante mètres la surface du lac. Sur les eaux flottaient des dizaines d'icebergs aux formes irrégulières.

- Écoute, lui dis-je en posant un doigt sur mes lèvres. Le silence était presque total, uniquement interrompu par le vent et les murmures lointains d'un groupe de touristes allemands.

- Quelle quiétude !, souffla Castro, mais je lui fis signe à nouveau pour qu'il garde le silence.

C'est alors qu'on entendit le premier fracas.

- C'était un coup de tonnerre ?, demanda l'archéologue en regardant le ciel parfaitement bleu.

Cela me fit rire.

- C'est la glace qui se brise. La neige qui tombe sur les montagnes pousse constamment le glacier vers l'avant, la glace se fend et se brise. C'est un des rares glaciers au monde qui ne recule pas.

- Donc nous pouvons nous réjouir si nous en voyons

tomber un morceau.

- Bien sûr.

- Incroyable !, s'exclama l'archéologue. Une de mes amies est allée, il y a peu, en Nouvelle-Zélande et elle m'a raconté que, là-bas aussi, les glaciers attirent de nombreux touristes, mais qu'ils reculent énormément. D'ailleurs, elle m'a montré des photos d'un même glacier, sous sa forme actuelle et tel qu'il était dans les années soixante. La différence est saisissante.

- Heureusement, celui-ci est très différent. Il avance constamment, il est donc logique qu'il se brise au fur et à mesure. D'ailleurs je crois que ce morceau est sur le point de tomber, dis-je en montrant un pan de glace de la taille d'un camion qui saillait de la paroi du glacier, figurant un énorme balcon. Une faille sur ses contours donnait l'impression qu'il aurait suffi qu'un moineau se pose dessus pour le faire tomber.

Nous restâmes un bon moment silencieux à contempler la glace et à écouter le son grave de ses craquements, mais ni le bloc que j'avais repéré ni aucun de ceux qui s'offraient à nos yeux ne s'effondra.

Je préparai des matés, que nous bûmes tour à tour sans presque échanger une parole. L'archéologue avait l'œil rivé au viseur de son appareil et prenait des photos sous tous les angles possibles.

- J'ai lu quelque part que ce glacier est encore plus étendu que la ville de Buenos Aires.

- Avec un peu moins de monde peut-être !, glissa Castro, et nous rîmes tous les deux.

- Quand j'étais petite, entre autres choses, je voulais devenir gardienne de parc. Précisément pour cette raison, pour être seule dans la nature.

- Moi je ne pourrais pas, avoua l'archéologue. Je suis un homme de la ville. Même si j'adore parcourir le pays pour faire des recherches de terrain, j'en profite d'autant plus que je sais que j'ai un billet de retour pour Buenos Aires.

- Moi, à Buenos Aires je n'y retournerais pour rien au monde. J'en ai eu bien assez avec les années que j'ai passées à l'université.

- Et si tu pouvais vivre ailleurs dans le monde, où irais-tu ?

- À un endroit où il y aurait de l'eau, beaucoup d'eau, et de verdure.

- Ici, par exemple ?

- Par exemple. - Je ris - Mais je préfèrerais un peu plus au nord, là où tu n'es pas totalement isolé par la neige en hiver. Je crois que le lieu idéal pour moi, ce serait entre Chubut et Neuquén, mais loin des touristes. Pas question de Bariloche ni d'El Bolsón.

- Tu es maligne, toi ! Tu veux vivre dans le plus bel endroit du monde mais sans que personne ne vienne t'y déranger.

- Tant qu'à faire un rêve, qu'au moins il soit grandiose. Tu ne crois pas ?

- Ce qui est sûr, c'est que le travail ne va pas te manquer. Des morts, on en découvre partout.

- Oui, mais je pense que si je venais vivre dans un endroit pareil je changerais aussi de métier.

- Ah oui ? Et à quoi aimerais-tu te consacrer ?

C'était ça, mon problème. Dès que j'essayais de m'imaginer de possibles alternatives, j'étais systématiquement à court d'idées.

- Peut-être à la photographie, aventurai-je. Tu me prêtes ton appareil une seconde ?

Il me le tendit, je reculai de quelques pas et le visai.

- Allez ! Un sourire, comme ça tu montreras cette photo à ta petite-fille.

En entendant cela, Castro sourit et j'appuyai sur le bouton. Mais à peine avais-je baissé l'appareil que son regard reprit la même expression mélancolique que lorsque, la veille, j'avais évoqué sa petite fille. Il me remercia pour la photo puis me tourna le dos en s'appuyant à la rambarde.

La photo de cet homme grisonnant, de dos, contemplant le Perito Moreno, me parut intéressante et j'en pris deux autres.

- Ça va, pas la peine d'en faire d'autres, dit-il d'un ton brusque et sans se retourner vers moi.

Je me rapprochai et m'appuyai sur la rambarde à côté de lui.

- Excuse-moi, je ne pensais pas que cela te gênerait, répondis-je avant de lui rendre son appareil.

Castro sourit sans quitter l'étendue de glace des yeux.

- Tu n'as pas à t'excuser. C'est que je n'aime pas me voir en photo.

Nous gardâmes le silence. De petits oiseaux survolaient le lac qui nous séparait de la glace. Je souhaitais que le bloc que j'avais repéré, ou un autre, s'effondre pour pouvoir changer de sujet, mais tous les craquements semblaient provenir de l'intérieur du glacier.

- Je ne vois pas beaucoup ma petite-fille, me dit-il soudain.

J'hésitai entre lui demander pourquoi et lui parler d'autre chose. Je décidai de me taire.

- Mon fils Lautaro est mort quand elle était bébé et je n'ai pas de très bonnes relations avec la mère de la petite. Elle ne me laisse pas beaucoup la voir.

Voilà qui expliquait l'expression parfois nostalgique de son regard.

Je me sentis honteuse d'avoir lu cet article qui décrivait les circonstances de la mort de son fils. J'eus envie de le lui avouer et de lui demander pardon. C'était comme si je l'avais épié. J'avais envie aussi de l'étreindre pour qu'une bonne fois pour toutes il laisse s'échapper tous ces sanglots qui lui nouaient la gorge.

Alors que j'étais sur le point de lui passer un bras autour des épaules, on entendit un fracas beaucoup plus fort que les précédents et, brutalement, un énorme mur de glace s'enfonça dans l'eau, comme au ralenti. Tous les gens qui se trouvaient comme nous sur les passerelles, nous y compris, poussèrent de concert le même cri de stupeur. Le bloc s'enfonça puis remonta à la surface, devenant le plus gros iceberg qui flottait sur le lac. Avant que le murmure des touristes ne s'apaise, un autre morceau énorme, de la taille d'un terrain de basket, s'effondra du sommet de la paroi du glacier.

Castro, moi, et tous les autres touristes, nous poussâmes tous un cri de joie. Je me tournai vers l'archéologue. Des larmes coulaient de ses yeux. J'appuyai alors ma tête sur une de ses épaules et posai ma main sur l'autre.

Je regardai du coin de l'œil le bloc que j'avais repéré, qui semblait plus fragile et qui était parcouru d'une crevasse. Il n'avait pas bougé d'un centimètre.

CHAPITRE 30

Le voyage du retour vers Puerto Deseado fut tranquille et Castro ne parla plus de sa petite-fille. La veille, je m'étais couchée tard car, en rentrant dans ma chambre, j'avais j'appelé la juge Echeverría pour échanger avec elle à propos de ce que nous avait expliqué l'arrière-petit-fils de Teodor Panasiuk. Je lui demandai d'émettre une ordonnance pour exiger du webmaster de *Mercado Fácil* qu'il lui fournisse toutes les informations dont il disposait concernant l'annonce des flèches. Avec la photo prise par Menéndez-Azcuénaga et la date de publication, il n'aurait aucune difficulté à la trouver dans sa base de données. La juge m'avait dit qu'elle s'en chargerait et nous avait conseillé de conduire prudemment.

Il nous fallut douze heures pour rentrer à Deseado. Il était presque neuf heures du soir quand j'arrivai chez moi et je me mis au lit après avoir pris une bonne douche. Quand je me réveillai, à six heures et demie le lendemain matin, il faisait encore noir.

Après avoir bu un thé au lait, j'enfilai ma longue doudoune en plume d'oie, un cadeau de ma tante Susana, et je sortis affronter le froid de cette matinée hivernale.

Miraculeusement, ma voiture démarra au quart de tour. En revanche, je ne parvins pas, avec les essuie-glaces, à éliminer le givre qui s'était formé durant la nuit. Je tâtonnai sous le siège pour trouver la spatule en plastique jaune. Puis je descendis et, mon menton enfoncé dans le col de ma doudoune, je raclai le givre pour dégager un rectangle sur les vitres avant et arrière.

C'est Debarnot, le sous-officier qui avait découvert le corps de Julio, qui m'ouvrit la porte du tribunal. Je lui demandai comment sa nuit de garde s'était passée avant de m'enfoncer dans les couloirs encore sombres de l'édifice qui menaient à mon laboratoire. J'allumai l'ordinateur. Parmi les circulaires et les bulletins officiels, un courrier électronique attira mon attention

Le corps de l'e-mail était vide, mais il contenait une pièce jointe. Je reconnus, en l'ouvrant, l'en-tête officiel du Laboratoire Régional de Recherche Médico-Légale de Río Gallegos. Je survolai les détails et passai directement aux conclusions :

Objet : RESULTATS D'ANALYSE ADN

L'analyse génétique de l'échantillon confirmé (salive) et de l'échantillon présumé (sang) révèle des similitudes nous permettant d'affirmer avec un degré de certitude de 99,9999% que ces deux échantillons appartiennent au même individu.

Je saisis mon téléphone et composai le numéro du portable du commissaire.

- Je suppose que tout s'est très bien passé à El Calafate pour que tu m'appelles aussi tôt.

Je fus étonnée que sa voix soit aussi naturelle, comme s'il était réveillé depuis des heures.

- Non. Bon, oui, mais je vous appelle pour autre chose. Cela ne va pas trop vous plaire.
- Que se passe-t-il encore ?
- J'ai fait faire des analyses ADN pour comparer celui de la goutte de sang A négatif trouvée chez Ortega avec celui d'un suspect.
- Et depuis quand avons-nous un suspect ?
- Une intuition, commissaire. Je n'étais nullement mandatée pour demander une analyse ADN.
- Tu as fait faire une analyse ADN sans avoir le consentement d'une personne qui n'était même pas mise en cause ?
- Ce n'est pas le plus important, commissaire. Ce qui est important, c'est que je sais à qui appartient le sang que nous

avons trouvé chez Julio Ortega.

À l'autre bout de la ligne, il y eut un silence de quelques secondes.

- Où es-tu ? me demanda-t-il.
- Au tribunal.
- Ne bouge pas de là.

***

Dix minutes plus tard, Lamuedra entrait dans le laboratoire du tribunal en claquant la porte.

- Pour qui tu te prends, Badía ? Wonder woman ? Tu ne peux pas faire tout ce qui te passe par la tronche ! Si nous t'avons chargée de l'enquête, c'est pour que tu fasses correctement ton travail, en respectant le cadre légal. Tu es policier ; dois-je te le rappeler ?
- Vous avez raison commissaire, je vous demande pardon. Mais le plus important maintenant...
- Le plus important, maintenant et toujours, c'est de faire les choses correctement, me coupa-t-il. Ce que tu as de mieux à faire, à présent, c'est de me dire dans le détail comment tu t'es fourrée dans ce merdier, que je voie comment on peut arranger ça.

Je m'exécutai. Je n'eus pas besoin de lui expliquer qui était Enrique Vera, mais plutôt de lui dire sur quoi reposaient mes soupçons. Je lui contai en détail comment je m'y étais prise pour récupérer la canette qui portait les traces de sa salive et ses empreintes digitales.

- Vera ne sait pas que nous avons demandé ces analyses, commissaire, ajoutai-je. Mais nous savons maintenant que c'est lui qui a tué Ortega. Nous allons chez lui, nous lui disons que nous avons reçu une plainte anonyme contre lui, et voyons ce qu'il nous dit.
- De mieux en mieux ! Après avoir fait faire un test ADN en toute illégalité, maintenant tu veux inventer une plainte ?

J'inspirai et me mis à compter jusqu'à dix avant de parler. Il n'était pas bon de répondre à chaud à un supérieur, encore moins au commissaire. J'allai jusqu'à dix avant d'ouvrir la bouche :

- Que voulez-vous que nous fassions ? Nous continuons tranquillement à remplir de la paperasse alors que le type qui a commis ces atrocités, et qui est parfaitement identifié, se ballade sans être inquiété. N'est-il pas plus sensé d'aller lui demander où il était la nuit de l'homicide, pour qu'il sache que nous sommes à ses trousses ?

Le commissaire poussa un profond soupir, s'efforçant de retrouver son calme.

- Voyons, montre-moi les résultats de l'analyse, me lança-t-il.

Quant il eut fini de les lire, il m'adressa un regard sévère et secoua la tête.

- Tu sais, un de ces jours tu finiras par me causer de sérieux ennuis ! Allons-y !

- Où ?

- Parler à Vera.

CHAPITRE 31

Les lumières bleues de l'Amarok de la police se reflétèrent sur la façade de la maison de style canadien d'Enrique Vera. C'était la fin de la nuit mais, à huit heures et demie du matin, la clarté était encore faible. En ouvrant la porte du véhicule, je sentis l'odeur de la marée basse.

Derrière une haute grille peinte en vert, la voiture du prêteur était stationnée à côté de la maison plongée dans l'obscurité. Le casino fermait à quatre heures et demie du matin et, d'après ce que je savais, Vera y restait toujours jusqu'à la fermeture, le moment où se pointaient les clients les plus désespérés. Je supposai donc que le prêteur n'avait pas beaucoup dormi.

J'appuyai sur la sonnette qui se trouvait à côté de la poignée de la grille et un *ding dong* retentit à l'intérieur de la maison. Je comptai jusqu'à vingt et sonnai à nouveau. Puis jusqu'à dix avant de presser une nouvelle fois le bouton.

Pas de réponse.

Je tournai la poignée gelée et le portail s'ouvrit sans offrir la moindre résistance. Le commissaire entra à grandes enjambées et frappa du poing à la porte. Il me sembla entendre un bruit à l'intérieur et je collai l'oreille à la porte. Lamuedra se pencha vers le côté de la maison pour regarder dans le fond du jardin.

- Il est là-bas, dit-il en nous indiquant l'arrière de la voiture du prêteur.

En trois enjambées je me retrouvai aux côtés du commissaire et je vis l'imposante silhouette de Vera escalader le mur du fond du jardin. Je me lançai à sa poursuite mais Lamuedra me saisit vivement par le bras pour m'empêcher d'avancer.

- Que faites-vous commissaire ?

Sans dire un mot il désigna du menton l'espace entre le

mur de la maison et la voiture de Vera. J'entendis alors un grognement rauque et, dans la lumière bleutée du petit matin, surgit la silhouette d'un énorme dogue argentin. Avant de se mettre à aboyer, il nous montra ses longs crocs tout blancs.

Je sentis mes muscles se paralyser et l'air me manquer. Ma phobie des chiens était pathologique.

- Écarte-toi Laura, cria dans mon dos le commissaire, qui visait l'animal avec son Browning.

Je me collai au mur autant que je le pouvais.

- Dégage, sale chien ! Tire-toi de là, nom de dieu, cria Lamuedra, mais, pour toute réponse, le dogue se mit à grogner de plus belle et fonça d'un coup dans notre direction.

Le coup de feu retentit de toutes parts, brisant le silence du matin. Le chien émit plusieurs gémissements aigus avant de courir se réfugier, la queue entre les pattes, au fond du terrain dans une niche en bois qui était adossée au mur opposé à celui que Vera venait d'escalader.

- Filons en vitesse. J'ai tiré en l'air. Je ne sais pas le temps qu'il mettra à se remettre de sa frayeur et du mal aux oreilles que ça a dû lui faire.

Je courus vers le mur que Vera avait escaladé et sautai, m'agrippant à la partie supérieure du mur. Faisant fi de la douleur causée par le béton qui me râpait la paume des mains, je cherchai appui avec mes pieds, et réussis au bout d'un moment à en caler un dans un joint entre deux parpaings. Alors que l'autre était suspendu en l'air, je sentis soudain quelque chose tirer fermement dessus. C'était la main du commissaire Lamuedra, qui le guida pour me faire prendre appui sur son épaule.

- Suis-le par là, moi, je fais le tour avec la camionnette.

Je m'exécutai et me hissai sur le mur. De l'autre côté, une corniche de terre d'un mètre de large tout au plus plongeait dans un ravin sur les rives de la Laguna de Prefectura. En dessous, sur le chemin de terre qui longeait les berges de la lagune, Enrique Vera courait dans la direction de l'espace restreint qui restait entre deux grandes collines de pierre qui se faisaient face, à proximité d'une des extrémités de la lagune.

- Il va se planquer dans le canyon !, criai-je avant de descendre du mur.

Je m'avançai d'un pas et regardai du haut du terre-plein. La profondeur du précipice était d'au moins dix mètres et la paroi rocheuse tombait presque à pic. Mais il était heureusement possible de le descendre et d'en sortir indemne ; la preuve, Vera courait déjà à toutes jambes, cent mètres devant moi.

Je posai un pied sur le versant, et la terre sèche céda, me faisant perdre l'équilibre. Je fis un effort pour ne pas tomber en avant et parvins à m'asseoir, incapable de contrôler la vitesse, vertigineuse, de ce qui s'apparentait à une descente en luge pelle.

En arrivant en bas, je m'arrêtai net en donnant un coup sec des talons dont l'impact secoua toute ma colonne, comme un coup de fouet. J'avais beau ne plus bouger, les éboulis continuaient de descendre autour de moi en une sorte de mini-avalanche. Je me redressai, crachai de la terre, et me lançai à la poursuite de Vera, qui atteignait déjà les derniers réverbères de la promenade qui longeait la lagune, et qui s'apprêtait à s'engouffrer dans le canyon.

Je courus de toutes mes forces, mais tous les cailloux que j'avais dans les chaussures m'empêchaient de lui reprendre du terrain. Il faut dire que Vera courait très vite, pour quelqu'un de baraqué comme une armoire à glace. J'accélérai la cadence autant que je pus et traversai le terrain de football, allongeant la longueur et la fréquence de mes foulées sur le plat. Vera disparut derrière un groupe de masures qu'on appelait la Quinta Cadario. De là, il n'avait plus qu'à traverser une rue et il pourrait filer dans le canyon.

Le faisceau des phares de la camionnette de police apparut derrière une éminence et s'arrêta vers l'endroit que Vera venait de traverser. Tout en courant, je distinguai la silhouette du commissaire qui descendait du véhicule et se mettait à courir, se perdant lui aussi au milieu des rochers.

Sans réduire mon allure, je sortis mon revolver de son étui et pénétrai dans le canyon où la clarté naissante du matin ne filtrait pas encore.

- Laura !, entendis-je Lamuedra m'appeler, et je courus encore plus vite.

En entrant dans l'énorme faille de la roche, je balayai du regard la pierre ocre des parois mais il me fallut plusieurs secondes pour voir le commissaire sortir d'un méandre du ravin. Il était debout, il tenait son Browning à deux mains et le pointait légèrement vers le bas.

- Il m'a échappé, dit-il, s'asseyant sur le sol, le souffle court.

- En escaladant les parois de la faille on arrive à la partie haute du village, où ils construisent tous les nouveaux quartiers – commentai-je, tandis que je téléphonais au commissariat pour demander que l'on nous envoie des renforts sur zone pour essayer de le retrouver. Allez-y avec la camionnette, moi, je continue à pied par le canyon.

- Fais attention, me prévint Lamuedra tandis qu'il ouvrait la portière du véhicule.

- Ne vous inquiétez pas, répondis-je en lui montrant l'arme que j'avais à la main.

CHAPITRE 32

Je m'enfonçai dans le canyon, faille de plusieurs mètres de large que les rares pluies et le vent constant dans cette zone avaient creusée dans ces falaises irrégulières. Les alentours n'étaient pas habités car les gens hésitaient à construire leurs maisons au sommet de ces rochers. Ils étaient souvent balayés par le vent, et l'irrégularité du terrain rendait les travaux coûteux. Je regardai vers le haut. Même si je savais qu'à vol d'oiseau, il y avait des maisons à moins de cent mètres, je ne vis rien d'autre que les parois irrégulières du canyon et des nuages au ventre rougeoyant, illuminés par en dessous par les premiers rayons du soleil.

Je courus de toutes mes forces jusqu'à ce que la terre noire et fertile laisse place à une pente rocheuse de plus en plus escarpée. Vera avait-il pu grimper par là ? Ou alors, se cachait-il dans une des nombreuses anfractuosités et détours de la roche volcanique ?

À ce moment-là, j'entendis une pierre dévaler la pente.

Je grimpai jusqu'à un énorme rocher qui semblait s'être détaché du précipice et rester en suspens sur une saillie de la paroi. Alors que je le contournais, Enrique Vera se jeta sur moi. Ma tête heurta le rocher et mes dents se refermèrent sur ma langue, me laissant le goût métallique du sang dans la bouche.

- Je ne veux pas frapper une femme, me dit-il.

Je me rendis compte alors que je n'avais plus mon revolver dans la main droite.

Le prêteur me secoua un peu par les épaules et, alors qu'il était sur le point de s'enfuir au milieu des rochers, je m'élançai, la tête la première, sur ses pieds et l'immobilisai. Vera perdit l'équilibre, ce qui nous fit rouler tous les deux quelques mètres en contrebas. Nous nous retrouvâmes ensemble à plat-ventre sur une plate-forme de pierre.

Sans cesser d'enserrer ses pieds contre ma poitrine, je regardai autour de moi et j'aperçus l'ombre de mon arme à un peu plus d'un mètre. J'allongeai le bras pour la saisir, mais les pieds de Vera se dégagèrent de ma prise et, avec la force d'un taureau, il m'envoya un coup de talon dans le nez. Je portai mes mains à mon visage et sentis le sang chaud couler sur mes doigts. Je dus cligner des yeux plusieurs fois pour y voir clair à nouveau. Quand j'eus retrouvé mes esprits, le prêteur descendait déjà la pente en courant.

Je tâtonnai le sol de la main droite jusqu'à sentir le contact froid de mon Browning. Vera n'avait pas parcouru plus de quinze mètres et il se trouvait maintenant devant une paroi pentue qu'il allait lui falloir escalader à la force des bras et en s'aidant de ses pieds.

Je séchai les larmes que la violence de ce coup m'avait arrachées et je visai ce dos énorme, en tenant l'arme à deux mains. Il était pratiquement immobile sur la paroi, et une balle aurait suffi à le faire tomber du rocher, comme un cafard foudroyé par un jet d'insecticide. J'enlevai le cran de sûreté de mon arme. La rage qui m'avait envahie, l'adrénaline, et le sang qui coulait de mon nez m'incitaient à viser son dos. Ma tête et la raison me disaient qu'il suffisait de lui mettre une balle dans la jambe. Et mon cerveau de policier me priait de ne surtout pas céder à cette envie d'appuyer sur la gâchette, parce que l'homme était de dos, parce qu'aucune accusation formelle ne pesait sur lui et parce que, de surcroît, il n'était pas armé. C'eût été la fin de ma carrière.

- Ne fais pas un pas de plus ou je tire !, lui criai-je, mais le prêteur avait déjà pris appui sur une faille, et escaladait sans difficulté le rocher presque vertical.

Alors même que je répétai ma sommation, il s'était déjà échappé et dévalait le canyon à toute allure

CHAPITRE 33

Le lendemain, Puerto Deseado se réveilla par trois degrés en dessous de zéro. Du ciel gris sombre tombait sur le village une épaisse neige fondue. J'arrêtai ma voiture sur le parking quasiment vide du musée et en descendis en tenant bien la porte pour qu'elle ne soit pas arrachée par une de ces rafales qui, selon la radio, atteignaient les cent vingt kilomètres heure.

Avant d'entrer, je me tournai face au vent, je fermai les yeux et j'inspirai à fond. Les grosses gouttes qui tombèrent sur mon nez tuméfié, et l'air froid qui envahit mes fosses nasales endormirent un peu la douleur, me soulageant un instant.

À l'hôpital, on m'avait dit que ma cloison nasale n'était pas cassée et qu'il fallait juste attendre que l'inflammation se résorbe. Vingt-quatre heures s'étaient déjà écoulées depuis que Vera m'avait écrasé le nez d'un coup de pied, mais c'était maintenant qu'il me faisait souffrir comme jamais. Le pire dans tout cela était qu'il n'y avait pas la moindre trace du prêteur. Nous avions totalement perdu sa piste.

Le pire restait encore à venir.

En entrant au musée, je trouvai la directrice à côté d'une des vitrines de l'exposition. Sur son bois blanc se trouvaient pêle-mêle des pointes de flèche et des éclats de verre.

- Comment vas-tu, Laura ? dit Virginia en m'embrassant. Qu'est-il arrivé à ton visage ?

- Rien de grave, répondis-je, tandis que je sortais mon appareil photo de son étui pour photographier la vitrine brisée.

Je n'eus pas besoin de lui poser de question, Virginia se mit à parler.

- Je suis arrivée, il y a une demi-heure, comme tous les jours, quinze minutes avant l'ouverture au public. La première chose que j'ai vue en entrant, c'est cette vitrine cassée. Je crois qu'il ne manque qu'une flèche.

Les deux employées qui accompagnaient Virginia opinèrent de la tête sans dire un mot.

- Autre chose de cassé ou de déplacé ?
- Cette fenêtre. Ils sont entrés par là, dit l'une d'elles.

À en juger par les bosselures du bâti, elle avait été forcée avec un pied de biche. Elle était maintenant fermée, mais la neige fondue entrait par les montants et dégoulinait sur le mur, entraînant avec elle toute la poussière qui s'était déposée depuis la dernière pluie, qui remontait à plusieurs mois.

- Je l'ai trouvée ouverte, ajouta Virginia. Je sais qu'en pareil cas, il ne faut toucher à rien, mais j'ai dû la fermer pour éviter que tout soit inondé.

- Il n'y a pas de gardien qui assure la sécurité, la nuit ?, demandai-je, observant minutieusement la collection.

- Si, Pocho. C'est un employé municipal qui fait le veilleur. Mais il ne travaille pas le week-end.

J'allais dire à Virginia qu'il me semblait incroyable que ce lieu restât sans surveillance durant les deux nuits où c'était probablement le plus nécessaire. Je me ravisai, repensant au panneau de la porte qui disait que le musée était ouvert de huit heures du matin à trois heures de l'après-midi, du lundi au vendredi et en demi-journée le samedi. Cet endroit était beaucoup plus une dépendance municipale qu'un haut lieu touristique.

- Et tu sais quelle est la flèche qui manque ?
- Oui, en fait, c'est une pièce assez rare. Peut-être une des plus rares de la collection. Elle est en opale, une pierre irisée, originaire...

- ... de l'Amazonie, complétai-je, tout en faisant des photos de la vitrine brisée. C'est celle que je suis venue voir avec Castro l'autre jour.

- Exactement, acquiesça Virginia, un peu surprise. Je crois qu'on l'a volée parce qu'au marché noir on peut en tirer pas mal de dollars.

- Combien ?

- Je ne sais pas. Cinq cents, au minimum.

Je me souvins de ma conversation avec Ariel Ortiz, à la prison, et je me rendis compte que Virginia Lacar, la directrice du musée, n'avait aucune idée de la valeur de la flèche qu'on venait de lui voler.

- Je trouve bizarre qu'ils n'aient emporté que celle-ci, ajouta-t-elle. Pourquoi n'ont-ils pas volé toutes celles de cette vitrine ? Pourquoi n'ont-ils pas brisé d'autres vitrines et dérobé d'autres flèches qui pourraient valoir une bonne somme ? Nous avons beaucoup de pièces rares, celle-là n'est pas la seule.

- Tu as fait le tour du musée pour voir s'il manque autre chose ? demandai-je, en regardant la porte qui donnait sur la salle des objets récupérés sur la corvette *Swift*.

La femme me regarda un peu étonnée.

- Nous n'avons que cette salle d'art lithique et celle de la corvette. Il ne manque rien d'autre dans aucune des deux.

- Et le dépôt ? insistai-je, en indiquant la petite salle où Castro m'avait fait entrer au cours de notre visite du musée.

Virginia semblait ne pas y avoir pensé car, quand je la mentionnai, elle partit à la hâte vers son bureau. De l'endroit où je me trouvais, je la vis ouvrir un tiroir de son bureau et déplacer différents objets.

- Quelqu'un a pris la clé du dépôt ?, demanda-t-elle à voix haute.

Les employées se regardèrent en haussant les épaules.

Sans laisser à Virginia le temps de retrouver sa clé, je me dirigeai vers la porte située derrière l'ancienne rotative du journal *El Orden*. Je fis jouer le loquet et elle s'ouvrit sans difficulté.

Les deux tables avec leurs cuvettes et les artefacts qui trempaient n'avaient pas bougé depuis que Castro m'avait montré ce petit réduit. En revanche, la troisième sur laquelle il travaillait, avait été un peu déplacée et des pointes de flèche étaient éparpillées dessus. Il y avait également des fragments par terre. La lampe, encore allumée, était relevée vers le haut, orientée de façon bizarre.

- Elle était ouver.... ? Mon Dieu. Que s'est-il passé ici, demanda Virginia en entrant, désignant la table en désordre.

- Il semblerait qu'il y ait eu effraction.

La directrice du musée prit sa tête entre ses mains et observa la petite salle. Son regard se posa sur une grande armoire métallique, typique de celles que l'on trouve dans les édifices publics.

- Pas étonnant que je ne l'ai pas trouvée, dit-elle en la montrant du doigt.

Il y avait une clé enfoncée dans la serrure ; elle était accrochée à un trousseau qui en comptait beaucoup d'autres.

- À part toi, qui sait que tu gardes les clés dans le tiroir de ton bureau ?

- Les employées. Ah, et les archéologues qui travaillent avec nous. Mais le seul qui soit ici en ce moment, c'est Castro.

- Quand est-ce que Castro est venu pour la dernière fois... ?

Un bruit métallique résonna dans la salle.

- Qu'est-ce que c'est que ça ?, demanda Virginia.

Nous entendîmes un second coup. Il semblait provenir de l'armoire à laquelle la clé était accrochée.

- Qu'est-ce que vous gardez là-dedans ?, demandai-je.

- Des outils et les blouses des restaurateurs.

Un autre coup, plus fort cette fois-ci, fit trembler un peu la tôle de la porte.

Virginia fit plusieurs pas en arrière.

Je m'approchai prudemment de l'armoire et mis la main sur la petite clé. La vibration du quatrième coup me donna un frisson qui me parcourut tout entière. Je fis deux tours de clé, tirai sur la poignée, et reculai soudainement sans trop savoir pourquoi.

Une buée chaude et humide sortit de l'armoire et les blouses pendues aux portemanteaux s'agitèrent violemment. En dessous, nous trouvâmes l'archéologue Alberto Castro, assis au fond du meuble. Un ruban adhésif argenté lui couvrait la bouche et des larmes s'échappaient de ses yeux. Il avait les poignets et les chevilles attachés avec ce même ruban adhésif, ce qui l'empêchait de parler.

- Appelle le commissariat, demandai-je à Virginia.

CHAPITRE 34

La directrice disparut pour aller chercher le téléphone tandis que je coupais les liens de Castro avec une sorte de gouge que j'avais trouvée sur une des tables de travail. Quand je lui ôtai l'adhésif qui lui fermait la bouche, il émit un grognement. Quelques poils blancs de sa barbe y restèrent collés.

- Merci ! Je ne pouvais pas respirer là-dedans.
- Qu'est-ce qui s'est passé ?, demandai-je.
- La police arrive, dit Virginia en revenant, le téléphone à la main.

L'archéologue s'assit sur une chaise en plastique à côté de l'armoire et rejeta sa tête en arrière pour l'appuyer contre l'armoire qui, quelques secondes plus tôt, le gardait captif.

- Il est entré par la fenêtre, dit-il en toussant.
- Qui ? demanda Virginia.

Castro la regarda avec dédain.

- Je ne sais pas. J'étais assis à mon bureau, dit-il, en montrant la table et la lampe allumée, en train de classer les pièces de la dernière campagne de fouilles. J'ai entendu un bruit et j'ai crié « Qui est-ce ? », mais pas de réponse. Au bout d'un moment je me suis dit que c'était probablement le vent ou un chat, et j'ai continué à travailler. Quelques minutes plus tard, quelqu'un m'a saisi par derrière et m'a pratiquement soulevé de ma chaise.

Castro se serra le cou avec l'avant-bras et le biceps pour nous montrer comment on l'avait attaqué.

- J'ai dû me débattre pas mal avant de m'évanouir, dit-il, avec un léger sourire, en montrant la lampe tordue et les pointes de flèches éparpillées en tous sens. Quand je me suis réveillé, j'étais bâillonné et ligoté.

- Il n'y avait qu'une seule personne ?

L'archéologue fit oui d'un signe de tête.

- Un homme. Il avait ...

Il ne put pas finir sa phrase. Il dut s'interrompre, pris d'une quinte de toux, de celles qui vous donnent mal aux poumons rien qu'à les entendre.

- Tu vas bien ? Tu as eu très froid ?
- Je vais bien. Ce rhume, je l'ai depuis le voyage à Calafate.

Castro eut un nouvel accès de toux et une grimace de douleur creusa les rides de son visage.

- Je vous disais que c'était un homme, poursuivit-il. Il m'a dit de ne pas m'inquiéter, qu'il ne m'arriverait rien. Qu'il suffisait que je lui montre la flèche qui faisait partie de la collection Panasiuk.
- Il était comment physiquement ?
- Je ne sais pas. Il portait un passe-montagne gris cerclé de noir autour des yeux.
- Quelle taille ? Gros ? Mince ? Et sa voix ?

L'archéologue sembla confus.

- Je ne me souviens pas très bien. Il m'a attrapé par derrière, il m'étouffait presque. Quand je me suis réveillé et que nous avons parlé, il avait déjà éteint presque toutes les lumières. Une chose est sûre, il avait une force incroyable. J'en ai encore mal.

Il prononça ces mots en se frottant doucement la gorge d'une main.

- Quant à sa voix, elle m'a semblé exagérément rauque. Je crois qu'il parlait comme ça pour qu'on ne le reconnaisse pas.
- Donc il est probable que tu le connaisses, conclut Virginia.

L'archéologue fit non d'un signe de tête.

- Je ne connais personne de ce genre. Ce type était violent et ses yeux avaient une expression que je n'ai jamais vue de ma vie. Il se déplaçait avec un calme impressionnant, celui de quelqu'un habitué à donner des ordres.
- La couleur de ses yeux ?

L'archéologue soupesa la question.

- Je ne m'en souviens pas.

« Génial », pensai-je.

- Ce qui veut donc dire que, dans ce musée, nous avions une flèche de la collection Panasiuk ?, demanda Virginia indignée.

Castro inspira profondément plusieurs fois, les yeux fermés, s'efforçant de se calmer.

- Oui, se borna-t-il à dire.

- Et pourquoi ne nous a-t-on rien dit ? Tu ne crois pas que la moindre des choses serait que nous, les employés du musée, soyons au courant ?

- N'importe qui pouvait s'en rendre compte !, brailla l'archéologue. Il était clairement indiqué sous la flèche qu'elle était en opale allochtone. Et si ce musée était géré par des gens autrement plus qualifiés qu'une clique d'employés municipaux pistonnés qui ne pensent qu'à boire du maté, il y aurait au moins une personne pour savoir qu'allochtone signifie le contraire d'autochtone. C'est-à-dire taillée dans de l'opale apportée d'ailleurs.

- Et si les archéologues n'étaient pas des Portègnes de merde, bouffis d'orgueil, qui se croient supérieurs, ils nous expliqueraient à nous, les employés, ce qui est exposé chez nous ! Mais non, le docteur Castro débarque et nous, les employés municipaux, abrutis que nous sommes, nous leur faisons des courbettes et leur préparons même des matés. Tu sais quoi ? Dommage que tu n'aies pas passé un jour de plus enfermé là-dedans, connard !

Virginia tourna les talons et quitta la salle en claquant la porte.

- Nous n'avons jamais eu de bonnes relations, précisa Castro, comme si c'était nécessaire.

Je me contentai d'acquiescer et m'efforçai de changer de sujet.

- Comment les voleurs savaient-ils que la flèche se trouvait dans ce musée ?

L'archéologue me fit un sourire honteux. Celui d'un enfant qu'on surprend en train de faire une bêtise.

- J'en avais parlé à très peu de personnes jusqu'à l'année dernière, quand j'ai publié dans une revue scientifique un article sur la valeur archéologique de la collection. Dans cet article, j'ai révélé qu'à Puerto Deseado se trouvaient deux flèches taillées dans de l'opale d'Amazonie. Cependant, je n'ai pas indiqué où elles étaient exactement, pour éviter qu'arrive précisément le genre de chose qui s'est passée aujourd'hui.

- Sachant que tu consacres tes travaux à ce musée et que la collection qu'il renferme est énorme, il n'a pas dû être très difficile pour le voleur de faire le lien. Tu as une idée de qui a pu avoir lu cet article ?

L'archéologue fit non d'un signe de tête.

- Des milliers de personnes lisent tous les travaux que je publie. Je te rappelle que je suis la personne qui en sait le plus au monde sur l'art lithique tehuelche.

Son ton était sérieux, pragmatique. Sans orgueil ni fausse humilité. Il parlait simplement comme un scientifique qui exposait un fait.

- Où est l'autre ?
- L'autre quoi ?
- L'autre flèche de la collection Panasiuk. Le jour où nous nous sommes rencontrés, tu m'as dit qu'il y en avait une dans ce musée et que l'autre se trouvait dans une estancia des environs.

- J'ai promis aux propriétaires que, s'ils me laissaient examiner la flèche, je ne révèlerais pas leur identité.

- Maintenant, leur identité fait l'objet d'une enquête judiciaire.

L'archéologue me regarda avec défiance. On entendait au loin les sirènes de la police.

- Elle se trouve dans un petit musée qu'ils ont aménagé dans l'estancia El Atardecer, sur l'autre rive de la ria. Ce sont gens très bien, j'y vais tous les ans pour faire plusieurs journées de fouilles sur un gisement qu'il y a sur leur propriété.

J'allais noter le nom de l'estancia sur un papier quand je

sentis mon téléphone vibrer dans ma poche.
- Allo, vous êtes bien mademoiselle Laura Badía ?
- Tout à fait.
- Je suis Jorge Frau.
Il ne manquait plus que ça, un journaliste !
- Bonjour, Jorge. Dis-moi !
- Je dispose d'informations pouvant s'avérer utiles pour l'affaire Julio Ortega.
- Très bien. Tu n'as qu'à aller faire une déposition au commisariat.
- Non, je ne peux les communiquer qu'à toi. En échange d'un petit service, bien entendu.

Un silence s'installa, pendant lequel je me débattis, partagée entre l'envie de l'envoyer se faire foutre et celle de le faire mettre en prison.

- Jorge, je ne sais pas si tu en es bien conscient, mais détenir des informations sur cette affaire et les garder pour toi, c'est faire obstruction à la justice. Si j'étais toi, je ne prendrais pas ce risque.
- Et moi, si j'étais toi, je ne prendrais pas celui que tu prends.
- Que veux-tu dire ?, demandai-je en m'éloignant de Castro de quelques pas.
- Que je préfère écrire sur cette affaire et pas sur la relation entre la victime et l'officier de police chargée de l'enquête. Allez, qu'est-ce que ça te coûte ? On se retrouve, on prend un café et tu réponds à plusieurs de mes questions. Rien de bien méchant, je ne veux pas t'obliger à quoi que ce soit.
- Il n'en est pas question.
- Comme tu voudras. Mais, que tu acceptes ou pas de me parler, samedi, on publie tout un dossier sur l'homicide d'Ortega dans *El Orden*.

Je regardai par la fenêtre, me demandant quoi lui répondre. Dehors, la pluie redoublait.

CHAPITRE 35

La rédaction et les ateliers graphiques d'*El orden*, le seul journal de Puerto Deseado, se trouvaient dans la maison de Jorge Frau, propriétaire, rédacteur en chef et unique reporter de l'hebdomadaire. Je garai ma Corsa devant l'habitation, relevai la capuche de mon blouson et courus jusqu'à la porte. L'auvent couvert de tuiles sous lequel je me réfugiai, tandis que j'attendais qu'on m'ouvre, ne me protégea nullement des gouttes de pluie que le vent rabattait sur moi.

J'eus quelques difficultés à reconnaître l'homme qui m'ouvrit la porte. C'était le Frau de toujours, avec ses sourcils épais, sa barbe de plusieurs jours, mais le Frau nouvelle version qui m'accueillit en me faisant la bise avait au moins cinquante kilos de moins que celui dont je gardais le souvenir.

- Tu ne m'avais pas revu depuis mon opération ?, demanda-t-il en refermant la porte derrière nous.

Je fis non de la tête. C'était la première personne que je voyais après un *bypass* gastrique et j'avoue que cela laissait une impression bizarre de revoir pour la première fois quelqu'un qui pesait la moitié du poids qu'il faisait avant d'aller se faire réduire l'estomac à Buenos Aires.

- Viens, allons dans mon bureau, me dit-il, et nous traversâmes tous les deux une cuisine à l'air crasseux qui était en désordre.

Frau ouvrit la porte et nous pénétrâmes dans un garage dont les murs étaient décorés de dizaines de couvertures du journal encadrées. Certaines jaunies, avec des illustrations faites à la main, du début du siècle dernier. D'autres dans le format actuel, plus petites et sur papier blanc. Au centre de la salle trônaient deux imprimantes de la taille d'un lave-linge et, tout autour, des piles de papier A4 destiné à être imprimé en recto-verso.

Sur le mur du fond, encadré du sol au plafond par des étagères pleines de livres et de revues, émergeait un ordinateur plus haut que large au milieu des papiers qui couvraient le bureau. Sur son écran, un document était ouvert sous Word. Jorge s'en rapprocha et m'offrit le siège pivotant au dossier rembourré sur lequel, supposai-je, il écrivait, réalisait les maquettes et imprimait le journal. D'un coin de la pièce, il dégagea un autre siège de bureau, plus vieux et plus usé que celui qu'il m'avait offert, il s'assit dessus en poussant sur ses pieds pour se rapprocher de moi. Nous nous retrouvâmes ainsi face à face, séparés par une petite table encombrée de cartouches de toner et d'épreuves.

- Il n'était pas nécessaire que tu te déplaces jusqu'ici. Je n'aurais vu aucun inconvénient à me rendre personnellement au tribunal.

C'est moi qui aurais eu des problèmes si on nous avait vus ensemble. Dès cet instant, je serais devenue la première personne à qui tout le monde serait venu demander des comptes sur ce que ce type aurait pu publier dans son journal.

Frau s'appuya contre le dossier de sa chaise et se balança un peu. Avant de parler il me sourit, et des rides verticales se dessinèrent sur ses joues.

- Est-il vrai qu'Ortega possédait la collection Panasiuk et qu'on l'a tué pour la lui voler ?

- Je ne peux rien te dire sur ce sujet.

- Il faudra bien que je trouve quelque chose à écrire. Tu ne crois pas ? Se faisant insistant, il s'accouda sur la table basse qui nous séparait.

- C'est ce que tu as déjà insinué au téléphone. Pourquoi n'en viens-tu pas au fait et ne me dis-tu pas ce que tu veux ?

- Le calcul est simple, dit-il, en désignant les machines au centre du garage. Plus ce que j'écrirai sera croustillant, plus je vendrai d'exemplaires. Et un assassinat pour une collection de flèches d'une valeur extraordinaire dont on ne savait pas vraiment si elle existait, c'est plutôt croustillant. Beaucoup plus que l'histoire d'amour entre le mort et la policière chargée de l'enquête.

Je le regardai droit dans les yeux et serrai les dents pour ne pas lui dire ce que j'avais envie de lui balancer : « Va te faire foutre ».

- Putain, de quoi tu parles ?, demandai-je.

Frau leva une main et pivota sur son fauteuil. Il saisit un téléphone au milieu des papiers du bureau et en toucha plusieurs fois l'écran.

- Ce dont je te parle, c'est ce que je viens de t'envoyer.

Sur mon téléphone une détonation m'indiqua que j'avais reçu le message du journaliste. C'était une photo sombre et assez pixellisée sur laquelle on me reconnaissait parfaitement, en train de rire, tandis qu'Ortega me parlait à l'oreille. En dessous il y avait un lien sur You Tube. Je cliquai ; la vidéo était un enregistrement d'une des caméras de surveillance du *Jackaroe*, la discothèque où j'avais passé une partie de la nuit que j'avais finie dans le lit d'Ortega. À un photogramme par seconde, on nous voyait parler, en train de flirter et de rire. Moi, de temps en temps, je m'appuyais sur lui pour garder mon équilibre car j'avais un peu forcé sur le mojito. À un moment donné, Ortega me disait quelque chose à l'oreille et je faisais lentement oui de la tête. Puis lui filait vers la sortie et moi, je le suivais, exactement une minute et demie après.

- Tu as publié ça sur You Tube. Tu es fou ?, demandai-je en reposant si brutalement mon téléphone sur la petite table que je craignis un moment d'en avoir cassé l'écran.

- Ne t'inquiète pas, c'est une vidéo cachée. Les seuls qui peuvent la voir sont ceux à qui je l'ai envoyée.

- D'où as-tu sorti cet enregistrement ?

- Inutile de te préciser qu'un bon journaliste respecte la confidentialité de ses sources. Ce que je peux te dire, en revanche, c'est que si tu regardes les profils des gens sur les réseaux sociaux, tu peux y découvrir pas mal de choses. Par exemple, si un type comme Ortega, qui passe son temps à envoyer des photos de verres et de casinos, partage un slow de *Roxette*, puis un autre d'*Arjona*, le même jour, pas besoin d'être un génie pour deviner que quelqu'un l'a titillé.

- Je ne crois pas à ton histoire à la Sherlock Holmes. Quelqu'un t'a parlé de cette nuit-là, dis-je, en pensant à la harpie d'Isabel Moreno qui m'avait déjà laissé entendre qu'elle connaissait ma liaison avec Ortega. Raconter ça à un journaliste c'était passer au niveau supérieur dans son jeu préféré, celui qui consistait à me rendre la vie impossible.

- Je te l'ai déjà dit, Laura, les sources sont sacrées. De toute manière, dès que j'ai eu la confirmation de la date, ne crois pas que ça a ensuite été facile pour moi d'obtenir l'enregistrement de la caméra de vidéo-surveillance du *Jackaroe*.

Ne sachant que répondre, je regardai mon téléphone pour voir si l'écran était cassé. Négatif.

Un grattement de griffes sur la tôle de la porte du garage brisa le silence.

« Il ne me manquait plus que ça. Un chien ».

- Camilo !, cria Frau et les grattements cessèrent immédiatement. Le journaliste se pencha un peu sur sa chaise. Je ne te demande que quelques informations, Laura.

- Ce n'est pas une demande mais une extorsion d'informations. Je suis officier de police. Sais-tu que cela peut t'attirer des ennuis ?

- Laura, gardons notre calme. J'en ai déjà parlé à un avocat et aucun juge ne considèrerait cela comme une extorsion. Je te dis simplement qu'il faut que je publie quelque chose et je te donne la possibilité de choisir.

- De plus, continuai-je, ignorant ses propos, cela ne prouve rien. On voit un type qui me dit quelque chose à l'oreille et puis qui s'en va. Nous ne partons même pas ensemble.

- Je pense que cela suffirait pour que tes chefs aient envie de te poser quelques questions. Je ne sais pas comment tout ça fonctionne mais j'imagine que, si un officier de police enquête sur l'assassinat d'une personne avec qui elle a eu un lien affectif, deux mois avant l'homicide, c'est considéré comme un conflit d'intérêts, non ?

Je respirai deux fois profondément pour tenter de me calmer. Je me sentis complètement idiote. Comment n'avais-je pas imaginé que, dans une aussi petite ville que Deseado, mon aventure avec Ortega finirait par être étalée au grand jour ? Maudite histoire d'une nuit trop arrosée avec un type dont je n'avais rien à foutre et que j'aurais vite oublié s'il n'avait pas été tué deux mois plus tard.

- Je te promets qu'aujourd'hui-même j'efface cette vidéo. Et évidemment, je ne mentionnerai pas ton nom dans l'article que j'écrirai. Sources anonymes, vais-je dire. Mais raconte-moi un peu. L'histoire de la collection de flèches est-elle vraie ?

- Comment puis-je être certaine que, lorsque tu auras obtenu ce que tu veux, tu ne vas pas, malgré tout, publier ces images ?

- Je te donne ma parole.

- Tu comprendras que je n'y croie pas trop.

- Tout comme je respecte mes sources, je respecte la parole donnée. De plus, ce ne serait pas très intelligent de ma part de trahir un représentant de la loi. Tu ne penses pas ? Encore moins dans une petite ville.

Je le regardai droit dans les yeux et parlai lentement comme je le faisais quand je voulais faire pression sur un témoin pour le faire avouer.

- Si une seule de ces images est publiée maintenant, le mois prochain ou dans dix ans...

- Pas la peine de me menacer, Laura, vraiment. Je suis un type qui tient parole.

Je respirai profondément une ou deux fois avant de décider si je lui donnais un os à ronger pour qu'il me laisse tranquille ou si je lui cassais la figure.

- On ne sait pas s'il a été tué à cause des flèches, dis-je enfin. Mais certains indices laissent supposer qu'Ortega avait

en sa possession un encadrement de plusieurs flèches.
- La collection Panasiuk ?
- Nous ne le savons pas, même si c'est probable.
- Et comment la police sait-elle qu'une collection de flèches peut avoir une quelconque relation avec le crime ?
- Avec la victime, pas avec le crime.
- Bon, comment le sait-elle ?
- Une photo trouvée dans le téléphone d'Ortega, dis-je en lâchant un soupir et en lui montrant la photo dans mon téléphone personnel. Une collection de flèches irisées disposées en triangle sur un fond de velours rouge.
- Exactement telle qu'on décrit la collection Panasiuk.

À nouveau des grattements à la porte. Frau ferma les yeux et haussa les épaules, comme pris en faute.

- Tu pourrais me passer une copie de la photo ?
- Même pas en rêve ! C'est un élément de preuve d'une affaire en cours. Pas question !
- Bon, ça va, je ne veux pas te mettre la pression. Mais j'ai besoin de plus de matière pour écrire.

Il fallait que je lui donne quelque chose. Autrement, je disais adieu à l'enquête et c'était le début d'un trou horrible dans ma carrière.

- Hier soir, des gens sont entrés dans le musée pour voler, dis-je. Les fenêtres ont été forcées et une vitrine a été cassée. Des milliers de flèches qui y sont exposées, la seule qui a été emportée semble appartenir à la collection Panasiuk. Dans le bâtiment travaillait un archéologue qui a été bâillonné, ligoté et enfermé dans un placard. Nous l'avons trouvé ce matin dans cet état.

Le journaliste haussa les sourcils et applaudit plusieurs fois.

- Voilà qui est croustillant ! Avec cette histoire, j'en ai bien assez pour le moment.
- Pour le moment ?

Cette fois-ci les grattements s'accompagnèrent d'un

gémissement plaintif. Le journaliste frappa sur ses genoux, maugréant à voix basse contre son chien. Il se leva et marcha jusqu'à la porte.

- Qu'est-ce que tu veux, idiot ?, demanda-t-il, entrouvrant à peine la porte. Tu ne vois pas que je suis avec quelqu'un ? Voyons si tu apprends à te tenir quand...

La porte s'ouvrit brutalement avant que Frau n'ait terminé sa phrase et un énorme Saint-Bernard se rua dans la salle. Instinctivement, je me mis debout et me réfugiai derrière la chaise.

- N'aie pas peur, il n'est pas méchant. Camilo, viens ici !

Camilo poussa un aboiement rauque qui résonna dans le garage et fit trois bonds dans ma direction. Il se dressa sur ses pattes arrière avant que je puisse réagir et s'appuya sur ma poitrine, me jetant par terre avec la chaise.

- Débarrasse-moi de lui ! Débarrasse-moi de lui, s'il te plaît ! criai-je, tandis que le chien enfonçait ses ongles dans mes épaules et mon cou.

Camilo émit un autre aboiement et me mouilla le visage de son énorme langue.

- Camilo, qu'est-ce qu'il t'arrive ? s'exclama Frau, attrapant des deux mains la tête du chien qui, alors qu'il aurait pu lui arracher la main d'un seul coup de dent, se contenta d'émettre un gémissement.

Tirant sur le collier de toutes ses forces, le journaliste parvint à le ramener dans la cour. Puis, les mains sur les hanches, il fit le bilan des dégâts causés par cette irruption. Chaque pas de Camilo dans le garage avait laissé une trace de boue de la taille d'une assiette à dessert. Je me relevai et regardai mon buste, mes jambes, ils étaient maculés de boue.

Le journaliste ne put s'empêcher de rire

- Tu trouves ça drôle ?, lui demandai-je.

- Excuse-moi, dit-il. Viens par ici, je te montre où est la salle de bains.

Quand j'eus fermé la salle de bains, je m'appuyai sur le

lavabo et respirai profondément. Mes jambes tremblaient et, en me regardant dans le miroir, je vis que j'étais toute pâle. J'entendis Frau gronder vertement son chien. On entendit quelques aboiements, et la porte de la cuisine se referma. Ensuite, silence absolu. Le journaliste était certainement sorti pour lui donner sa pâtée ou de l'eau pour qu'il se calme.

Je nettoyai tant bien que mal toutes les traces de boue sur ma peau et mes vêtements. Je ne sais pas combien de temps s'écoula pour que je récupère mes couleurs et mon souffle. Peut-être trois minutes, peut-être vingt. Ce qui est certain, c'est qu'au bout d'un bon moment, sans que j'entende ni le chien ni Frau, je sortis de la salle de bains et repartis vers le garage.

Je trouvai le journaliste concentré sur son téléphone, assis sur le siège pivotant. L'autre siège, avec lequel j'avais essayé en vain de me défendre contre Camilo, était toujours par terre et couvert de boue. Les traces de Camilo étaient toujours là, sur le carrelage. Comme si cela ne suffisait pas à me rappeler ce qui venait de se passer, il n'y avait plus de document ouvert sur l'ordinateur de Frau mais, sur l'écran rempli d'icônes, s'affichait maintenant une photo du journaliste qui embrassait justement Camilo.

- Excuse-moi, je viens juste de recevoir un message important, dit Frau, en rangeant le téléphone dans sa poche et en s'empressant de relever la chaise.

- Pas besoin, je m'en vais, lui dis-je, et je pris mes affaires.

CHAPITRE 36

À vol d'oiseau l'estancia El Atardecer se situait à une trentaine de kilomètres de Puerto Deseado. Néanmoins, Manuel et moi dûmes en parcourir plus de cent pour y arriver. Passer par l'intérieur des terres obligeait à longer la rive nord de la ria jusqu'au premier pont, le traverser et repiquer ensuite vers l'est, le tout par un chemin caillouteux en très mauvais état. Heureusement, le commissaire Lamuedra nous avait prêté son quatre-quatre personnel, ce qui nous permit de rouler à soixante à l'heure, sans problème, sur une bonne partie du trajet.

Après ce qui s'était passé au musée, il nous fallait recommander aux propriétaires d'El Atardecer d'être prudents. Nous leur proposerions même d'emporter leur flèche irisée et de la placer sous bonne garde, s'ils le souhaitaient.

Nous avions essayé de leur téléphoner plusieurs heures durant mais, comme nous pûmes ensuite le constater, ils ne captaient du réseau qu'au sommet d'une colline qu'ils gravissaient tous les matins pour recevoir des textos. Quand nous nous en rendîmes compte, il était presque midi, ils ne pourraient donc pas lire nos messages avant le lendemain. Nous ne voulûmes pas prendre le risque d'arriver trop tard.

Il aurait été intéressant de visiter El Atardecer avec Castro, qui y venait depuis des années pour travailler sur le site de fouilles, mais l'archéologue était toujours en état de choc et le médecin lui avait prescrit du repos pendant au moins quarante-huit heures. La juge, comme le commissaire, avait insisté pour que je n'y aille pas seule, j'avais donc emmené Manuel avec moi.

Après deux heures de route sur la pierraille passées à entendre le bruit des gravillons éjectés par les roues qui heurtaient la tôle sous nos pieds, nous aperçûmes enfin les seules constructions qui se dressaient sur cette propriété de quinze mille hectares : trois hangars en dur et une maison recouverte de tôle, qui se trouvait à l'écart. Au milieu des tamaris qui entouraient la maison, nous aperçûmes deux camionnettes quatre-quatre, semblables à celle que nous avait prêtée le commissaire, stationnées à côté de tentes aux couleurs chatoyantes.

- Ça me dirait bien de venir camper ici un de ces jours. À une autre époque de l'année, évidemment. Il faut vraiment en avoir envie pour venir en plein hiver, tu ne crois pas ?, dis-je, tandis que nous nous garions près de la porte de l'édifice en tôle.

- Quand tu voudras, tu me fais signe et on y va ensemble. J'adore camper, me répondit Manuel.

La porte de la maison s'ouvrit et un homme à la moustache brune et coiffé d'un béret noir en sortit.

- Bonjour, monsieur, dit Manuel en prenant un accent campagnard forcé et en passant sa tête par la vitre baissée.

- Descendez, je ne mords pas, répondit l'homme.

Nous nous exécutâmes. Il nous salua d'une poignée de main ferme et se présenta comme Herrera.

- Vous venez camper ?

- Non, en vérité, pas vraiment

Un éclair brilla dans ses yeux marron, trahissant sa déception.

- Vous vous êtes perdus ?

- Non. En fait, nous sommes là parce qu'on nous a dit que vous avez un petit musée de pointes de flèches.

- Oui, mais il n'est pas ouvert à ceux qui ne viennent pas camper.

L'homme croisa les bras et regarda ses espadrilles quelques secondes avant de partir d'un éclat de rire qui se transforma en toux.

- Je plaisante. Bien sûr que vous pouvez le voir. Mais celle qui s'est entichée des flèches, c'est ma femme, moi je n'ai rien à voir avec ça. Venez, entrez, dit-il en nous ouvrant la porte d'où il était sorti.

Nous pénétrâmes dans une cuisine qui sentait la friture. La femme qui lavait la vaisselle, à côté du poêle à bois, ferma le robinet et s'avança vers nous en s'essuyant les mains sur son tablier.

- C'est Lali, ma femme, nous dit Herrera, puis, s'adressant à sa femme : ces personnes veulent voir ta collection de flèches.

Nous avions décidé qu'avant de dire quoi que ce soit, nous visiterions le musée pour voir comment et où ils gardaient chez eux la flèche de la collection Panasiuk. Après cela, nous comptions les informer du risque qu'ils prenaient à l'exposer.

- Très bien, répondit la femme. Vous êtes du genre à chercher des flèches ?

- Moi non, dis-je.

- Moi non plus, reprit Manuel.

- Alors montez dans la camionnette, car nous devons commencer par le commencement.

- Nous n'avons pas beaucoup de temps, dis-je en m'excusant.

La femme acquiesça, mais son regard traduisait une certaine incompréhension, comme si l'idée de pouvoir manquer de temps lui fût étrangère.

- Nous ne mettrons pas plus d'une demi-heure et cela vous aidera à mieux comprendre le musée, insista-t-elle.

Manuel et moi échangeâmes un regard.

- Allons-y alors, dit mon collègue. De toute façon, nous allons devoir faire le voyage du retour de nuit, nous n'avons pas le choix.

Lali sourit et fit au revoir à son mari d'un petit geste.

***

La femme monta avec nous dans la camionnette du

commissaire et nous indiqua une piste accidentée sur les pentes d'un petit promontoire à l'herbe rare.

Lorsque nous parvînmes au sommet, le paysage changea radicalement. Les rayons du soleil de cette après-midi hivernale tombaient obliquement sur des dunes de sable doré qui mouraient dans la mer. À une centaine de mètres, sur une petite île, des centaines de lions de mer se prélassaient, couchés sur les rochers.

- Garez-vous ici, m'indiqua Lali.

Nous descendîmes du véhicule et suivîmes la propriétaire de ces terres, à pied, par la partie centrale des dunes. Elle marchait en silence, les yeux rivés au sol et se penchant presque à chaque pas pour ramasser le moindre fragment qui affleurait du sable.

- La plupart des pièces que vous allez voir dans notre petit musée viennent d'ici, dit-elle. Cet endroit de notre estancia est un des sites de taille de pierre les plus réputés, où les Tehuelches se réunirent des années durant pour fabriquer des pointes de flèches.

- Et on continue à trouver des pièces après toutes ces années ?, demanda Manuel.

- Des quantités. D'ailleurs, des archéologues viennent de Buenos Aires pour étudier cet endroit. Moi, cela fait quarante ans que j'y viens et je trouve toujours quelque chose, parce que le vent déplace constamment les dunes.

À cet instant, ce même vent porta jusqu'à nous un grognement lointain. Sur la petite île, un lion de mer se dressait pour défendre son coin de rocher face à un autre mâle qui tentait de s'en approcher un peu trop à son goût.

- Un grattoir, dit Lali, en se redressant, un objet dans la main. Les grattoirs sont beaucoup plus faciles à trouver que les pointes de flèche. Les Tehuelches les utilisaient pour enlever les moindres restes de chair sur la peau des guanacos.

Lali me tendit la pierre taillée, que j'observai dans ma main. Comme nombre des fragments que j'avais trouvés et jetés, elle était d'un vert grisâtre. Une des faces avait été sculptée par des centaines de coups, l'autre, en revanche, était parfaitement lisse, coupée d'un seul impact. Chacune des minuscules facettes qui constituaient le tranchant brillait au soleil.

- Elle est vraiment jolie, dis-je, en tendant la main pour la lui rendre. La femme la mit dans sa poche.

Nous marchâmes encore un peu, toujours d'un pas lent et le regard fixé sur le sable.

- C'est un endroit incroyable, dis-je en levant les yeux. Les dunes qui mouraient dans la mer formaient une des rares plages de sable sur plusieurs centaines de kilomètres de côte.

- La vérité c'est que si j'avais été un Tehuelche, j'aurais choisi, moi aussi, de fabriquer mes outils en pierre ici, à l'abri du vent, avec cette vue splendide et de la nourriture en abondance.

Lali dit ces mots en montrant de grands amoncellements de coquilles de moules que les intempéries avaient décolorées, au fil des ans.

Nous marchâmes encore un peu jusqu'à l'extrémité de la dernière dune. Au-delà, un replat de terre grise s'achevait sur une pointe qui surplombait un précipice qui donnait sur la mer. Lali sortit de son sac bleu le thermos et tout son nécessaire à maté. Avant de m'asseoir sur le sable, je regardai alentour mais ne vis rien qui ressemblât à une flèche.

- Ne devrions-nous pas penser à rentrer ?, demanda Manuel.

- Avec une vue pareille, vous n'allez pas me refuser un maté !, insista Lali.

Je lui souris et nous nous assîmes tous les trois pour contempler la mer. L'île aux lions de mer était encore visible sur notre droite, mais le vent ne nous apportait plus leurs grognements.

Lali me tendit un maté que je pris des deux mains pour me réchauffer un peu les doigts. Puis elle se pencha vers mes pieds et enfouit ses doigts directement sur un débris ocre dont la pointe sortait du sable, à quelques centimètres de mes pieds. En me regardant avec un sourire, en grattant avec le pouce et l'index, elle déterra une pointe de flèche de la taille d'un ongle.

- Mais comment se fait-il ? Avant de m'asseoir j'ai bien regardé et il n'y avait rien, lui dis-je.
- Tu l'as peut-être déterrée avec tes pieds, suggéra Manuel.
- C'est un hasard incroyable.
- Cela arrive très souvent, dit Lali, entre deux gorgées de maté. J'ai même trouvé des flèches à côté des roues de ma camionnette alors que je m'apprêtais à monter dedans pour rentrer. Le truc, c'est qu'il ne faut pas hésiter à retourner n'importe quelle petite pierre, même si en apparence elle ne paie pas de mine. La seule certitude qu'a le collectionneur de flèches, c'est qu'il ne trouve jamais les choses là où il s'attend à les trouver.

J'observai la pièce que je venais de déterrer avec mon pied. Le tranchant, aussi fin que celui d'un couteau-scie, se terminait en une pointe qui pénétrait la peau aussi aisément qu'une aiguille. Il y a des milliers d'années, quelqu'un avait taillé cette véritable œuvre d'art sur le lieu même où nous buvions maintenant notre maté. Je souris et notai que mon cœur battait dans ma poitrine avec une immense allégresse. C'est alors que je compris pourquoi Lali, ma tante Susana et Teodor Panasiuk avaient fait de cette quête le passe-temps de toute une vie. Je compris, à ce moment-là, que la nature imprévisible de ces trouvailles était ce qui les rendait si gratifiantes. Que se serait-il passé si nous nous étions assis un mètre plus loin ? Je n'aurais jamais déterré cette pièce avec mon pied, et dix années se seraient peut-être encore écoulées avant que quelqu'un ne la découvre. Ou cent ! Ou alors elle serait restée là pour l'éternité, se déplaçant lentement au gré du mouvement des dunes.

CHAPITRE 37

- Venez par ici, nous indiqua Lali, quand nous fûmes de retour chez elle.

Nous fîmes le tour de la maison en tôle pour nous retrouver du côté opposé à celui où nous avions garé la camionnette. La femme tourna la poignée d'une porte déglinguée, qu'elle poussa d'un coup d'épaule et dont les gonds cédèrent dans un grincement. À l'intérieur, un escalier très raide menait à un espace carré dans le toit, qu'une clarté grisâtre éclairait.

Lali monta un peu et s'arrêta pour, au passage, frapper d'une main une poutre que frôla le sommet de son crâne.

- Attention à votre tête, dit-elle avant de continuer de gravir l'escalier.

Nous débouchâmes sur un petit grenier si vieux que le bois du plancher craquait et ployait sous nos pas. Un rapide coup d'œil circulaire me suffit pour comprendre l'enthousiasme de tous ceux qui visitaient cet endroit. L'escalier que nous venions d'escalader était comme une porte d'accès au passé de la Patagonie.

- Voilà le musée que nous avons petit à petit constitué. Nous y avons mis un peu de tout : des bouteilles anciennes, des revues... Regardez, vous avez là un des premiers tourne-disques fabriqués en Argentine. Il y a également des restes d'épaves de bateaux qui se sont échoués sur nos plages. Cette écoutille en bronze, je l'ai trouvée l'an dernier. Et, bien évidemment, nous avons des pointes de flèches, des lances, toutes sortes de choses.

- Selon toi, quelle serait la pointe de flèche la plus rare de ta collection ?, demandai-je, tentant d'entrer dans le vif du sujet.

Lali s'approcha d'étagères pleines de petites boîtes en métal et en bois. Elle prit une vieille boîte à cirage et l'ouvrit pour nous montrer trois pointes de flèches posées sur un morceau de coton jaunâtre.

- C'est très difficile de te répondre. C'est comme si tu me demandais de te dire lequel de mes enfants je préfère. Mais certaines d'entre elles sont très particulières. Celles-ci, par exemple, font partie de mes favorites car elles sont presque transparentes. Elles sont en quartz de cette zone, d'après ce que m'ont dit les archéologues.

Manuel et moi prîmes à tour de rôle la boîte pour en faire l'éloge. Quand nous la lui rendîmes, Lali saisit une autre boîte dont le contenu était aussi protégé par du coton. C'était une pointe de flèche noire, à peine plus grande que l'ongle de son index.

- Elle est magnifique, dis-je. La technique des Tehuelches pour travailler la pierre est vraiment impressionnante. C'est incroyable qu'ils aient pu obtenir une pointe aussi parfaite sans outils en métal et sans aucune technologie avancée.

- Celle-ci est en obsidienne, fit remarquer Lali, du verre d'origine volcanique. Elle permet d'obtenir des bords si coupants qu'il n'y a pas très longtemps les opérations des yeux se faisaient encore avec des bistouris fabriqués dans cette pierre.

- Elle est minuscule !, dit Manuel. Que pouvaient-ils bien chasser avec ça ?

- Probablement rien. Un jour que j'en parlais avec Alberto Castro, qui est l'archéologue qui fouille toute cette zone, il m'a dit qu'on pense que les petites flèches étaient destinées à la décoration. Que les Tehuelches les faisaient par jeu, c'était une manière de rivaliser entre eux, pour voir qui pourrait réaliser la plus parfaite.

- C'est Castro qui, précisément, nous a parlé de toi et de ta collection, dis-je au passage. J'en avais déjà entendu parler, mais c'est Castro qui nous a suggéré de venir te voir.

- Ah. Vous connaissez Alberto Castro ?

- Oui. Bon, nous avons fait sa connaissance il y a quelques

jours.

- Ne me dites pas qu'il est à Deseado ! C'est bizarre, il me prévient toujours quand il vient. Il passe ici tous les ans pour voir où en sont les fouilles et pour chercher des flèches. Il amène presque toujours avec lui deux ou trois étudiants de l'université et ils restent plusieurs jours à travailler ici. Quand je sais qu'ils viennent, je leur réserve toujours le meilleur emplacement du camping.

- Nous avons cru comprendre que, cette fois-ci, il est venu à l'improviste. Ce doit être la raison pour laquelle il ne t'a pas prévenue.

Lali haussa les épaules et, durant le quart d'heure qui suivit, elle continua à nous montrer, pleine d'enthousiasme, diverses pièces qui, à juger par le nombre de boîtes sur les étagères, ne représentaient qu'une infime partie de sa collection. Il y avait des grattoirs, des pointes, des poinçons de toutes tailles et de toutes les couleurs. Elle nous montra même des pièces qu'elle disait « recyclées », car elles avaient été taillées pour un usage puis adaptées à un autre.

- J'imagine que tu dois en avoir trouvé beaucoup, si cela fait quarante ans que tu en cherches, dis-je quand Lali eut achevé de nous expliquer la différence entre un poinçon et un grattoir.

- Tellement que je ne sais plus combien. J'en ai des boîtes pleines, dans d'autres endroits de la maison, mais je ne les monte plus ici car je ne crois pas que la charpente puisse supporter davantage de poids.

- Et tu les vends ? Je veux dire si quelqu'un veut t'en acheter une ?

- Nooon..., s'empressa-t-elle de répondre. Il est strictement interdit de faire du commerce avec le patrimoine archéologique. En outre, je n'aime pas qu'elles sortent de l'estancia. Je trouve que le mieux, c'est que toutes ces pièces restent là où je les ai trouvées.

Nous passâmes encore un quart d'heure à voir d'autres

artefacts lithiques et d'autres flèches. Certaines vraiment très belles, mais aucune ne présentait cette caractéristique qui rendait la collection Panasiuk si unique.

- Et sur toutes ces années, tu n'as pas trouvé de flèches irisées ?, finis-je par lui demander.

Lali me regarda étonnée.

- Vous aussi, vous croyez à ça ?
- À quoi ?
- À la légende de Yalén et des flèches irisées.
- Qui d'autre y croit encore ?
- Je ne sais pas, des tas de gens. Pourquoi me posez-vous cette question sur ces flèches ?

Je sentis que l'heure était venue de lui raconter la vraie raison de notre visite.

- Lali, dis-je, as-tu une flèche irisée dans ta collection, oui ou non ? C'est très important. Nous travaillons pour le tribunal et nos investigations portent sur un homicide.

La femme écarquilla les yeux en entendant mes mots et nous regarda, l'un et l'autre, avec un air épouvanté.

- De quoi parlez-vous ?, dit-elle tout en attrapant une boîte à biscuits oxydée.

À l'intérieur se trouvait une petite bourse en peau de guanaco. Elle l'ouvrit et fit tomber dans la paume de sa main une flèche bleutée. Elle la leva en l'air pour la faire éclairer par les derniers rayons du soleil qui entraient par la fenêtre. La pièce renvoya des éclats multicolores.

C'était là, sans aucun doute, la raison pour laquelle nous étions venus en ces lieux, la flèche numéro neuf de la collection Panasiuk.

- Elle est splendide, dis-je en la prenant dans ma main. Où l'as-tu trouvée ?
- C'est mon père qui me l'a offerte, en quatre-vingt-quinze.
- Et lui, où l'avait-il trouvée ?
- Je n'en ai pas la moindre idée. Un jour je le lui ai demandé mais il a souri et m'a dit « Moins Dieu en sait, plus

il pardonne ». J'ai supposé qu'on la lui avait offerte ou qu'il l'avait achetée à quelqu'un. Il n'était pas aussi regardant que moi sur la question.

- Tu ne lui as jamais redemandé ?

- Je n'en ai pas eu l'occasion, expliqua-t-elle, comme s'excusant. Quand il me l'a donnée il était déjà très malade et il est mort quelques mois plus tard.

Nous gardâmes le silence, tous les trois. Je fis tourner la flèche entre mes doigts plusieurs fois.

- Qu'est-ce que c'est que cette histoire d'investigation sur un homicide ?, voulut savoir Lali. Qu'est-ce que j'ai à voir avec tout ça, moi ?

Je lui expliquai alors l'affaire dans les grandes lignes, en évitant la plupart des détails. Je me contentai de lui dire que nous avions trouvé un cadavre, qu'un encadrement de flèches irisées avait disparu de la maison de la victime et que, treize jours plus tard, une autre flèche irisée avait également disparu du musée de la ville.

- En fait, dis-je pour finir, c'est pour cette raison que Castro est à Deseado. Il est ami avec la juge en charge de l'affaire, et il est venu nous prodiguer ses conseils.

- Et pourquoi n'est-il pas venu aujourd'hui avec vous ?, demanda-t-elle, sur ses gardes.

- Parce que, depuis hier, il ne se sent pas bien, répondis-je, évitant de mentionner l'épisode du musée pour ne pas trop l'alarmer. À ce qu'il nous a dit, cette flèche est la seule qui manquerait au braqueur pour compléter la collection Panasiuk. Bon, celle-ci et celle que nous avons au tribunal, avec les autres preuves

- Vous me faites peur, dit la femme.

- Ce n'est pas notre intention, Lali. Mais, comme tu es isolée ici, en rase campagne, nous avons voulu te prévenir le plus vite possible. Tout cela s'est produit au cours des deux dernières semaines. Il est possible que la personne, quelle qu'elle soit, qui s'en est pris à cet homme et qui a volé le musée, veuille compléter sa collection. Si j'étais à ta place, je cacherais cette flèche et je ne la montrerais à personne pendant un certain temps. Nous pouvons même l'emporter et la mettre en lieu sûr jusqu'à ce que l'affaire soit résolue.

Avant même que j'eus terminé ma phrase, Lali nous faisait de la tête le signe que c'était non. Elle referma la main sur la flèche et nous regarda d'un air sévère.

- Merci de me prévenir, dit-elle, mais la flèche reste ici.

- Faites très attention alors, insistai-je.

- Ne vous inquiétez pas, nous avons vécu toute notre vie tout seuls dans cette campagne. Ce ne sera pas la première fois que nous chassons un intrus à coups de fusil.

CHAPITRE 38

Le lendemain, j'arrivai au tribunal vers les sept heures et demie du matin. J'étais dans le laboratoire depuis à peine cinq minutes lorsque le téléphone sonna.

- Allo, répondis-je, étonnée qu'on m'appelle aussi tôt un lundi matin.
- Laura, tu peux monter dans mon bureau un moment ?
- J'arrive tout de suite.
- « Je suis foutue », pensai-je en raccrochant. J'avais promis à la juge qu'à notre retour d'El Calafate je lui donnerais les empreintes digitales que j'avais relevées sur la vitre de l'encadrement de la collection Panasiuk et qui avaient disparu, comme par enchantement, du dossier des preuves.

Je montai lentement l'escalier, tentant de trouver une nouvelle excuse. Cela n'avait aucun sens de se remettre à les chercher ni de se demander où elles pouvaient avoir été égarées. J'avais retourné la moitié du tribunal, en vain.

J'ouvris la porte du bureau d'Echeverría sans savoir ce que j'allais lui dire. J'y trouvai la juge assise sur son fauteuil pivotant. De l'autre côté du bureau, le commissaire Lamuedra, les bras croisés, me regarda des pieds à la tête avant d'exprimer son impatience en soufflant fort par le nez.

- Laura, assieds-toi, me dit la juge, posant son regard sur une chaise qui se trouvait à côté de Lamuedra. Tu sais de quoi je veux te parler, n'est-ce pas ?

Je confirmai.

- Et ? Qu'as-tu à me dire ?
- Que j'ai déjà cherché partout, mais je ne les trouve pas, votre honneur. Je n'ai pas la moindre idée de l'endroit où sont passées ces empreintes digitales. Aussitôt après les avoir relevées sur le verre, je les ai collées sur une fiche et les ai mises dans le dossier contenant les preuves de l'affaire. Quand Manuel est allé les photographier pour pouvoir les

numériser, la fiche avait disparu.

– Donc tu as aussi perdu la seule preuve juridique qui puisse nous aider à trouver celui qui a tué Ortega.

– Ce n'est pas pour cette raison que vous m'avez appelée ?

Nous restâmes silencieux tous les trois. Le commissaire Lamuedra se pinça l'arête du nez avec son pouce et son index.

– Je ne les ai pas perdues, elles ont disparu. Je n'ai aucune explication, mais il est impossible que je les aie perdues.

– Putain ! s'écria Echeverría, il serait temps que tu fasses un peu plus attention ! Tu ne peux pas avoir fait deux conneries aussi monumentales dans la même affaire !

– Deux ? A quoi faites-vous allusion ? J'ai pensé que c'était pour ça que vous m'aviez appelée.

– Non, Badía, ce n'est pas pour les empreintes. C'est pour que tu m'expliques, bordel, d'où le directeur du journal a-t-il sorti cette photo ?

La juge fit pivoter l'écran de son ordinateur sur son bureau. Je reconnus le site web un peu rudimentaire d'*El Orden*. Une photo de la collection Panasiuk occupait la moitié de l'écran. Le titre, en majuscules bleues sur fond gris, était en forme de question :

UN PERSONNE ASSASSINÉE DANS NOTRE VILLE POUR UNE MYTHIQUE COLLECTION DE FLÈCHES ?

– Je n'avais pas vu. Ce fut tout ce que je trouvai à dire.

– C'est toi toute crachée, dit Lamuedra en me passant la souris de l'ordinateur.

Je lus l'article en silence, percevant la respiration haletante de mes deux chefs comme un couperet au-dessus de ma tête.

Hier est parvenue à notre rédaction une photographie en lien avec l'enquête pour homicide sur la mort du commerçant Julio Ortega, qui a été retrouvé sans vie à son domicile de la rue Estrada, le 6 août. Selon des proches de la victime, Ortega aurait été frappé à mort. À ce jour, les raisons de cet acte n'ont pas été révélées par le commissariat local.

La photographie qui accompagne cet article (que nous publierons également samedi prochain dans notre édition papier) aurait été trouvée dans le téléphone de la victime et constitue le premier indice probable qui expliquerait la mort brutale d'Ortega. Il s'agit de la mythique collection Panasiuk, un encadrement de pointes de flèches en opale dont, jusqu'à ce jour, il n'existait que des dessins exécutés à la main. Au-delà de sa valeur historique (voir l'encadré « Une collection maudite »), des habitants de la localité, chercheurs et amateurs d'art lithique nous ont indiqué que, dans une vente illégale au marché noir, si toutefois elle avait lieu, la collection pouvait atteindre les dix mille dollars.

Par ailleurs, ce serait une coïncidence fort étrange qu'un vol récent au musée Mario Brozovski de notre localité soit sans lien avec cette affaire. Tôt dans la matinée, samedi dernier, l'archéologue Alberto Castro, l'expert en art lithique tehuelche le plus respecté au monde, travaillait dans ce musée quand un assaillant masqué est entré par effraction par la fenêtre de l'édifice. Castro a été bâillonné, ligoté et enfermé dans un placard par l'agresseur qui n'a dérobé qu'une seule des presque dix mille pièces que possède l'institution. D'après les caractéristiques de la flèche volée –en forme de feuille et taillée dans une pierre irisée–, on pense qu'elle fait sans doute partie de la maudite collection Panasiuk.

Quant aux sources officielles, le commissaire Lamuedra, responsable du commissariat local, a refusé de nous dire quoi que ce soit sur le mobile de l'assassinat de notre concitoyen Julio Ortega et si la police a établi un quelconque rapport avec ladite collection de flèches.

- Bordel, tu veux bien m'expliquer d'où sort tout ça, Badía ?, demanda le commissaire.

Pour gagner du temps je relus l'encadré, « Une collection maudite ». C'était un résumé de toutes les légendes urbaines qui entouraient cette collection. Il mentionnait, en notes de couleur, la tragique histoire de Yalén, assassiné avec ces flèches par son frère Magal, ainsi que l'obsession de Teodor Panasiuk de réunir la collection, au point d'avoir été capable d'échanger une flèche contre une maison.

Je relus l'article principal et observai la photographie de la collection. C'était, sans aucun doute, la même que celle que nous avions trouvée dans le téléphone d'Ortega. Je compris alors parfaitement ce qui s'était passé même si, en mon for intérieur, je ne voulais pas le reconnaître. Comme si je n'acceptais pas de m'être fait berner.

Deux jours auparavant, j'avais montré cette même photo au directeur d'*El Orden*. Avant que le Saint-Bernard ne me renverse, Frau m'avait demandé une copie, que je n'avais pas voulu lui donner. Je me souvins que, lorsque j'étais revenue de la salle de bains, après avoir effacé les taches de boue, il n'y avait plus un seul document ouvert sur l'écran de l'ordinateur du journaliste. Frau avait profité de mon absence, pendant que je me lavais pour retrouver un air plus digne. Ce salaud avait certainement connecté mon téléphone à son ordinateur avec un câble USB et copié la photo.

- Nous ne savons pas à qui Ortega a bien pu envoyer cette photo avant qu'on ne le tue, soutins-je.

- Dans l'article, il est écrit que la photo est apparue sur le téléphone de la victime. Comment le type du journal peut-il le savoir ? En outre, il décrit en détail l'agression de Castro au musée : que l'agresseur s'est introduit par une fenêtre, qu'il l'a ligoté et l'a enfermé. Tout cela, quasiment personne ne le savait.

- Je n'ai aucune idée de ce qui a pu se passer, dis-je.

- Tu as intérêt à vérifier. C'est de ton entière responsabilité, Laura. Les seules personnes qui avaient accès à cette photo étaient Manuel, toi et moi. Comme tu comprendras, ce ne peut pas être moi. Et si la bourde est de Manuel, c'est aussi de ta faute.

Je fus sur le point d'ajouter que son ami, l'archéologue,

avait aussi accès à la photo, mais je me souvins que, le jour où je l'avais rencontré, nous avions examiné la photo ensemble. Sa copie à lui était marquée par un filigrane, avec les mots CONFIDENTIEL-PREUVE, contrairement à celle qui avait été publiée par *El Orden*. Elle venait bien de mon téléphone.

- Si tu nous refais la moindre bourde, même ridicule à côté de celle-ci, tu peux oublier l'enquête et tu prends plusieurs jours de suspension. C'est la dernière que nous laissons passer Laura, compris ?

- Oui, monsieur le commissaire.

J'eus du mal à desserrer le nœud qui me serrait la gorge avant de sortir du bureau de la juge. Quand je fermai la porte derrière moi, j'avais les yeux remplis de larmes, et j'avais peine à les empêcher de couler sur mes joues.

- La journée a mal commencé ?, me demanda la Harpie, qui venait d'arriver et installait ses affaires sur son bureau.

Je pressai le pas pour aller m'enfermer dans mon laboratoire. Alors, je laissai brièvement éclater mes sanglots, juste pour décompresser. C'étaient des larmes de honte, la honte de m'être fait voler cette photo de mon téléphone et de ne pas réussir à retrouver ces empreintes digitales qui étaient essentielles à l'élucidation de cette affaire.

Je décidai de fouiller à fond le laboratoire une dernière fois. Je regardai sous chaque appareil, dans chaque dossier, j'allai même jusqu'à vider et déplacer l'armoire où j'avais rangé les empreintes. Après avoir passé presque une heure à tout fouiller, j'en conclus une nouvelle fois qu'elles n'étaient pas là. Et si Manuel me disait la vérité, et s'il ne les avait jamais retirées de l'armoire, alors cela signifiait qu'une autre personne s'en était chargée. Mais qui ? Et pour quoi faire ?

Je ne tardai pas à repenser à la menace d'Isabel Moreno. « Tu ne vas pas t'en tirer à si bon compte », m'avait-elle lancé après notre dispute. Je pouvais comprendre que sa frustration ait pu l'amener à raconter à Frau ma liaison avec Ortega, mais je n'imaginais pas qu'elle fût capable, pour me nuire, de faire disparaître une preuve aussi importante dans une affaire.

Je regardai les objets qui traînaient sur mon bureau, cherchant celui qui pourrait me servir à échafauder un plan pour la démasquer. Je me décidai pour la tasse à café.

CHAPITRE 39

Je nettoyai l'extérieur de la tasse jusqu'à ce qu'elle reflète presque mon visage. Puis je posai mon index sur le côté de la tasse, je l'appuyai fortement, imprimant mon empreinte digitale sur la surface brillante. Je refis l'opération avec plusieurs doigts jusqu'à ce que la tasse semble être celle d'un enfant de deux ans. J'ouvris alors le kit de relevé d'empreintes et, avec un pinceau, j'appliquai la poudre noire sur toute la surface. La tasse ressemblait à celle d'un mécanicien.

Je fis le relevé de plusieurs empreintes avec le ruban adhésif et les collai sur une fiche identique à celle que j'avais perdue. Au-dessus des impressions j'écrivis, en lettres bien visibles, « Homicide Julio Ortega ». Quand j'eus terminé de nettoyer la tasse et de ranger le kit dans sa boîte en aluminium, il était presque dix heures du matin. Juste à temps.

Quelques minutes plus tard, Manuel pointa sa tête dans mon laboratoire comme tous les jours à la même heure.

- On stoppe les machines, c'est l'heure du café !

Son regard se posa sur la fiche des empreintes digitales qui se trouvait sur la table.

- Et ça ?, demanda-t-il en soulevant le papier. Ce ne sont pas les mêmes que celles que tu as perdues. N'est-ce pas ? L'autre fiche comportait beaucoup plus d'empreintes.

- Non ! L'autre, impossible de la retrouver. Mais il y avait deux éclats de verre que j'avais recouverts de poudre d'un seul côté, dis-je en montrant le puzzle qui se trouvait encore sur l'énorme table en métal. Et j'ai eu de la chance, parce qu'elle portait pas mal d'empreintes.

- Je suppose que tu vas les photographier, évidemment ?

- Bien sûr. Mais, d'abord, nous allons prendre ce café ; c'est bien toi qui régales, non ?

- Bien sûr, fit Manuel.

- Bon, va le préparer, j'ai un e-mail à envoyer et je te rejoins dans la cuisine tout de suite après.

Quand je me retrouvai seule dans le laboratoire, je regardai autour de moi et finis par opter pour la fougère que ma tante m'avait offerte. Bien qu'elle donnât déjà, au bout de quelques jours, des signes de maltraitance, elle était encore bien feuillue. J'ouvris un tiroir et allumai l'appareil photo que nous utilisions, Manuel et moi, pour photographier les victimes et les preuves. En plus de faire de belles photos, cet appareil prenait des vidéos d'excellente qualité. Je m'assurai que la carte mémoire était vide, et je configurai l'appareil en mode détecteur de mouvements pour qu'il ne se déclenche que lorsque quelqu'un entrerait dans son champ de vision. Je le cachai entre les feuilles vertes, le viseur pointé vers l'armoire d'où avait disparu le premier relevé d'empreintes.

Je rangeai la fiche avec les fausses impressions sur l'étagère du milieu, je fermai l'armoire et laissai les clés sur la serrure. Et je pris alors le chemin de la cuisine.

CHAPITRE 40

Au moment précis où j'entrai, Manuel racontait quelque chose à Isabel Moreno et tous les deux riaient aux éclats. Dès qu'il remarqua ma présence, Manuel se fit plus froid avec Isabel. Mon camarade savait que la Harpie et moi, nous ne pouvions pas nous encadrer et, de toute évidence, il était tiraillé entre le désir de la mettre dans son lit et celui de conserver mon amitié.

L'ambiance était sur le point de se tendre mais, heureusement, d'autres employés du tribunal commencèrent à arriver et, très vite, les dix chaises qui entouraient la longue table de la cuisine furent occupées. Pour la majorité d'entre nous, nous prenions du café, mais un petit groupe de trois étaient des irréductibles du maté. Même les policiers en faction devant la porte du tribunal avaient coutume de se joindre à nous quelques instants pour ce rituel matinal.

- Mince alors, Laura ! Quelle malchance que cette photo ait fuité, n'est-ce pas ?, me glissa Isabel devant tout le monde, dissimulant son sourire derrière sa tasse de café.

- Oui. Comment a-t-elle bien pu arriver au journal ?, ajouta Ramiro Carabajal, un des cinq employés administratifs du tribunal. Bien que son travail consistât essentiellement à saisir des rapports sous Word, il était passé maître dans l'art d'inventer et de colporter des ragots. L'avoir, lui et la Harpie, dans l'auditoire tombait vraiment à pic.

- Je n'en ai vraiment aucune idée, dis-je.

- Est-il vrai qu'en plus, tu as aussi égaré une des preuves de l'affaire ?, demanda Moreno.

Je la regardai droit dans les yeux mais je fus incapable de savoir si elle se réjouissait de me ridiculiser devant tout le monde ou de se savoir l'auteur de la disparition des empreintes.

- Oui. J'avais des empreintes digitales que nous avions

relevées sur la scène du crime, mais je ne les retrouve nulle part. C'est comme si elles s'étaient envolées. Mais, heureusement, j'ai découvert d'autres empreintes sur un éclat de verre que j'avais oublié d'analyser.

- N'importe qui te dirait que tu devrais te concentrer un peu plus sur ton travail, lança-t-elle ironiquement.

Ignorant sa remarque, je racontai à nouveau l'histoire des empreintes que j'avais *oublié* de relever, exactement comme je l'avais racontée à Manuel quelques minutes plus tôt.

- Cette fois-ci, tu les as photographiées, je suppose ?, demanda La Harpie.

- Pas encore. Je vais le faire dès que je remettrai la main sur l'appareil photo, que je ne trouve nulle part.

Un murmure parcourut la cuisine.

- Jamais deux sans trois !

- Non, cette fois-ci, je ne vais pas les perdre, Isabel. D'ailleurs, au cas où je deviendrais folle, je vous prends tous à témoin : je viens de les mettre dans l'armoire de mon laboratoire, celle-là même d'où les autres ont disparu.

Je regardai l'heure sur mon téléphone en haussant exagérément les sourcils.

- Il faut vraiment que j'y aille. Je ne crois pas que je reviendrai aujourd'hui, Manuel, j'ai beaucoup de travail de terrain. Nous nous verrons demain. Tchao, les jeunes.

Je quittai la cuisine en laissant ma tasse à moitié pleine. Je passai par le laboratoire pour prendre mes affaires et remarquai que le tiroir de mon bureau était entrouvert. Quand j'en retournai le contenu, je fus prise de panique. Quelqu'un avait pris la petite boîte en plastique contenant la flèche que nous avions trouvée sur la scène du crime.

Je fermai le laboratoire à clé et sortis la caméra de sa cachette derrière la fougère. J'allumai mon ordinateur qui m'indiquait que j'avais quatre messages. Sans même les regarder, j'introduisis la carte mémoire dans l'ordinateur et découvris qu'il y avait une nouvelle vidéo de trente secondes.

De toute évidence, je n'étais pas folle. Quelqu'un avait pénétré dans mon bureau et avait emporté la flèche tandis que je me trouvais dans la cuisine.

Je lus la vidéo. Bien que la caméra fût orientée vers l'armoire et non vers mon bureau je reconnus sur l'écran la silhouette qui avait pénétré dans le laboratoire et qui avait ouvert le tiroir. C'était la juge Delia Echeverría.

Je montai quatre à quatre l'escalier menant à son bureau et entrai sans frapper. Je la trouvai en train de lire un dossier, les lunettes sur le bout du nez.

- Laura. Tu as besoin de quelque chose ?, dit-elle avec un sourire qui me décontenança.

- La flèche !, ce fut tout ce que je pus lui dire.

La juge continua à sourire et me montra son poing fermé, le pouce levé.

- Très bien. Cela me réjouit. J'avais peur que tu ne t'aperçoives pas qu'elle avait disparu ou que tu me le caches quand tu t'en rendrais compte.

- C'est donc vous ?, demandai-je.

- Oui ? Bon, non. C'est-à-dire que, non, je ne suis pour rien dans la disparition des empreintes, évidemment. Mais oui pour celle de la flèche.

- Pour voir si je vous cachais que d'autres preuves avaient disparu.

La juge éclata de rire.

- Non, disons que ça c'est un bénéfice secondaire. J'ai emporté la flèche pour la protéger.

- Pour la protéger ?

- Si on considère que l'individu qui détient le cadre des flèches de Julio Ortega est le même que celui qui a volé le musée, il ne lui manque que deux flèches pour compléter la collection Panasiuk.

- Celle qui se trouve à El Atardecer et celle que vous avez retirée du laboratoire, ajoutai-je.

- Exactement. Et même si nous avons ici une surveillance

policière vingt-quatre heures sur vingt-quatre, je crois que nous devrions garder cette flèche dans un lieu plus sûr que le tiroir d'un bureau, dit-elle en désignant le grand coffre-fort métallique du coin de son bureau. Si tu en as besoin, à un moment ou un autre, tu me le dis et je te la donne. Mais nous ne la sortirons, je te le demande, que si c'est strictement nécessaire. Nous savons que c'est la pièce maîtresse d'un puzzle qui vaut énormément d'argent et que, si jamais elle disparaît, les têtes vont tomber, y compris la mienne.

Je répondis que cela me semblait une excellente idée. Ce que je ne lui dis pas fut que j'étais convaincue que, si les empreintes n'avaient pas disparu de mon armoire, elle n'aurait jamais pris cette mesure sans me consulter.

De retour dans mon laboratoire, la première chose que je fis fut d'activer à nouveau la caméra cachée derrière la fougère.

CHAPITRE 41

Entre la puanteur qu'exhalait le corps énorme et sale d'Enrique Vera et l'odeur du produit chimique nocif utilisé pour désinfecter la salle d'interrogatoire du commissariat, l'air qu'on y respirait était horriblement vicié.

La police avait découvert le prêteur caché sur un chantier de construction abandonné non loin de la ville, suite à la dénonciation d'un voisin qui avait signalé que quelqu'un y faisait du feu.

Nous savions que Vera ne pouvait pas être allé très loin, car le matin où nous étions venus l'appréhender chez lui, il avait fui sans avoir eu le temps de prendre ni argent, ni papiers d'identité, ni carte de crédit. Nous supposions aussi que, s'il était coupable, il allait probablement rester caché en attendant que les choses se tassent et qu'il puisse rentrer chez lui pour prendre ce dont il avait besoin. Mais nous n'avions jamais imaginé qu'il se terrerait dans des conditions aussi précaires.

Quand on l'amena au commissariat, nous passâmes les premières minutes à l'aider à changer le chiffon crasseux qui couvrait une entaille profonde qu'il avait dans le jumeau. Il nous expliqua qu'il se l'était faite en tombant dans le ravin, derrière sa maison, quand nous étions allés le voir, trois jours plus tôt.

- Nous pouvons te conduire à l'hôpital, c'est ton droit, dit Lamuedra.

Le prêteur s'y refusa d'un signe de tête. Avec la main qui n'était pas menottée à la table, il jeta la gaze toute souillée de sang marron dans une corbeille qui se trouvait à côté de sa chaise. J'en imprégnai une autre de désinfectant, que je lui tendis. Quand il la pressa sur la blessure, il ne put retenir un grognement de douleur.

- Très bien, alors commençons. Je vais te poser une

question très simple, et réfléchis bien à ce que tu vas me répondre. Ce que tu diras sera enregistré et directement transmis au tribunal. Les juges n'apprécient pas qu'on leur mente. Si tu ne me crois pas, demande à l'officier Badía qui est une de leurs collaboratrices.

Je ne fis aucun commentaire. Le commissaire parcourut la salle du regard avant de parler. Vera ne sembla pas remarquer que le véritable propos de ce geste était de s'assurer que la lumière rouge de la caméra fixée au plafond était éteinte. Interroger le prêteur sans son avocat aurait été, pour le moins, peu orthodoxe.

- Qu'as-tu fait le 6 août à l'aube ?, demanda le commissaire.

Silence.

- Venons-en directement au fait. As-tu frappé à mort Julio Ortega ?

Avant de parler, Vera passa sa main libre sur sont front gras et crasseux.

- Non.

- Quel est ton groupe sanguin ? Au cas où tu aurais besoin d'une transfusion, demandai-je, en désignant la blessure.

- A négatif.

- Quel hasard, fis-je. Comme tu peux l'imaginer, il y avait du sang d'Ortega sur ses vêtements, sur le sol et sur le sofa. Des litres de O positif. Pourtant, nous en avons trouvé une goutte qui ne correspond ni à son groupe ni à son facteur rhésus. Devine un peu à quel groupe elle appartient !

- Je suis la seule personne qui soit A négatif dans cette ville ?

« C'est ton sang », pensai-je, mais ça, je ne pouvais pas le lui dire. Les analyses ADN, je les avais obtenues de façon totalement illégale et le lui avouer, ç'aurait été me faire harakiri.

- Si tu n'as rien à voir avec cette histoire, pourquoi es-tu parti en courant le jour où nous sommes venus chez toi ?

Le prêteur resta silencieux.

- Comment cicatrise ton oreille ?, demandai-je, en montrant le lobe droit, qui n'était plus bandé comme l'autre soir au casino. Maintenant, on voyait clairement une marque ocre qui le coupait en deux, comme si on lui avait arraché un *piercing*. C'est probablement de cette blessure qu'était tombée la goutte de sang que nous avions trouvée chez Julio.

- Nous savons que Julio Ortega te devait pas mal d'argent, dit le commissaire.

- Cela ne veut pas dire que je l'ai tué, n'est-ce pas ?

- Il avait des marques sur les mains, dis-je, vieilles d'une ou deux semaines, comme si quelqu'un avait utilisé une perceuse pour le torturer.

- Je ne sais pas de quoi tu me parles.

- Sais-tu que ça ne va pas te mener bien loin, de tout nier en bloc ?

- Quelqu'un m'a-t-il vu en train de frapper ce type ? Ou en train de lui perforer les mains ? Quelqu'un en a-t-il la preuve ?

Nous nous tûmes une seconde. Vera était coupable et nous le savions mais, si nous n'obtenions pas ses aveux, cela ne servirait à rien.

- C'est *ton* sang ! dis-je enfin. Tu te souviens du jour où je t'ai vu au casino ? Eh bien, ta canette de Coca a fini dans mon laboratoire. Et l'ADN de ta salive coïncide avec celui du sang séché que nous avons trouvé chez Ortega.

Le commissaire Lamuedra regarda ses pieds et souffla par le nez. Je supposai qu'il réprimait son envie de m'étrangler. Ce que je venais d'avouer à Vera pouvait entraver le procès, mais nous n'avions pas d'autre solution. Si nous ne faisions pas pression sur le prêteur avec quelque chose de concret, il ne dirait jamais rien et il serait quasiment impossible de convaincre la juge de demander par la voie officielle une analyse ADN qui servirait de preuve dans cette affaire.

Lamuedra, lui, évidemment, ne semblait pas partager mon

point de vue. Il ne me regarda même plus et je supposai qu'il retenait ses reproches virulents pour mieux m'en agonir lorsque nous nous retrouverions seuls.

- Nous nous sommes battus, c'est vrai, mais je ne l'ai pas tué, dit Enrique Vera au bout d'un moment.

- Tu veux bien t'expliquer un peu mieux ? Qu'es-tu allé faire chez Ortega le 6 août ?

- C'est lui qui m'a donné rendez-vous cette nuit-là. Il me devait de l'argent, c'est vrai. Beaucoup d'argent. Presque quarante mille dollars. Et ça faisait des semaines que je lui posais des ultimatums pour qu'il me paie.

- Des ultimatums à la perceuse ?

- Je suis allé chez lui parce qu'il m'a appelé, dit Vera en m'ignorant. Quand je suis arrivé, je l'ai trouvé passablement ivre. Et il m'a paru un peu stone.

- Stone ?, demanda Lamuedra.

- Oui, à la cocaïne, dit Vera. Mais ce n'était peut-être qu'une impression.

Je me souvins que, dans le rapport de toxicologie qu'avait rédigé le médecin légiste apparaissaient les deux substances, l'alcool et la drogue.

- Il m'a fait passer dans la salle à manger et il s'est assis sur le canapé, à côté de papiers. Je lui ai demandé s'il avait l'argent et il m'a dit : « Non. Non, je ne l'ai pas et je ne l'aurai jamais ».

- Comment as-tu réagi ?

- Je lui ai dit que j'allai faire exécuter les reconnaissances de dette qu'il m'avait signées, mais ça l'a fait rire et il m'a présenté les papiers qu'il avait près de lui.

Vera fronçait les sourcils et avait le regard perdu, celui de quelqu'un qui s'efforce d'éclaircir un souvenir confus.

- C'étaient des extraits de ses comptes bancaires et une lettre de l'Inspection Générale des Impôts qui le mettait en demeure de payer la totalité des impôts qu'il devait pour son affaire de produits d'entretien. Il m'a demandé de le croire, il m'a juré qu'il n'avait pas le moindre peso et que la maison dans laquelle il vivait était au nom de son arrière-grand-mère. Puis il s'est mis à rire et il m'a jeté un sachet de cocaïne sur les pieds. Il m'a dit que ça, les meubles de la maison et le peu de stock qui lui restait à l'*Impekable*, c'était tout ce qu'il pouvait m'offrir pour liquider sa dette. Il m'a dit de prendre tout ce que je voulais et de lui ficher la paix.

Le prêteur appuya son front sur ses poings, et son énorme dos se dégonfla quand il expira bruyamment. Je décidai de profiter de ce moment de faiblesse.

- Qu'as-tu ressenti quand il t'a dit ça ?
- De l'impuissance. De la colère. Beaucoup de colère.

Il haletait en disant ces mots. Il leva les yeux une seconde et je pus voir que ses yeux s'étaient embués. Voir une telle masse au bord des larmes était déconcertant comme si les muscles et les larmes étaient incompatibles. Il baissa à nouveau la tête et resta silencieux un bon moment. De son corps énorme seules deux parties bougeaient : ses épaules, au rythme de sa respiration, et ses mâchoires carrées dont il ne maîtrisait pas le tremblement.

- Compétition de merde... balbutia-t-il.
- Que dis-tu ? demanda Lamuedra, mais je m'empressai de lui faire signe de se taire.

Une autre minute de silence et, finalement, le premier sanglot. Pas impressionnant outre-mesure. Un grognement et quelques larmes, la manière de pleurer des hommes qui ont honte de pleurer.

- Si je ne m'étais pas inscrit à cette compétition de merde...
- De quoi parles-tu, Enrique ?, insistai-je.
- J'étais en pleine préparation pour Monsieur Patagonie, une compétition de culturisme. Cette année, elle se déroule en novembre à Caleta Olivia. Je n'avais plus que trois mois devant moi et j'avais commencé un traitement avec de nouveaux stéroïdes qui sont supposés être bons pour prendre du volume et se sécher, ce qui est nécessaire pour la dernière

phase avant la compétition.
- Des stéroïdes illégaux, je suppose.
- Légaux, mais à usage vétérinaire.
- Tu prenais des drogues destinées aux chevaux ?
- Entre autres choses.
- Quelles autres choses, exactement ?
- Je venais de terminer un programme de régulateurs hormonaux après le premier programme de stéroïdes de l'année. Je me faisais aussi des injections d'insuline et d'hormones de croissance humaines. Sans cette histoire d'hormones, rien de tout ça ne serait arrivé.
- Que veux-tu dire ?
- L'hormone humaine, c'est ce qu'il y a de mieux pour prendre du volume. Ça et les stéroïdes, c'est pratiquement indispensable quand on veut participer aux compétitions régionales et aller au-delà. Mais l'hormone est extrêmement chère.
- Il faut compter combien ?
- Sept mille dollars par mois.

Le commissaire et moi échangeâmes un regard.
- Si ce n'était pas aussi cher, Messi ne jouerait pas à Barcelone. Quand on a détecté son problème de croissance et qu'aucun club n'a voulu lui payer le traitement avec cette hormone, les parents n'y ont pas regardé à deux fois quand le Barça leur a proposé de s'en charger.
- Pourquoi nous racontes-tu tout ça, Vera ?, demanda Lamuedra, impatient.
- Pour que vous compreniez ma situation. Si je ne récupérais pas ce qu'Ortega me devait, je ne pouvais pas payer les deux mois d'hormones dont j'avais besoin pour aller jusqu'au bout du programme. Et si je ne terminais pas, je n'avais aucune chance de participer au concours.
- Donc tu as fracassé le crâne d'un type pour gagner la compétition de Monsieur Muscle à Caleta Olivia ?

Vera fit non, le front appuyé sur ses mains menottées.

- Vous... vous ne comprenez pas.

- Évidemment que nous ne comprenons pas !, cria le commissaire Lamuedra en applaudissant méchamment. Comment, putain, allons-nous... ?

- L'hormone c'est une chose, l'interrompit Vera. Mais il y aussi les stéroïdes. Ils sont excellents pour prendre rapidement du muscle, ils ne sont pas aussi chers, mais ils ont beaucoup d'effets secondaires. Je venais de commencer un cycle avec une marque que je n'avais jamais essayée. Elle m'a fait perdre complètement la boule. C'est difficile à expliquer à quelqu'un qui ne connaît pas le monde du body-building. Ces derniers jours, je ne me reconnaissais presque pas moi-même. Une humeur de chien, des envies de casser la gueule au premier qui me ferait une remarque dans la rue.

- Je ne sais pas si cette excuse va beaucoup te servir devant un juge, répondit le commissaire.

Je ne dis rien, mais je savais que Lamuedra se trompait ou mentait de façon délibérée. À l'université, j'avais étudié plusieurs cas de jugements où des accusés qui avaient été sous l'emprise des stéroïdes avaient bénéficié de circonstances atténuantes.

- Donc il t'a mis en colère et tu l'as tué en le tabassant.

Même si les yeux du prêteur fixaient la courte chaîne qui l'attachait à la table, son regard était ailleurs, très loin de la salle où nous l'interrogions.

- Tu l'as tué, oui ou non ?, insista Lamuedra. Tout à l'heure, tu nous as dit que non, mais il est encore temps de nous dire la vérité. Je te le dis sérieusement, mec, le mieux que tu puisses faire maintenant est de tout cracher. Plus tu mentiras, plus grand sera le bordel dans lequel tu vas te fourrer. Pas avec nous, tu me suis ? Avec la justice.

Vera saisit entre ses doigts un des maillons de la chaîne et lui fit faire un tour complet, comme quelqu'un qui ferait le tour de la bande FM pour trouver une émission de radio. Le mouvement se fit de plus en plus rapide et la chaîne se mit à tintinnabuler. Puis il s'arrêta brutalement et, après avoir poussé un énorme soupir, il parla sans relever les yeux :

- Je ne savais pas que j'étais allé aussi loin. Je voulais juste lui faire peur, au cas où il aurait une idée pour trouver l'argent qu'il me devait. Mais j'ai perdu le contrôle, j'ai eu la main lourde, comme si, pendant ces minutes, j'avais perdu la notion du temps. Quand je me suis rendu compte, il était trop tard.

- Donc, tu l'as tué.

- Oui, mais il faut me croire. Je ne voulais pas lui faire ça, à ce pauvre mec. Je ne suis pas un monstre.

Soudain, sur le visage du prêteur se figea une expression qui me parut familière. Une expression que j'avais vue sur le visage de nombre de détenus quand ils réalisent qu'ils ont trop parlé.

- J'ai besoin de passer un appel téléphonique, dit-il, à Sergio Bugarti, mon avocat.

- Bien sûr, concéda Lamuedra en se levant de son siège. Je t'apporte immédiatement un téléphone. Mais, avant, j'ai encore une question. Qu'as-tu fait des flèches ?

- Quelles flèches ?

Le commissaire se passa les mains sur le visage et sur les cheveux tandis qu'il soufflait bruyamment.

- Vera, je fais en sorte que le fait que tu aies tabassé une personne pour de l'argent n'altère pas mon objectivité professionnelle. Mais il est presque une heure du matin et je n'ai pas envie qu'on me casse les couilles. Je vais faire comme si je n'avais rien entendu et je vais te poser à nouveau la question. Qu'as-tu fait des flèches ?

- Je ne sais... je ne sais pas de quelles flèches vous me parlez. Vraiment pas, répondit Vera. Si son étonnement était feint, Vera se révélait être un excellent acteur.

- La collection Panasiuk !, rugit Lamuedra en frappant du poing sur la table. Le cadre de flèches en opale qui a disparu de la maison d'Ortega la nuit-même où tu l'as tué.

- Celui qui était posé par terre ?

Je cherchai dans mon téléphone l'article d'*El Orden* et le lui tendis pour qu'il le lise.

- Oui, c'est ça, confirma-t-il. Je me souviens de l'avoir vu, posé sur le sol, contre le mur de droite. Mais je ne l'ai pas emporté. Pourquoi pensez-vous que c'est moi qui l'ai ?

- Parce qu'avec une seule de ces flèches, tu aurais pu te rembourser tout ce qu'il te devait.

Les yeux de Vera s'écarquillèrent d'un millimètre de plus que d'ordinaire, mais il ne dit rien. Peu à peu, ses lèvres prirent une moue étrange qui se transforma finalement en sourire. Il secoua la tête, en un geste qui s'adressait plus à lui-même qu'à nous.

- Si j'avais su que cet encadrement avait une quelconque valeur, vous croyez que j'aurais frappé Vera ? J'emportais les flèches et basta, la dette était soldée.

Nous restâmes tous les trois silencieux un instant. La logique de Vera avait du sens et quelque chose me disait qu'il ne nous mentait pas, que nous avions découvert l'assassin de Julio Ortega, mais pas le voleur de la collection.

- Il y avait une vitre dessus ?, demandai-je. Les flèches étaient-elles protégées par une vitre ?

- Oui. Je crois que oui. Mais quel est le rapport ? Je veux parler avec mon avocat. Je n'ai pas l'intention de dire un mot de plus tant que je ne l'aurai pas rencontré.

Lamuedra et moi échangeâmes un regard. Si Vera disait la vérité et que, lorsqu'il avait quitté les lieux, l'encadrement était intact, alors quelqu'un était entré après son départ et l'avait volé. Pourtant, la présence de ces morceaux de verre brisé poussés avec un balai restait toujours inexplicable.

Nous saluâmes Vera et quittâmes la salle. Par le hublot de la porte, je vis que le prêteur continuait à remuer la tête en signe d'incrédulité, imaginant certainement à quel point les choses auraient été différentes s'il avait su, cette nuit-là, ce que nous venions de lui raconter.

***

Après avoir rempli toute la paperasse afin qu'Enrique Vera soit mis en détention, le commissaire m'appela dans son bureau.

- Félicitations, Laura, me dit-il avec un sourire coincé, à peine m'étais-je assise de l'autre côté de son bureau. Tu as fait un excellent travail.

- Merci. Bien que nous ne sachions toujours pas où sont passées les pointes de flèches.

Lamuedra leva la main pour que je cesse de parler.

- Ça, c'est une question dont tu vas t'occuper demain. Maintenant j'aimerais que tu prennes cinq minutes pour fêter le fait que tu as trouvé la pièce la plus importante du casse-tête.

- Si nous trouvons les flèches, nous trouverons celui qui a agressé Castro.

Lamuedra leva cette fois-ci les deux mains et éleva la voix.

- Demain, Laura. Ça, nous verrons ça demain. Tu viens de résoudre l'une des affaires d'homicide les plus violentes qu'on ait jamais vues à Puerto Deseado. Il est temps que tu fasses une pause, que tu mettes un peu la tête hors de l'eau pour reprendre ton souffle avant de replonger. Je veux que tu rentres chez toi et que tu te reposes.

Je lui dis oui, mais lui comme moi savions pertinemment que je serais incapable de fermer l'œil de toute la nuit.

CHAPITRE 42

Le lendemain matin, j'entrai au tribunal à la première heure. Après avoir fermé la porte de mon laboratoire, je me laissai tomber sur mon siège pivotant en bougonnant. Depuis la poursuite de Vera, mes jambes étaient sans forces. Cette nuit d'insomnie accentuait certainement mes douleurs musculaires mais elle m'avait au moins permis de penser à la façon de poursuivre mes investigations.

Nous avions découvert qui était l'assassin d'Ortega et cela résolvait une partie de l'affaire. Cependant, nous ignorions encore qui détenait les flèches qui avaient disparu de chez lui. Nous ne savions toujours pas formellement si c'était la même personne qui avait agressé Castro pour cambrioler le musée, même si je supposais que toute autre hypothèse relevait du plus grand des hasards.

Je décidai de commencer ma journée en rejetant un coup d'œil sur les photographies de la scène du crime. Peut-être une chose m'avait-elle échappé, ou peut-être qu'à la lumière de ce que nous savions maintenant, un nouveau détail m'apparaîtrait.

J'allumai l'ordinateur du laboratoire, sur lequel j'avais enregistré toutes les photos. Tandis que j'attendais que cette antiquité se décide à démarrer, je cherchai les copies imprimées que je gardais. En ouvrant l'armoire, je restai stupéfaite. La fiche des empreintes digitales que j'avais laissée en guise d'appât n'était plus là. Je fis deux pas vers la fougère et mis la main entre ses feuilles pour attraper l'appareil photo qui y était caché. J'essayai de sortir la carte mémoire mais l'appareil tomba au sol. Je le ramassai et essayai pour la seconde fois. Alors oui, mes doigts tremblants parvinrent à ouvrir l'opercule sur le côté et à appuyer sur la carte mémoire avec un ongle. Le petit carré de plastique qui détenait la réponse à toutes mes interrogations fit clic et s'expulsa.

Les trois minutes que je dus patienter pour que mon ordinateur démarre enfin me semblèrent une éternité. Quand, finalement, je pus voir le contenu de la carte, je découvris trois fichiers. La caméra de l'appareil photo était configurée pour commencer à enregistrer lorsqu'elle détectait un mouvement et couper après cinq minutes de calme. Chacune de ces séquences était enregistrée dans un fichier différent. Je double-cliquai sur le plus récent et je me vis en train de pénétrer dans le laboratoire quelques minutes auparavant. Je l'effaçai et je visionnai le suivant. Dans un angle de l'image, le minuteur indiquait cinq heures et quart du soir quand Mirna, la femme d'entretien, entrait pour passer l'aspirateur dans le laboratoire. Au cours des quatre minutes qu'elle passa dans mon bureau, elle ne regarda même pas la porte de l'armoire. Elle ne nettoya ni ne toucha aux tables ou aux bureaux. En fait il lui était interdit de le faire. Cinq minutes après qu'elle était partie avec l'aspirateur, l'enregistrement s'interrompit.

J'ouvris le dernier fichier. Le minuteur d'angle de l'écran indiquait 2h17. Une silhouette entra dans le laboratoire et, tournant le dos à la caméra, alluma la lampe. Je reconnus l'uniforme bleu et les bottes noires. C'était probablement le policier qui était de garde au tribunal la veille. Quelque chose m'était familier dans ce corps arrondi et ces cheveux fins très courts mais je ne parvins pas à le reconnaître.

Il alla directement vers l'armoire, l'ouvrit et fouilla quelques secondes avant de trouver la fiche avec les empreintes. Après l'avoir examinée un instant, il la plia en quatre et la mit dans la poche de son pantalon. Il se retourna alors et je vis son visage durant quelques secondes qui furent suffisantes pour que je le reconnaisse.

La personne qui venait de mordre à l'hameçon n'était autre que Debarnot. Celui-là même qui avait découvert le corps sans vie de Julio Ortega quinze jours plus tôt.

CHAPITRE 43

Le commissaire regarda à nouveau son téléphone. Il n'était pas loin de huit heures du soir. Dix minutes encore et Debarnot entrerait au commissariat pour commencer sa garde.

Quand il avait su ce qui s'était passé, Lamuedra était allé personnellement chercher le sergent chez lui, mais son épouse lui avait dit qu'il était parti accompagner sa fille au parc. Après s'être assuré que sa femme disait vrai, le commissaire avait décidé de changer de stratégie et d'attendre que Debarnot arrive au travail pour lui parler. Il évitait ainsi tout scandale en présence de la famille et aussi qu'un pseudo-journaliste ou qu'un amateur de ragots assiste à l'arrestation d'un sous-officier de police par un de ses supérieurs.

- Voyons, montre-le moi encore une fois, me demanda-t-il en plaçant ses deux mains sur son bureau en bois vernis du commissariat.

- C'est lui, ça ne fait aucun doute, protestai-je.

- Laisse-moi le revoir.

Je sortis de mon sac mon ordinateur portable, le posai sur le bureau et lui passai l'enregistrement pour la énième fois. Nous regardâmes en silence les quarante-cinq secondes de vidéo durant lesquelles Debarnot volait les fausses preuves.

- Il devrait avoir honte, grommela Lamuedra à la fin de la séquence. Déshonorer ainsi la police de Santa Cruz, qui le nourrit et qui a aussi nourri son père ! Si Debarnot père le pouvait, je suis sûr qu'il sortirait de sa tombe pour lui botter le cul.

Le téléphone sonna à cet instant. Lamuedra prit la communication en appuyant le combiné contre son oreille.

- J'arrive immédiatement, dit-il en se levant de sa chaise avant même de raccrocher. Puis il s'adressa à moi : Debarnot est déjà dans la salle d'interrogatoire.

CHAPITRE 44

C'était la même salle où, vingt-quatre heures plus tôt, nous avions interrogé Enrique Vera, à la différence que, maintenant, il y avait deux policiers en faction devant la porte au lieu d'un seul. Le plus grand pressait une poche de glace contre son arcade sourcilière.

- Et, en plus, il t'a frappé ?, lui demanda Lamuedra.
- Il n'a pas apprécié du tout qu'on l'arrête par surprise quand il a passé la porte du commissariat.
- Nous avons dû le menotter, ajouta un autre policier en cognant plusieurs fois ses poignets l'un contre l'autre.

Je jetai un œil par la fenêtre de la salle d'interrogatoire. Debarnot avait son uniforme tout froissé de s'être débattu contre ses camarades et il était menotté à l'anneau où Enrique Vera l'avait été quelques heures plus tôt.

- Ne t'inquiète pas, Ramírez, dit Lamuedra en touchant l'arcade sourcilière du grand policier, ça aussi je vais le lui faire payer.

Le commissaire ouvrit la porte et me fit signe de le suivre.

- Qu'est-ce que ça veut dire, tout ça commissaire ?, demanda le sergent.

Lamuedra lui adressa un regarda haineux et fit de la tête un lent signe d'incompréhension. Avant de parler, il pointa un doigt sur ses chaussures parfaitement lustrées.

- C'est de ce côté de la table qu'on pose les questions. Et de l'autre qu'on répond.

Le commissaire se tourna vers moi, dans l'espoir que je dise quelque chose. Je me contentai de poser l'ordinateur sur la table. Debarnot nous observa en silence, son regard allant alternativement de Lamuedra à moi.

- Voyons si tu reconnais ce type, dit le commissaire.

Debarnot vit sur l'écran sa propre silhouette s'approchant de l'armoire. Sans attendre même le moment où on le voyait de face, il se pencha en avant, appuya les coudes sur la table et cacha son visage dans ses mains menottées. Dans la salle, le cliquetis métallique de la chaîne rattachée à l'anneau de métal était le seul bruit audible.

- Qui essayais-tu de protéger, Debarnot ? À qui appartiennent les empreintes que tu as fait disparaître ?

Le policier enfouit encore davantage son visage dans ses mains et inspira profondément.

- Je ne sais pas ce qui m'est passé par la tête, commissaire.
- À qui appartiennent les empreintes, Debarnot ?, insista Lamuedra.

Les yeux marron et vitreux du sous-officier se levèrent jusqu'à croiser le regard du commissaire.

- Ce sont les miennes, dit-il en soutenant le regard de son supérieur.
- Tu as quelque chose à voir avec la mort de Julio Ortega ?, gueula Lamuedra avec tant de force que sa voix s'enroua sur les dernières syllabes. Toi, un membre de la police ?

Debarnot se hâta de nier d'un mouvement de tête et leva ses mains menottées, en montrant les paumes.

- Non, non. Je ne l'ai pas tué commissaire ! Je vous le jure. Quand je suis arrivé chez lui, il était déjà mort. Je vous jure que ce que je dis est vrai. Je passais par là et j'ai trouvé suspect que la porte soit ouverte en plein hiver. Alors je suis entré et j'ai découvert le cadavre d'Ortega. Je vous le jure sur la tête de mes filles, commissaire. Je n'ai pas touché un seul de ses cheveux.

Lamuedra se croisa les bras. Debarnot poursuivit.

- La première chose que j'ai faite a été de signaler les faits au commissariat pour qu'on envoie du renfort. Et pendant que j'attendais, j'ai découvert l'encadrement de flèches. Il était posé par terre dans un coin de la salle à manger. J'ai commis une erreur, je reconnais que je n'aurais même pas dû y toucher mais c'était comme une envie soudaine que je ne pouvais pas contrôler.

- Une envie soudaine ?
- J'ai honte de vous raconter ça.
- Moi, à ta place, en plus de la honte, j'aurais du dégoût, surenchérit le commissaire. Mais tu n'es pas ici pour nous raconter ce que tu as ressenti mais ce que tu as fait.
- Le papa de Marina... murmura Debarnot, d'un filet de voix à peine audible, collectionne les pointes de flèches.
- *Tu as volé* les flèches pour te faire bien voir par ton beau-père ?, demandai-je.

Debarnot ferma les yeux un moment comme quelqu'un qui se repent sincèrement tout en sachant qu'il est trop tard.
- Oui, il n'y a pas d'autre mot pour décrire ce que j'ai fait. J'ai pris le cadre et je l'ai emporté dans ma voiture. Dans ma précipitation, avant de sortir de la maison j'ai heurté un mur et la vitre s'est brisée.

Cela expliquait pourquoi nous avions trouvé des morceaux de verre et une flèche sur la scène du crime. Cela expliquait aussi pourquoi Debarnot avait fait disparaître les empreintes digitales que j'avais relevées sur les morceaux de verre. C'étaient les siennes.
- J'ai eu l'idée de balayer les morceaux de verre et je suis allé chercher un balai dans la maison, dit le policier, comme s'il avait lu dans mon cerveau la question suivante. Mais, alors que je commençais juste à les ramasser, j'ai entendu la sirène.
- Voilà pourquoi nous avons trouvé des débris de verre rassemblés près du balai, dit Lamuedra en me regardant.
- Qu'as-tu fait de la fiche avec tes empreintes digitales que tu as volée dans mon armoire ?, m'enquis-je.

Debarnot regarda ses mains menottées un instant. Avant de parler, il ferma les yeux.
- Je l'ai brulée, répondit-il. Je craignais que vous pensiez que j'étais en partie responsable de l'homicide quand vous verriez mes empreintes sur les morceaux de verre.
- Et ce n'est pas le cas ?

- Je vous jure que non. Je vous ai déjà dit que quand je l'ai découvert il était mort. Prendre les flèches était un geste stupide, je ne sais pas comment vous supplier de me pardonner. Vous devez me croire, commissaire, entre nous, policiers, vous savez très bien que je ne ferais jamais quelque chose comme ça.

- Dans mon vocabulaire, voleur est exactement le contraire de policier, trancha Lamuedra. Et, en plus, voleur récidiviste.

- Récidiviste ? À quoi faites-vous allusion ?

- Au vol dans le musée, sergent ! À la privation illégale de liberté de l'archéologue Alberto Castro. À sa séquestration dans une armoire, pieds et poings liés, pour dérober du patrimoine culturel. Quelle excuse vas-tu nous donner pour ça ? Que tu as tellement adoré cette collection que tu n'as pas résisté à la tentation de la compléter ? Qu'une force irrésistible t'a poussé à rassembler toutes les flèches ? C'est quoi tout ça, *Le seigneur des anneaux* ?

- Non, commissaire. Moi je n'ai rien à voir avec l'histoire du musée.

Lamuedra joignit ses doigts et posa son menton dessus, puis souffla fortement par le nez.

- Ecoute-moi Debarnot, je vais être très franc avec toi. Je ne sais pas ce qui me fait le plus suer, si c'est ce que tu as fait ou que tu nous prennes pour des cons. De toute ta putain de vie, tu ne risques pas de retravailler dans la police. Au-delà de tout cela, tu m'as déçu, à titre personnel. Tu as trahi notre insitution, tous tes collègues de travail, et comme si cela ne suffisait pas, tu as insulté la mémoire de ton père. C'est incroyable qu'une gloire de la police, comme l'était ton père, ait engendré un type comme toi.

- Vous avez raison, commissaire. Cette erreur me coûtera certainement plus que mon travail et je l'assume. Mais je ne suis pas un assassin. Et je n'ai pas volé non plus le musée.

- Imaginons que tu dises vrai, intervins-je. Où sont les flèches que tu as vraiment volées ?

- Je ne sais pas. Je les ai vendues quelques jours après les avoir trouvées.
- Trouvées non, volées oui, précisa Lamuedra. Au fait, tu ne les avais pas prises pour les accrocher chez toi ?
- J'ai pris peur et j'ai voulu m'en débarrasser le plus vite possible. J'avais honte de ce que je venais de faire, mais il était trop tard pour faire machine arrière.
- À qui les as-tu vendues ? demandai-je.
- Je ne sais pas. J'ai mis une annonce sur *Mercado Fácil* et, quelques heures plus tard, un type m'a contacté et m'en a proposé une bonne somme à condition que je retire immédiatement l'annonce du site web. Et j'ai accepté.

Cela coïncidait exactement avec le récit du collectionneur Menéndez-Azcuénaga : une offre sur internet proposant les flèches qui avait paru et disparu en moins de vingt-quatre heures.

- Mais tu as dû voir la tête de l'acheteur au moment de réaliser la transaction, suggérai-je.

Debarnot fit non d'un signe de tête.

- Il m'a donné rendez-vous sur la route trois, à quelques kilomètres de Caleta Olivia. Sous les saules.

N'importe qui dans la région savait à quels saules Debarnot faisait référence. Dans un des lieux habités les plus arides de la planète, les deux seuls saules sur un tronçon goudronné long de plus de mille kilomètres étaient un accident géographique unique.

- Il ne m'a pas montré son visage. Il avait un passe-montagne sur la tête et il n'a presque pas dit un mot. Il m'a demandé les flèches, les a regardées un bon moment, m'a donné l'argent et m'a fait signe de m'en aller.
- Combien t'a-t-il donné ?, demandai-je, plus par curiosité qu'autre chose.

Debarnot se tortilla un peu sur sa chaise, mal à l'aise.

- Pas mal.
- Combien ?

- Cinquante mille.
- Dollars ?
- Non, pesos.

Je calculai dans ma tête. Cela ne faisait même pas trois mille dollars. Cent fois moins que ce qu'Ariel m'avait dit que pouvait valoir cet encadrement. De toute évidence, Debarnot n'avait aucune idée de ce qu'il vendait.

- Qu'est-ce que tu peux nous dire d'autre sur ce type ? La couleur de ses yeux ? Comment était sa voix ?
- Les yeux... marron. Une voix masculine. Je n'ai pas plus de détails car il a très peu parlé.
- Et de stature ?
- Moyenne dirais-je. Un mètre soixante-quinze environ.
- Dirais-tu que c'était un type très musclé ? Quelqu'un qui passe beaucoup de temps en salle de sport ?, cherchai-je à savoir.
- Non, musclé non. Mais en bonne forme.
- Un âge approximatif ?
- Je n'en ai aucune idée. Je n'ai même pas vu ses dents, parce que son passe-montagne était du modèle qui n'a pas de trou pour la bouche. De toute évidence, le type avait peur qu'on le reconnaisse.
- Ou qu'on le voie effectuer une transaction totalement illégale avec un policier, brailla le commissaire.
- Avant de me rencontrer, il n'avait aucun moyen de savoir que j'étais policier.
- De quel côté est-il parti après t'avoir acheté les flèches ?, demandai-je.
- Je ne sais pas. Il m'a fait signe de m'en aller le premier.
- Quel véhicule avait-il ?
- Il n'en avait pas.
- Comment, il n'en avait pas ?, demandai-je, incrédule. L'endroit où vous vous êtes rencontrés est au milieu de nulle part.
- La transaction a eu lieu sous le pont et il n'y avait aucune

voiture ni là, ni sur le bas-côté de la route. Il n'y a pas moyen de cacher un véhicule dans cette zone et encore moins en plein jour.

Debarnot avait raison. Il était impossible de cacher une voiture dans ce désert. Le pont dont il parlait enjambait le lit d'un ruisseau complètement à sec, sauf dans les rares occasions où le désert recevait une petite pluie.

- Quelqu'un a dû l'amener jusque-là et est passé le récupérer après. Probablement pour que, justement, on ne reconnaisse pas le véhicule, ajouta le sergent. Vous voyez que le type a pris énormément de précautions pour ne pas être identifié ? Pour moi, il est de chez nous.

- À supposer que tu dises vrai...

- Je dis la vérité, m'interrompit-il.

- À supposer que la personne qui t'a acheté les flèches était à Deseado il y a trois jours. Ce doit être le même individu qui a volé l'unique flèche de la collection Panasiuk parmi les presque mille pièces que compte le musée.

- De quelle couleur était son passe-montagne ?

- Gris, il me semble.

- Entièrement gris ?

Debarnot regarda le plafond pour tenter de se remémorer l'image. Son regard qui divaguait exprimait la soumission désespérée de quelqu'un qui tente de réparer un dommage irréparable.

- Oui. Le pourtour des trous pour les yeux était noir. Le reste était gris.

Le commissaire et moi, nous échangeâmes un regard. Cette description correspondait à celle du passe-montagne que portait l'individu qui avait volé le musée et enfermé Alberto Castro dans une armoire trois jours plus tôt.

CHAPITRE 45

Quand nous eûmes fini d'interroger Debarnot, le commissaire lui dit qu'il était dès à présent suspendu de ses fonctions, sans solde, et pour une durée indéterminée. Il lui expliqua qu'il serait ensuite poursuivi au pénal pour vol et pour « entrave au bon fonctionnement de l'administration judiciaire », avec circonstances aggravantes du fait de son appartenance au corps de police. Quand le sous-officier indiqua qu'il avait compris ce qu'on lui avait dit, Lamuedra ordonna aux gardes, qui attendaient à l'extérieur de la salle d'interrogatoire, de lui retirer ses menottes.

- Tu vas le laisser rentrer chez lui, comme si de rien n'était ?, demandai-je lorsque Debarnot quitta la salle.
- Comme si de rien n'était, non. Il est entré dans la salle en tant que policier et il la quitte en tant que simple civil.
- Mais il est libre.
- La faute est grave et nous allons le faire juger, mais nous n'avons pas les moyens de justifier une détention pour le moment. Chaque chose en son temps.

J'inspirai profondément pour tenter de me calmer. Je fus moi-même surprise d'être aussi indignée que Debarnot sorte libre. Après tout, je connaissais des cas de délits bien plus graves pour lesquels personne n'avait été emprisonné.

***

Quinze minutes plus tard, la juge Echeverría entra dans le bureau du commissaire, après avoir frappé deux petits coups à sa porte. Je lui avais téléphoné dans l'intention de la mettre au courant des suites du vol des preuves dans son tribunal, mais elle préféra que nous en parlions en tête à tête.

Quand Lamuedra eut terminé de lui raconter ce que Debarnot nous avait avoué, nous gardâmes le silence un moment.

- Je crois qu'il dit la vérité, suggérai-je au bout d'un bon moment. Ces flèches lui ont bien plu, il a voulu les emporter chez lui et il a eu la malchance de briser la vitre dans l'entrée de la maison. Puis il a été obsédé par l'idée de s'en débarrasser et, pour se couvrir, il a fait disparaître de l'armoire du tribunal la fiche portant ses empreintes.

- Supposons un instant qu'il dise la vérité, concéda le commissaire. Alors, celui qui lui a acheté les flèches, quel qu'il soit, essaie par tous les moyens de compléter sa collection. C'est pour cette raison qu'il a volé celle du musée.

- C'est exactement ce que pense Alberto Castro, en convint la juge Echeverría. Ce matin j'ai pris un petit déjeuner avec lui à son hôtel.

- Comment va-t-il ? demandai-je. Je pensais aller le voir aujourd'hui ou demain.

- Ça va lui faire très plaisir. Il va bien, même s'il est encore un peu sous le choc. De plus, je crois qu'il se sent coupable, en quelque sorte, de ne pas avoir empêché le vol au musée.

- Il n'aurait manqué plus que ça, qu'il joue les héros, protesta le commissaire. S'il avait tenté d'arrêter son agresseur, ce n'est pas un mais deux morts que nous aurions peut-être sur les bras.

Je confirmai, et le souvenir de Castro attaché à l'intérieur de l'armoire me laissa un goût amer.

- Alors pensons à ce qui va suivre, proposai-je. Il manque à l'assaillant de Castro deux flèches pour réunir les quinze de la collection Panasiuk : celle qui se trouve à l'estancia El Atardecer et celle que nous avons, nous, dans le coffre-fort du tribunal.

- La première chose à faire est de prévenir les gens de l'estancia d'être très prudents, dit Echeverria.

- Je le leur ai déjà dit lorsque je suis allée les voir avec Manuel, fis-je remarquer. Mais je vais les appeler pour le leur rappeler et leur suggérer à nouveau d'apporter la flèche au tribunal pour que nous la gardions dans notre coffre-fort.

— Cela me semble être une bonne idée. Elle ne peut pas être plus en sécurité qu'ici. Seules Estela et moi avons la combinaison du coffre.

Estela était la juge de substitution, celle qui remplaçait Delia Echeverría quand celle-ci n'était pas disponible. Mais elle avait accouché cette année et cela faisait des mois qu'elle ne mettait pas les pieds au tribunal.

— Revenons un instant sur la mort d'Ortega, ajouta Echeverría. Vera affirme qu'il l'a frappé à mort dans un accès de colère exacerbé par l'effet des stéroïdes. Donc le mobile du crime est un règlement de comptes pour une énorme dette de jeu.

— Et à supposer que Debarnot dise la vérité, continuai-je, nous savons maintenant que le prêteur n'a rien à voir avec la disparition des flèches.

— Ce qui veut dire que nous sommes face à deux affaires distinctes, conclut le commissaire, l'assassinat d'Ortega et le vol des pointes de flèches. Trois, rectifiai-je. Si nous croyons à ce que dit Debarnot, nous avons trois affaires. L'homicide et le vol de la collection sont résolus. Il nous manque l'identité du voleur qui a braqué le musée.

— C'est vrai, reconnut Lamuedra. Et il est fort probable que ce soit la même personne qui a acheté les flèches à Debarnot. Sa description physique coïncide avec celle que Castro nous a donnée de son agresseur : en bonne santé mais pas de forte musculature, un mètre soixante-quinze, passe-montagne gris cerné de noir autour des yeux.

CHAPITRE 46

La juge Echeverría me ramena au tribunal, où j'avais laissé ma voiture, et rentra chez elle. J'entrai dans le bâtiment dans l'intention de déposer des papiers avant de faire comme elle, mais à peine avais-je mis un pied dans mon laboratoire que je me ravisai et que j'allumai mon ordinateur. Je n'avais pas d'idée précise de ce que j'allais faire, mais je ne pouvais pas rentrer chez moi et rester les bras croisés.

Tandis que l'appareil démarrait, je composai sur mon téléphone le numéro de Lali, la propriétaire de l'estancia El Atardecer.

Le téléphone de votre correspondant est éteint ou se trouve hors d'une zone de couverture.

Je me souvins que, là-bas, ils ne captaient presque pas de réseau. D'après ce que Lali m'avait dit, en fonction des conditions climatiques et de la pièce de la maison, ils avaient parfois un minimum de couverture, mais ils étaient isolés la plupart du temps. Elle montait une fois par jour sur une hauteur pour recevoir des messages et répondre à des appels, généralement le matin. Il était onze heures du soir quand je l'appelai.

Je refis le numéro et tombai une fois de plus sur le répondeur automatique. Je décidai de laisser un message.

- Bonjour Lali, Laura Badía, du tribunal. Lali, je ne veux pas te faire peur, mais je crois qu'il devient de plus en plus probable que quelqu'un tente prochainement de te voler la flèche irisée que tu nous as montrée. Beaucoup plus probable encore que nous le pensions le jour où nous t'avons rendu visite. Je te demande donc de bien ouvrir l'œil et de nous apporter cette flèche le plus vite possible pour que nous la gardions en lieu sûr pendant un certain temps. Comme je te l'ai dit l'autre jour, au tribunal nous avons un coffre-fort. Ne t'inquiète pas, nous n'allons pas te la prendre ; c'est simplement pour protéger cette pièce et te protéger toi jusqu'à ce que l'affaire soit résolue. Quand tu entendras ce message, appelle-moi s'il te plaît. Je t'embrasse.

Je raccrochai et restai à regarder l'appareil. Avions-nous bien fait de laisser cette femme conserver la flèche chez elle, en sachant le danger qu'elle courait ? J'entendis une petite voix dans ma tête. Elle me disait que s'il lui arrivait quelque chose – ou s'il lui était déjà arrivé quelque chose–, ce serait de notre faute.

La vibration du téléphone dans ma main me sortit de ces pensées. Sur l'écran apparut la photo du profil de ma tante Susana, une photo en noir et blanc prise il y a longtemps. La femme jeune et forte qu'elle avait été pointait son Browning neuf millimètres sur l'appareil photo.

- Bonjour ma tante.
- Ma petite. C'est moi, ta tante Susana.

Sa voix chevrotait comme si elle avait pleuré.

- Oui, je sais, ma tante. Que se passe-t-il ?

Il y eut un silence.

- Ma tante ?, insistai-je, me levant de ma chaise comme mue par un ressort.

S'ensuivirent des phrases prononcées de manière très différente du mode habituel. Elle parla d'une voix monocorde, butant sur les mots. Il était clair qu'elle était en train de lire un texte à voix haute.

- Laura, si tu veux me revoir en vie, apporte la flèche irisée aux saules, au kilomètre 1.934 de la route 3, avant d'arriver à Caleta Olivia. Vas-y seule, aujourd'hui, à deux heures du matin. Si tu y vas accompagnée, tu seras responsable de ma mort.

- Ma tante, qui est avec toi ? Tu vas bien ?

La communication s'interrompit et je sentis mes jambes flageoler. Je dus me tenir à la table du laboratoire pour ne pas m'écrouler.

CHAPITRE 47

Je déambulai à grands pas dans le laboratoire, me demandant que faire. La procédure correcte était de prévenir le commissaire et la juge, non seulement parce qu'une personne était en danger, mais aussi parce que cette tentative d'extorsion avait un lien direct avec l'affaire sur laquelle nous enquêtions. Moi, j'avais déjà participé à beaucoup de simulations de prises d'otages pendant ma formation à l'académie de police, mais rien, absolument rien, n'aurait pu me préparer à un tel événement. Il éveillait en moi une sorte d'instinct animal qui m'obligeait à protéger la vie de ma tante à tout prix. Et si cela impliquait que j'aille seule rencontrer le putain d'individu, quel qu'il fût, qui la retenait en otage. J'allais y aller.

Mes priorités étaient claires : il fallait que j'ouvre le coffre-fort du tribunal pour accéder à la pointe de flèche. Comment procéder ? Ce n'était pas évident du tout car seules la juge et sa suppléante connaissaient la combinaison. Je regardai ma montre. Il était onze heures et demie du soir et, pour arriver jusqu'au lieu indiqué par ma tante, il me fallait deux heures.

J'avais trente minutes pour sortir la flèche.

J'appelai Echeverría mais elle ne répondit pas.

Je fis le numéro de la suppléante. En attendant la mise en relation, dans ma tête, j'inventai des excuses pour justifier que je la dérange à une heure pareille et durant son congé. Je n'en eu pas besoin car la voix automatique d'une opératrice me signala que son téléphone était éteint.

Résistant à l'envie de le fracasser par terre, je mis mon téléphone dans ma poche et arpentai encore un moment le laboratoire, en passant ma main sur la table en inox. Coupant court à ces déambulations, je me dirigeai vers le bureau d'Echeverría.

Comme à l'accoutumée, la porte n'était pas fermée à clé. Je

soulevai un peu l'écran de l'ordinateur de la juge et glissai les doigts dessous jusqu'à sentir les angles métalliques d'une clé. J'avais vu Echeverría la cacher là des milliers de fois. « En fait, si quelqu'un la trouve, elle ne lui sert à rien sans la combinaison du coffre », m'avait-elle dit une fois. Je m'avançai vers la fenêtre et m'agenouillai en face du coffre gris. Je mis la clé dans la serrure et la tournai d'un demi tour dans l'espoir que la dernière personne qui l'avait ouvert ait oublié d'effacer la combinaison. Le mécanisme émit un grincement huilé et tourna un peu, mais la robuste porte ne bougea pas d'un millimètre.

À ce moment-là, je pris conscience du fait que j'ignorais même de combien de chiffres se composait la combinaison. Par chance, les lettres dorées sur la mollette indiquaient la marque et le modèle de la serrure. Idéal pour poser une question au docteur Google : « La serrure de sûreté Sargent and Grennleaf 6739 est dotée d'un barillet à trois roues, de sorte qu'il s'ouvre grâce à une combinaison de trois nombres à deux chiffres, de un à quatre-vingt dix-neuf. Pour introduire le code, tourner la mollette au moins quatre fois dans le sens contraire à celui des aiguilles d'une montre jusqu'à l'arrêt sur le premier nombre du code. Puis tourner dans le sens des aiguilles d'une montre jusqu'à ce que le second nombre passe trois fois devant le cliquet, enfin à nouveau dans le sens contraire à celui des aiguilles d'une montre deux fois, jusqu'à l'arrêt sur le troisième nombre».

J'abandonnai la lecture là où l'article mentionnait qu'il y avait un million de combinaisons possibles de trois nombres à deux chiffres.

« Voyons Laura, si tu étais la juge, quelle combinaison choisirais-tu ? ». Je me souvins du tableau amusant des chiffres dotés de bras et de jambes qui faisaient la fête dans un bar. J'avais toujours supposé que cette peinture recelait la combinaison. D'autant plus qu'un jour, j'avais surpris, sans le vouloir, des bribes de conversation à ce sujet entre la juge et sa suppléante.

Mais chacun des personnages du tableau représentait un des dix chiffres et moi, j'avais besoin de trois nombres à deux chiffres. En outre, comment relier le chiffre huit, qui buvait une tequila et le chiffre quatre, qui portait des bas rouges et dansait le french cancan, avec ceux qui ouvraient le coffre ?

J'essayai, sans succès, plusieurs combinaisons, la plupart trop compliquées. Quand je fus à court d'idées, je laissai tomber le truc du tableau et tentai d'user de chiffres plus réalistes. Les premiers furent ceux de la date de naissance de la juge: 22-03-1962. Rien. Puis je cherchai sur Facebook celle de la suppléante, espérant que la date de son anniversaire soit accessible à ses amis : 18-12-1977. Rien non plus. J'essayai en inversant les chiffres, ensuite je tentai aussi, sans succès, la date d'inauguration du tribunal.

Je posai l'oreille contre le métal froid et tournai la mollette, comme je l'avais vu faire dans les films, sans savoir exactement pourquoi on le faisait. Je n'entendis que le bruit monotone du cylindre tournant sur son axe bien huilé. Je donnai un coup de poing dans la porte, heurtant avec mon petit doigt le bord coupant du tambour. Mon doigt fut la seule chose que je réussis à ouvrir !

Suçant la goutte de sang qui avait jailli de la plaie, je me redressai, respirai profondément et regardai ma montre. Pour arriver à temps, il fallait que je parte immédiatement. Alors m'envahit une impression d'impuissance, de rage énorme et je flanquai un coup de pied dans la mollette des combinaisons, de toutes mes forces. Le coffre ne bougea pas d'un centimètre, mais quelque chose fit crac dans ma chaussure. Je ne pus pas retenir un grognement de douleur.

- Laura, qu'est-ce que tu fabriques ?

La voix sévère de la juge se fit entendre dans mon dos.

Je me retournai et je la vis, les mains dans les poches de son pantalon de tailleur gris. Son regard oscillait entre mon visage et la clé dorée enfoncée dans la serrure du coffre-fort.

CHAPITRE 48

- Que fais-tu, Laura, serais-tu en train d'essayer d'ouvrir le coffre à coups de pieds ?
- J'ai eu une idée, bafouillai-je. La juge haussa les sourcils à ces paroles vides de sens. J'ai eu une idée. Je pourrais faire un moulage en plâtre de la flèche. Je ne sais pas pourquoi je lui dis ça, c'est la première chose qui me passa par la tête.
- Un moulage ? Pour quoi faire ?
- Nous pourrions en faire une reproduction en résine et mettre un GPS à l'intérieur. Ensuite nous l'utiliserions comme appât pour trouver le reste de la collection.
- Un GPS à l'intérieur d'une pointe de flèche ? Toi, tu regardes trop de films d'espionnage.
- Non, pas du tout ! Il existe des dispositifs minuscules, dis-je, sans savoir le moins du monde si c'était vrai.
- Mais, d'aussi bonne qualité que soit la résine, elle ne trompera pas un collectionneur expert.
- Il suffit qu'il croie quelques minutes qu'il a en main la vraie flèche. De plus, j'ai trouvé sur internet une résine spéciale qui imite l'opale. Elle est très utilisée en joaillerie.

Un autre énorme mensonge. Merde, merde, merde, il était impossible qu'Echeverría avale ce chapelet d'inepties qui n'avaient aucun fondement.

- Et ton plan à la James Bond ne pouvait pas attendre demain ?
- Vous savez comment je suis, votre honneur. Et puis ce n'est pas à vous que je vais expliquer à quel point cette affaire est importante pour moi. Excusez-moi d'être accro au travail. Je devrais prendre exemple sur vous et ne jamais rester au tribunal après les heures de bureau, dis-je en montrant l'horloge murale.

La juge eut un rire coincé.

- Écoute Laura, ma situation et la tienne sont très

différentes. Toi, tu es encore en pleine jeunesse. Tu devrais profiter de ces années. Tu regretteras plus tard d'avoir passé tout ton temps à travailler. Echeverría poussa un énorme soupir et s'appuya sur son bureau. Je l'ai moi-même regretté, trop tard, quand j'avais déjà tout perdu. C'est une longue histoire que je n'ai pas l'habitude de raconter, mais il me semble que tu ferais bien de l'écouter. Tu as le temps d'écouter la confession d'une droguée du travail qui a raté sa vie ?

« Non », pensai-je. À ce moment précis, écouter une longue histoire était la dernière des choses dont j'avais envie.

- Pour tout vous dire, je suis un peu pressée. Nous pouvons remettre ça à un autre jour ?

- Pressée ? À minuit ?

- Je veux mettre la flèche dans du plâtre, comme ça je peux la démouler demain.

- Bien sûr, et tu as pensé que la façon la plus rapide d'ouvrir le coffre c'était à grands coups de pieds.

Je regardai le sol, les mains derrière le dos, comme une collégienne qui se fait gronder.

- En fait, dis-je tout bas, il y a quelque temps, j'ai surpris une conversation entre Estela et vous dans laquelle vous faisiez allusion au coffre et à ce tableau. Alors j'ai essayé diverses combinaisons de chiffres. J'étais en train d'essayer de l'ouvrir pour gagner du temps. Je vous jure que si j'y parvenais, je vous le disais demain, à la première heure.

La juge secoua la tête, incrédule, et souffla en signe de réprobation.

- Quand va-t-on enfin faire les choses correctement dans ce tribunal, Badia ?, dit-elle tandis qu'elle s'approchait du tableau des chiffres et le décrochait.

En retournant la peinture, elle m'indiqua un coin sur lequel une suite de trois nombres était écrite au crayon.

- Dicte-la moi à l'envers. Ce coffre, je l'ouvre très rarement et je ne connais pas les chiffres par cœur.

« Comment n'ai-je pas eu l'idée de regarder l'envers ? », me reprochai-je en silence, tandis que la juge se penchait en face de la serrure.

- Neuf. Cinquante-huit. Vingt-deux, dis-je, et je les répétai plusieurs fois mentalement pour les mémoriser.

Après avoir fait tourner la mollette dans un sens puis dans l'autre durant quelques secondes, Echeverría tira avec force la petite poignée et la porte en fer s'ouvrit dans un léger grincement de ses grosses charnières.

- La voilà, la flèche qui t'empêche de dormir, Badía. Fais ce que tu as à faire avec le plâtre mais tu laisses tout sécher à l'intérieur du coffre. Tu m'as bien comprise ? Avant de partir, tu mets le moulage avec la flèche et tu refermes le coffre. Et sache que, dès demain matin, j'appelle un serrurier pour qu'il modifie la combinaison.

- Merci, votre honneur.

Sans rien ajouter, Echeverría referma le coffre-fort et sortit du bureau. Je l'entendis descendre les escaliers et entrer dans la salle des archives du tribunal.

Je fourrai la flèche dans la poche de mon blouson et courus vers le laboratoire. Je saisis un verre en plastique et y mis plusieurs cuillerées de plâtre en poudre. J'ajoutai de l'eau et remuai le plus vite possible, éclaboussant de gouttelettes blanches la table et mes vêtements. Quand la pâte fut prête, je la versai dans un récipient en plastique de la taille d'un paquet de cigarettes et le fermai. Je retournai au bureau, je le mis le dans le coffre-fort et fermai la porte, comme Echeverría me l'avait ordonné.

Je mis la main dans ma poche et sentis le contact froid de la pointe de flèche. Je la serrai tout en me dirigeant vers la sortie. La juge était toujours dans la salle des archives. En me voyant approcher, le policier en faction à la porte se leva de sa chaise et, pour m'ouvrir, fit tourner la clé déjà engagée dans la serrure.

Je sortis dans la nuit froide, traversai la rue en hâtant le pas et montai dans ma Corsa. Clic, ce fut tout ce que j'entendis quand je mis le contact. Clic, à nouveau. Encore un clic.

Allons, ne me lâche pas maintenant – j'implorai à voix basse ma voiture – mais rien à faire. Je maudis tous ceux qui jusqu'alors m'avaient dit avec un sourire « Un jour elle va te lâcher » et je descendis en claquant la portière.

Je regardai des deux côtés de la rue. Elle était déserte. J'entendis alors s'ouvrir la porte du tribunal, et le policier qui venait de me laisser sortir abandonna son poste pour venir vers moi.

- Que se passe-t-il ? Elle ne démarre pas ?, demanda-t-il avec cet air de super-héros que prennent beaucoup d'hommes devant les femmes qui sont confrontées à des problèmes mécaniques.

- C'est la batterie. Elle est faiblarde depuis un moment.

- Bon, si tu veux, je peux rapprocher la mienne et te la démarrer avec des câbles.

- Non, ce n'est pas nécessaire, dis-je en regardant ma montre et en constatant que j'aurais dû être partie depuis plus de vingt minutes.

- Mais, ça ne me dérange pas.

- Non.

En entendant ma réponse si sèche, le policier me montra les paumes de ses mains, en s'excusant.

- Bon, c'était une suggestion, rien de plus.

- Excuse-moi, je suis un peu stressée ces derniers temps dis-je, en posant une main sur son bras. Je peux te demander un immense service ?

- Tout ce que tu veux.

- Tu pourrais me prêter ta voiture pour que j'aille acheter des cigarettes ?

- Je ne savais pas que tu fumais.

- Très rarement. Je souris.

- Prends-la. Pas de problème, dit-il, et il fouilla dans ses poches pour en sortir son porte-clés qui portait l'écusson de Boca Juniors. En me le tendant, il m'indiqua le seul véhicule visible, en plus du mien et de celui de la juge. C'est la Clio blanche.

- Merci beaucoup. Je reviens dans un moment.
- Je ne bouge pas d'ici avant sept heures du matin. Utilise-la autant que tu veux.

« Je te prends au mot », pensai-je mais je me contentai de sourire et trottai jusqu'à la Renault du policier.

Elle démarra au quart de tour. En regardant mon téléphone pour savoir l'heure, je vis que j'avais un nouveau message vocal. Je l'écoutai tandis que je m'éloignai lentement du tribunal.

« Bonjour Laura, c'est Lali, de l'estancia El Atardecer. J'ai reçu ton message à propos de la flèche et je veux te dire que tu n'as aucune raison de t'inquiéter. Hier, Alberto Castro, l'archéologue, est passé chez nous et nous a dit la même chose que toi, qu'il y a quelqu'un qui cherche à reconstituer la collection et que le mieux était de garder la flèche dans le coffre du tribunal. Il m'a dit qu'aussitôt arrivé à Deseado il t'appellerait pour te la donner. Donc ne t'inquiète pas, la pièce est à l'abri. Il est sans doute arrivé très tard et ne t'a pas appelé pour ne pas te déranger ».

C'est alors que je compris tout. Je donnai un coup de poing sur le volant et appuyai à fond sur l'accélérateur.

Lali se trompait. Oui, Castro m'avait appelée, mais il l'avait fait par la bouche de ma tante.

CHAPITRE 49

Au bout d'une heure et quart à quasiment cent cinquante kilomètres heure, les silhouettes des saules se détachèrent sur la splendeur dorée que la ville de Caleta Olivia projetait sur l'horizon. Comme je m'y attendais, il n'y avait aucun véhicule en vue. Seuls les arbres de toujours à côté d'un petit pont qui enjambait le lit d'un fleuve à sec.

Je sortis de la partie goudronnée et pris un chemin de terre étroit qui descendait de la route vers le fleuve asséché. Mes phares illuminèrent les branches de quelques maigres saules, guère plus d'une dizaine en tout qui, avec le vent et la sécheresse permanente, avaient poussé tout rabougris et penchés. Derrière le plus haut, un véhicule stationné à côté du pont me fit des appels de phares.

Alberto Castro en sortit, un revolver calibre 22 à la main. Il ne portait pas de passe-montagne, ni rien qui pût dissimuler son identité. Il fit le tour de sa voiture, ouvrit la portière du passager et tendit une main à ma tante qui attendit plusieurs secondes avant de se décider à la saisir. Puis il l'aida à descendre du véhicule avec galanterie, et la visa presque timidement. À contre-cœur.

- Éteins le moteur, les phares, et descends de voiture, me cria l'archéologue, en plissant les yeux, ébloui par mes phares.

J'obéis. Le silence de la nuit n'était troublé que par le bruissement des feuilles des saules agitées par le vent. Je regardai vers le haut, apercevant à peine les poutres en béton qui soutenaient une des routes les plus longues du pays. Sur notre droite, la pleine lune donnait aux silhouettes ondulantes des saules une patine argentée.

Alberto Castro était debout, un pas derrière ma tante. Il ne la retenait pas. Il visait simplement, avec son revolver, le bas de son dos.

- Pose ton arme à terre, me cria-t-il.

- Quelle arme ?

- Ton arme à terre, insista-t-il, tout en appuyant un peu le canon sur le dos de ma tante. Elle ferma les yeux et fit un petit pas en avant.

Le ton de l'archéologue me glaça. Il parlait de façon saccadée, comme quelqu'un qui est contraint de faire ce qu'il fait et comme s'il devait fournir d'énormes efforts pour endurer chacune des minutes qui s'écoulaient.

Je glissai ma main sous mon blouson et sortis le Browning de la cartouchière que je portais dans la ceinture, à la taille. J'appuyai sur le pontet puis sur le poussoir du crochet du chargeur, qui tomba à mes pieds. Puis je tirai la glissière vers l'arrière et la balle engagée tomba au sol, ricochant entre les pierres dans un tintement métallique. Je jetai mon revolver, désormais inoffensif, à ma droite.

- Approche-toi.

Je fis quelques pas vers lui.

- Jusque-là, dit-il quand je fus à cinq mètres. La flèche. Jette-la moi. Sans le moindre geste suspect, Laura. S'il te plaît.

Il prononça ces dernières paroles de façon saccadée et je remarquai une lueur argentée sur le visage de l'archéologue. C'était le reflet de la lune sur une larme qui coulait sur sa joue et gagnait maintenant sa barbe blanche.

- Jette-moi la flèche, répéta-t-il, et je fis ce qu'il me demandait.

Castro saisit au vol la petite boîte en plastique, sans cesser de viser ma tante de l'autre main. Il sortit d'une poche une petite lampe, l'alluma et la serra entre ses dents. Toujours d'une seule main, il ouvrit la petite boîte pour en vérifier le contenu.

- Entrez dans la voiture de votre nièce, madame. Et pardonnez-moi pour le mauvais moment que je vous ai fait passer.

L'archéologue rangea sa lampe et la flèche dans la même poche. Ma tante fit un pas timide en avant. Puis un autre, et un autre encore, avant de se mettre à avancer aussi vite que pouvait le faire une personne de soixante-treize ans sur un lit de galets.

- Allons-nous en d'ici, Laura. Ce type est fou, me dit-elle en passant près de moi mais, quelques pas plus loin, elle s'écroula au sol.

CHAPITRE 50

- Ça va, madame ?, demanda Castro, me faisant signe de ne pas bouger de l'endroit où j'étais.

Ma tante ne répondit pas, mais elle se retourna et le regarda, haineuse. Son nez avait heurté le sol dans sa chute, et il saignait abondamment. Elle se redressa comme elle put jusqu'à parvenir à se mettre à quatre pattes et rampa sur deux mètres pour atteindre la Clio. En s'appuyant sur le capot, elle réussit à se relever et monta dans la voiture.

Quand elle eut fermé la portière, Castro baissa son revolver et fit deux pas vers moi. Il me regarda d'un air attristé et honteux. C'était le regard d'un homme aux abois.

- Tu peux me laisser te raconter pourquoi ?, fit-il avec un sourire qui ne parvint pas à effacer le rictus de douleur de son visage.

- Ce n'est pas nécessaire. Je sais pourquoi. Parce que c'est la collection de flèches la plus importante au monde.

L'archéologue fit non d'un mouvement de tête. Il ouvrit la bouche pour parler, mais il en fut empêché par cette même toux rauque qu'il avait eue le jour où nous l'avions découvert dans l'armoire.

- N'aurait-il pas été préférable de la mettre dans un musée plutôt que de la garder pour toi ?, demandai-je quand il cessa de tousser.

- La garder pour moi ? Pourquoi voudrais-je, pour moi seul, une collection de flèches alors que j'ai accès à toutes celles du pays ?

- Donc tu pensais la vendre ?

La tête de Castro s'affaissa. La sueur sur les plis de son cou brillait à la lueur de la pleine lune, comme sa larme auparavant.

- Sur cette terre, tout peut s'acheter et tout à un prix, je suppose, dis-je.

- Oui, et deux-cent soixante-dix-sept mille dollars, c'est clairement au-dessus de mes moyens.

- Pour un prix aussi précis, je suppose que tu as déjà trouvé des acheteurs.

- Plus ou moins.

- Où se trouve la collection ?

Castro leva les yeux et, me regardant droit dans les yeux, il fit non de la tête.

- Je ne peux pas te le dire, et tu le sais. Je viens de tirer un trait sur ma carrière et de détruire ma réputation à cause de cette collection. En prononçant ses propres paroles, il partit d'un éclat de rire résigné. Finalement, c'est vrai que ces flèches sont maudites.

- Si tu me dis où elles sont, peut-être ta peine sera-t-elle réduite.

- Il n'y aura pas de condamnation.

Il ne dit pas cela sur un ton arrogant, mais plutôt rationnel. Il m'informait d'une chose dont il avait la certitude absolue.

- Je ne comprends pas pourquoi tu avais besoin de faire tout ça. Tu es une éminence dans cette discipline. Le type qui en sait le plus au monde sur l'archéologie tehuelche. Plusieurs fois par an, tu voyages à l'étranger pour faire des conférences...

- Tu n'as pas idée de ce qu'est le monde de la recherche, m'interrompit-il. Pas la moindre idée. Il m'a fallu trente ans pour parvenir là où je suis. C'est vrai que j'ai une chaire à l'Université de Buenos Aires et que l'on m'invite à faire des conférences dans de nombreux pays. Mais je n'ai pas un sou.

- Nous galérons tous, mais ce n'est pas pour autant qu'on se met à voler les gens. Et puis, reconnais que les choses ne vont pas si mal, pour quelqu'un qui se promène dans le monde, invité à donner des conférences.

Avec un sourire amer, il me fit comprendre que non.

- Les conférences à Venise ou à Las Vegas ne me donnent

même pas de quoi me nourrir pour un an.

- Tu as bien un salaire.

- Un salaire de professeur d'Université sur lequel on me prélève quarante pour cent, depuis vingt ans. Quand je me suis séparé de ma femme, j'ai dû lui verser une pension alimentaire pour Lautaro, notre fils, pendant quatorze ans. Quand Lauti a eu dix-huit ans, j'ai suspendu les versements, mais l'année suivante sa fiancée est tombée enceinte. Ils ont eu Alicia il y a six ans, et, il y a cinq ans, mon fils est mort dans un accident de moto.

Il fit une pause pour respirer profondément et ferma les yeux.

- La mère d'Alicia a été déclarée insolvable et elle m'a intenté un procès pour que je lui verse une pension alimentaire. À la mort du père d'un enfant, si le grand-père n'a pas d'enfant mineur à sa charge, il est déclaré responsable dans le cas où la mère n'est pas en mesure de l'assumer. Toi qui travailles au tribunal, tu connaissais cette loi, celle de ton pays ? Si je ne paie pas, je ne peux pas voir mon unique petite-fille, la seule que j'aurai de toute ma vie.

- Et tout cela justifie d'avoir séquestré une femme âgée et de trahir une amie comme Echeverría ?

- La mère d'Alicia, il n'y a que l'argent qui l'intéresse. Elle mène une vie bien au-dessus de ses moyens, elle fait des dettes avec plein de cartes de crédit différentes, elle paie tout en plusieurs fois... et elle dépense des fortunes en cachets. Des antidépresseurs, surtout. Et elle se sert de sa fille, de ma petite-fille, comme monnaie d'échange ! Si je paie, je peux la voir. Sinon, impossible.

- Cela ne répond pas à ma question.

- Laura, si je ne me suis pas encore enfui c'est parce que je tiens à t'expliquer. Je veux que tu comprennes. C'est important pour moi que tu comprennes.

Je ne lui dis rien mais je le regardai dans les yeux le plus froidement possible.

– J'ai toujours acheté des flèches au marché noir. Pour mon travail, je surveille constamment les sites web où l'on peut acheter ou vendre du matériel archéologique. Quand j'ai vu l'annonce de cette collection, j'ai appelé et fait une offre à condition qu'elle soit retirée immédiatement. J'ai dû brader ma petite Fiat Uno que j'avais depuis vingt ans pour me l'acheter. Mais c'était une bonne affaire. Si elle trouvait l'acheteur qu'elle méritait, cette collection, même incomplète, pouvait être revendue cent fois plus cher.

– Et tu as décidé de venir à Deseado pour l'acheter, sous prétexte de nous aider dans notre enquête.

– Non, Laura, c'est Echeverría qui m'a appelé pour me demander de l'aide. Ça fait vingt ans que je viens à Deseado, tous les ans ou tous les deux ans, pour travailler sur le chantier de fouilles et conseiller le musée. Echeverría, je la connais depuis l'époque où elle n'était qu'une simple avocate. Quand elle a vu que cette affaire pouvait avoir un lien avec un vol d'objets d'art lithiques, elle m'a demandé de venir.

– Et tandis que tu *nous aidais* sur cette affaire, tu as acheté à un membre de la police les flèches que nous nous cassions la tête à retrouver.

– Quand je me suis trouvé en présence du vendeur des flèches, ici-même, et que j'ai réalisé que c'était le policier rondouillard que j'avais vu monter la garde devant le tribunal, je n'en croyais pas mes yeux.

Effectivement, le récit de Castro coïncidait avec la déposition du sergent Debarnot quant au mode et au lieu de la vente des flèches.

– Par chance, tu as été assez prudent pour te cacher derrière un passe-montagne. Mais, tu sais quoi ? Ton histoire ne m'intéresse pas. Il faut que j'emmène ma tante à l'hôpital pour m'assurer qu'elle va bien.

– Je l'ai traitée comme une princesse.

– Tu l'as séquestrée et, maintenant, elle saigne, salaud ! Tu aurais pu vendre les flèches que tu as achetées à Debarnot et t'en tenir là. Mais non, tu n'as pas résisté à la tentation de compléter la collection. Je ne sais pas si c'est pour en obtenir plus de fric ou pour tenir entre tes mains un fétiche archéologique. Tu as fait semblant d'avoir été agressé dans le musée pour voler toi-même la flèche irisée de la collection. Ce qu'il me faut encore vérifier, c'est l'identité de l'employé du musée que tu as payé pour te faire enfermer à clé dans l'armoire.

- Aucun d'entre eux ne m'a aidé, Laura. Je suis le seul coupable de tout ça. Ces armoires aux portes métalliques ont un mécanisme de fermeture extérieure. Si la clé est sur la serrure, on peut la faire tourner de l'intérieur en tirant sur les goupilles qui s'encastrent.

- Et tu vas me dire aussi que tu t'es ligoté les mains sans l'aide de personne ?

- Il y a des dizaines de prestidigitateurs amateurs sur YouTube qui t'expliquent des trucs comme ça.

J'entendis la portière de la Clio s'ouvrir derrière moi.

- Laura ! Allons-nous en !, cria ma tante.

Je reculai d'un pas en regardant Castro dans les yeux avec toute la haine du monde.

- Laura, j'aurais aimé que tout ça se termine d'une façon toute différente. Je crois que nous aurions pu être de très bons amis dans d'autres circonstances. Tu as déjà oublié le voyage à Calafate et tout ce que nous nous sommes dit ?

- Non, non je n'ai pas oublié comment tu faisais semblant d'être mon ami pour me soutirer des informations et vérifier un maximum de détails sur la collection.

L'homme baissa les yeux et expira longuement, comme épuisé.

- Laura, j'espère que tu pourras me comprendre. Je n'avais pas d'autre solution.

- Comment, tu n'avais pas d'autre solution ! Tu as volé un musée, tu m'as menti, tu as séquestré ma tante... et tout ça par appât du gain. Dis-moi une chose. À quoi va te servir tout cet argent, maintenant que la police va te traquer dans tout le pays ?

- Il suffit juste que je me cache pendant quelques mois.

- Non. Non il ne suffit pas que tu te caches pendant quelques mois. Moi, personnellement, je vais faire tout ce qui est en mon pouvoir pour qu'on te recherche. Tu ne pourras jamais trouver la tranquillité.

Castro me regarda dans les yeux et il me sembla que son arme était sur le point de lui tomber des mains. L'expression de son regard était sereine. Presque paisible.

- Quelques mois seulement et je serai en paix, dit il avec insistance. Je suis malade, Laura, bien malade. Ce ne sont pas les tournants de la route qui m'ont fait vomir lors du voyage vers le glacier. Ni le froid du sud la cause de cette toux de chien.

- Tu mens.

- C'est la vérité. Je fais tout ça pour laisser quelque chose à Alicia. De sorte que, quand elle aura dix-huit ans, elle puisse choisir une vie autre que celle de sa mère. Comme je ne serai plus là pour l'accompagner, je veux au moins qu'elle ait accès à une bonne éducation, qu'elle voyage un peu de par le monde...

- Je ne veux pas entendre un mot de plus, dis-je. Je fis volte-face et lui tournai le dos.

- Laura, ne t'en va pas.

Je l'ignorai et continuai à avancer.

- Laura, arrête-toi là. Je suis en train de pointer mon revolver sur toi, Laura. Ne fais pas un pas de plus.

Je hâtai le pas, sachant bien qu'il ne tirerait pas sur moi. Pour ça, il aurait fallu qu'il fût le pire des salauds. Il y avait dans son regard quelque chose d'aussi chaleureux que lors de notre discussion face aux glaciers, et qui me disait que tout ce qu'il m'avait raconté était vrai. Que ses actes n'étaient que ceux d'un homme aux abois.

Essuyant une larme, je me tournai pour le regarder encore

une fois par dessus mon épaule. Il était toujours là, me visant avec son arme levée. Il me sembla le voir sourire un instant. Puis je me dirigeai vers la Clio, où ma tante m'attendait.

Alors j'entendis un coup de feu.

Puis un autre.

Et un troisième.

- Je vais te montrer, fils de pute, cria ma tante, l'épaule appuyée sur le montant de la portière ouverte de la voiture. Elle avait les bras tendus et tenait à deux mains une arme que je reconnus immédiatement.

Je balayai rapidement du regard la terre sèche, ce qui me permit de confirmer mes soupçons. Le trébuchement et la chute qui lui avaient cassé le nez n'avaient été que comédie. Mon browning et le chargeur n'étaient plus là où je les avais jetés.

Je me retournai vers l'archéologue. Il s'appuyait sur le garde-boue de sa voiture et regardait vers le bas : ses mains tentaient de couvrir les perforations de son ventre. Il leva la tête et me regarda déconcerté, comme s'il s'éveillait d'un rêve bizarre. Il se mit alors à glisser jusqu'à se retrouver assis, le dos appuyé contre la roue avant.

- Qu'as-tu fais, ma tante ?

- Il te visait, Laurita. Ce fils de pute allait te tirer dessus. Allons-nous-en, me répondit-elle, en remontant dans la voiture.

Je la regardai, décontenancée. Elle était pâle et faisait des mouvements de tête pour que nous quittions cet endroit. Mais moi, je courus vers Alberto Castro aussi vite que je pus.

- Qu'est-ce que tu fais, cria ma tante dans mon dos.

Je trouvai l'archéologue la tête droite et les yeux fermés. Ses lèvres incurvées en un sourire qui me sembla serein. À la commissure de ses lèvres coulait un filet de sang qui rougissait sa barbe blanche.

Il émit un son guttural et son sourire se transforma en une grimace de douleur. Il dit quelque chose, mais je ne pus entendre que quelques sons qui ne me disaient rien. Un « a » et un « i ».

- Ne parle pas, lui dis-je, tandis que j'appelai le 101 sur mon téléphone. L'ambulance arrive.

Quand j'eus finis de parler avec l'opératrice du service des urgences, Castro fit un mouvement de la tête désignant le coffre de sa voiture et tenta à nouveau de prononcer ces mots.

- *Isia*, fut tout ce que j'entendis.

- Alicia ?, demandai-je en désignant le coffre. Alicia ta petite-fille ?

Castro fit oui d'un signe de tête plusieurs fois, puis les muscles de son visage se crispèrent en une expression de douleur. Il respira encore deux ou trois fois, puis il ne bougea plus et ne prononça plus un seul mot. Je lui pris le pouls avec deux doigts, mais je ne le sentais pas palpiter.

Je me levai et, à grandes enjambées, me dirigeai vers l'arrière de son véhicule. Je tirai sur une de mes manches pour couvrir complètement l'extrémité de mes doigts et pressai l'ovale du logo de la marque de la voiture. Le coffre s'ouvrit dans un glissement hydraulique et exhala une puissante odeur de tapis neuf.

L'intérieur s'éclaira et les lumières découvrirent un sac à dos effiloché et élimé sur les bords. En l'ouvrant, je sentis ma gorge se dessécher brutalement.

Je n'avais jamais vu autant de liasses de dollars.

CHAPITRE 51

Je saisis le sac à dos par une de ses bretelles. Il était terriblement lourd. J'écartai les liasses du dessus et toutes les autres se révélèrent être identiques. Il y avait au moins vingt-cinq liasses de billets de cent. Plus de deux cent cinquante mille dollars.

Le grondement d'un camion qui franchissait le pont au-dessus de nos têtes me tira de ma stupéfaction. Si Castro avait déjà vendu la collection Panasiuk, pourquoi avait-il pris de tels risques pour se procurer la dernière flèche ? Combien lui aurait-on offert en plus pour la pièce qui manquait ? Ou bien, cela n'avait-il rien à voir avec de l'argent et ressentait-il tout simplement le besoin de compléter la collection, en proie à une sorte de trouble obsessionnel compulsif ?

- Tu vas bien, Laura ?, me cria ma tante.

- Oui, j'arrive, répondis-je en criant à cause du vent, sans quitter des yeux le sac à dos.

Je respirai trois fois profondément, tentant de me calmer pour décider de la suite. Depuis que j'étais policier je n'avais jamais trouvé autant d'argent sur aucune scène de crime. Oui, quelques malheureuses fois on trouvait des sommes importantes – toujours bien moins importantes que celle que j'avais maintenant sous les yeux–, mais elles finissaient par disparaître. Je me posai la question. Qui conserverait cette fortune si ce n'était pas moi qui la gardais? Le commissaire Lamuedra ? Un de ses supérieurs hiérarchiques ? Je changeai mentalement les dollars contre des pesos pour me faire une idée plus précise de ce que contenait ce sac. Le chiffre était impressionnant. Un instant, je me pris à rêver de ce que j'aurais pu m'acheter avec une telle fortune. Une petite maison perdue en montagne, dans un coin de la Cordillère des Andes encore préservé des hordes de touristes, par exemple. Il me resterait encore une bonne somme pour monter une petite affaire et vivre loin des assassins, des voleurs et autres salauds contre lesquels je devais me battre chaque jour. À ce moment précis, ayant à portée de main une somme que je mettrais presque dix ans à gagner et quarante à épargner honnêtement, je réalisai que je commençais à être fatiguée de la police, du tribunal et des homicides.

Mais il s'agissait de deux choses différentes ; je me ressaisis en serrant les dents. Ce n'était pas mon argent, un point c'est tout. Il provenait d'un vol et de la vente, qui s'en était suivie, du patrimoine historique. De toutes les manières, le garder était illégal. Ce qu'avait fait Debarnot n'allait pas au-delà d'une simple petite escroquerie comparée à celle de s'emparer de ces dollars.

Avant que la cupidité ne me fît changer d'avis, je claquai le coffre de toutes mes forces et courus vers ma tante. Je la trouvai assise en travers du siège du conducteur, les pieds posés à terre.

- Qu'est-ce que tu foutais ?
- Je cherchais le kit de premiers secours, dis-je.
- Pour ce type ?
- Pour toi. Pour moi. Je ne sais pas... je ne sais plus, ma tante.
- Il est mort ?, demanda-t-elle d'une petite voix.
- Je crois que oui.

Au-dessus de nous passa un autre camion. Nous restâmes silencieuses jusqu'à ce que le bruit du camion s'évanouisse.

- Qu'est-ce que j'ai fait, Laurita !, me dit-elle en cachant son visage dans ses mains. Qu'ai-je fait ?

Je m'accroupis à côté de la portière ouverte de la voiture. Ma tête se trouva à la hauteur des genoux de ma tante. Je lui pris les mains et la regardai dans les yeux, des yeux légèrement vitreux et agités, qui remuaient sans cesse.

- Tout va s'arranger, ne t'inquiète pas, lui dis-je. Au loin, entre deux rafales de vent, j'entendis le bruit d'une sirène.
- Qu'allons-nous dire ?

- La vérité, ma tante. Que Castro me visait avec une arme et que tu as tiré pour me défendre. Autant ta vie que la mienne étaient en danger. Tout va s'arranger, tu vas voir.

- Laura.

- Quoi, ma tante ?

- Je n'avais jamais tiré sur personne.

- Lui, il le méritait, fis-je pour la rassurer.

- Il te visait.

- Tu as fait ce qu'il fallait faire, ma tante, insistai-je, même si j'étais persuadée que Castro n'avait pas la moindre intention de nous faire du mal.

Elle ne me répondit pas. Ses yeux errèrent vers l'infini par dessus mon épaule. Alors, pour la première fois de ma vie, je la vis accablée, dans l'attitude d'un lutteur qui ne peut pas se relever pour contre-attaquer. Dans son cas, la lutte avait été longue et elle avait encaissé plus de coups qu'elle n'en avait donné. Le premier, certainement le plus dur de tous, de la part d'un monstre, quand elle avait à peine quatre ans.

Tandis que je repensais à tout ça, ma tante inspira profondément et sécha ses larmes du bout des doigts. Elle ouvrit la bouche pour parler mais ne put prononcer un mot et cacha à nouveau son visage dans ses mains ridées. Ces mêmes mains qui m'avaient préparé des milliers de petits déjeuners et m'avaient rassurée, les nuits où je faisais des cauchemars, au cours des premières années qui avaient suivi l'accident de mes parents. Ses épaules étaient secouées de spasmes d'un chagrin que je ne lui avais jamais connu, et je ne pus retenir mes propres larmes. Cette femme méritait beaucoup mieux que ces volées de coups bas qu'elle avait reçus dès l'âge de quatre ans. Beaucoup mieux.

Le son de la sirène était maintenant tout proche. La police, certainement suivie d'une ambulance, ne devait pas être bien loin.

Presque sans y penser, je me mis debout et courus vers la voiture de l'archéologue. Je contournai le corps de Castro toujours appuyé contre la roue et j'ouvris à nouveau le coffre. J'attrapai le sac à dos par une des bretelles et le mis sur mon épaule. J'entendis la toile se déchirer dans mon dos et une liasse de billets tomba à mes pieds. La fermeture était décousue et des billets verts sortaient d'entre les déchirures. Je ramassai la liasse et, tandis que je me baissai, il en tomba deux autres.

Les phares de la police éclairaient déjà les feuilles les plus hautes des saules, elle n'était pas à plus de deux cents mètres.

Je remis tout l'argent dans le sac à dos et le soulevai, en tâchant de le fermer d'une main et de le prendre par le fond de l'autre. Je me hâtai jusqu'à la voiture où ma tante attendait et j'ouvris le coffre. Je soulevai le tapis, sortis le cric et la caisse à outils, à côté de la roue de secours. Je plaçai le sac à dos dans le renfoncement, le recouvris avec le tapis, et posai au-dessus tout ce que j'en avais retiré.

Quand j'eus refermé le coffre, les roues de la voiture de patrouille crissaient déjà sur le gravier. Je levai les yeux et vis le pick-up Amarok de la Police de Santa Cruz qui descendait vers nous. Une ambulance le suivait.

Je revins vers ma tante et la serrai dans mes bras. Bien qu'elle fût éclairée par ces lumières bleutées intermittentes, je ne pus pas voir, à son expression, si elle s'était rendu compte de ce que sa nièce venait de faire.

CHAPITRE 52

Même dans la tiédeur cossue du bureau de la juge, la vue sur la ria était effrayante ce matin-là. La marée descendante poussait avec force l'eau grise vers l'océan et le vent soulevait des vagues aux crêtes blanches, menaçantes.

- Entre, Badía, assieds-toi et raconte-moi tout, me dit la juge en m'indiquant la chaise qui faisait face à son bureau.

Sans omettre le moindre détail, je lui expliquai ce qui s'était passé, à peine quelques heures plus tôt. Je lui avouai que j'avais menti pour qu'elle m'ouvre le coffre-fort et lui demandai pardon de ne pas lui avoir avoué que Castro retenait ma tante en otage. Disons que, en gros, je lui racontai la vérité mais que j'évitai de mentionner quelques détails sur ce qui s'était passé sous le pont aux saules. En particulier, que j'avais trouvé un sac à dos plein de dollars qui était maintenant caché chez moi, dans le grenier.

- Donc, Castro avait vendu une partie des flèches et recherchait celle qu'il lui manquait pour compléter la collection ? C'est bizarre, non ? N'aurait-il pas été plus sensé de la compléter d'abord et de la vendre ensuite ?

- Il s'est sans doute dit qu'un tiens vaut mieux que deux tu l'auras, et il a dû convenir avec l'acheteur d'une somme supplémentaire pour la flèche manquante.

- Et il ne t'a donné aucun indice sur l'identité de l'acheteur ?

- Non.

- Ni de l'endroit où se trouve l'argent de la vente ? Il n'était pas dans son véhicule ni dans sa chambre à l'hôtel *Los Barrancos*. Il n'a pas eu le temps d'aller à Buenos Aires, de le cacher et de revenir. Et il est impossible de déposer une pareille somme dans une banque sans fournir d'explications.

- Peut-être avait-il loué une chambre d'hôtel à Caleta ou à Comodoro... Je ne crois pas qu'il ait eu l'intention de revenir à

Deseado après avoir obtenu la flèche qui lui manquait.

- Probablement, c'est Lamuedra qui va se charger de l'enquête.

- Que va-t-il se passer pour ma tante ?, demandai-je.

- Ne t'inquiète pas pour elle. Quand elle aura fini de passer ses examens à l'hôpital, on va l'amener au commissariat pour qu'elle fasse sa déposition et elle rentrera chez elle ensuite.

- Elle va rester en liberté ?

- Pour l'instant, oui. Évidemment, il y aura un procès, mais le plus probable est qu'elle soit déclarée innocente. Légitime défense. En tout cas, si elle devait être condamnée, ce devrait être à une assignation à résidence car elle a plus de soixante-dix ans.

Echeverría regarda ses ongles vernis de rouge et se plongea quelques instants dans des pensées que je n'avais guère de mal à deviner.

- Pourquoi ?, demanda-t-elle, enfin. Je comprends que l'être humain puisse aller très loin, poussé par l'appât du gain, nous voyons ça tous les jours dans notre métier. Mais il y a quelque chose qui ne colle pas. Jamais je n'aurais imaginé que Castro puisse être capable d'une chose pareille.

- Vous savez mieux que quiconque que, dès lors qu'il s'agit de décider de si quelqu'un est coupable ou innocent, les apparences sont trompeuses, répliquai-je.

La juge acquiesça, peu convaincue et je fus sur le point de lui raconter ce que Castro m'avait dit de sa maladie et de sa petite-fille. Mais je pensai alors à ma tante, qui allait devoir subir un long procès et assumer un cas de conscience grave, même si elle estimait avoir fait ce qu'il fallait. Si elle apprenait les véritables raisons de Castro, elle ne se pardonnerait jamais de l'avoir tué. C'est à cet instant que je décidai que les dernières paroles de l'archéologue, je les emporterais dans ma tombe.

Un silence gênant s'installa. Je pensai d'abord que c'était en raison de ce qu' Echeverría venait de me dire, de l'assignation à résidence, mais je tardai pas à me rendre compte que c'était en raison de ce qu'elle ne m'avait pas encore dit.

- Laura... cela me peine profondément de devoir te le dire.

Elle n'avait pas besoin d'en dire davantage. À peine avait-elle prononcé ces derniers mots que j'avais déjà tout compris.

- Nous allons être obligés de te retirer l'affaire, me dit-elle, sur un ton sévère mais en évitant de me regarder. Tu vas continuer à percevoir ton salaire, mais je me vois dans l'obligation d'établir un rapport pour toutes les irrégularités que tu as commises. La disparition des empreintes, qui étaient sous ta responsabilité, même si c'est Debarnot qui les a volées, l'obtention illégale de l'ADN de Vera, le mensonge pour me faire ouvrir le coffre, le vol du véhicule particulier d'un policier qui était de garde et, le plus grave, le fait d'être allée seule à la rencontre de Castro au lieu de communiquer sur la séquestration de ta tante.

- Mais, Delia ? Et les flèches ? Nous ne savons toujours pas qui les a achetées à Castro et encore moins où elles sont.

- C'est la police fédérale qui va s'en charger. Cette vente est un délit qui viole la loi 25743 de la Protection du Patrimoine Archéologique et Paléontologique. C'est un crime fédéral qui ne relève pas de notre compétence.

Elle récita ces derniers mots comme un automate, sur un ton froid, professionnel.

- Tu ne peux pas m'écarter de cette affaire, Delia, dis-je en la tutoyant pour la première fois de ma vie. Ne me dis pas que tu n'aurais pas fait la même chose à ma place ?

- La question n'est pas ce que j'aurais fait, Laura !, cria-t-elle, en frappant du poing sur son bureau. Je ne peux pas permettre que quiconque, dans ce tribunal, joue au héros ou au détective. Nous avons des règles, des procédures, des protocoles... et tu en as enfreint au moins une demi-douzaine !

La juge respira profondément pour tenter de se calmer

avant de reprendre la parole.

- Je te promets que je vais faire en sorte que la sanction soit la plus légère possible. J'estime que dans six mois tu pourras être réintégrée. Le mieux que tu puisses faire est d'en profiter pour aller vivre un moment dans la Cordillère. Tu m'as dit tant de fois que c'était ton rêve.

- Six mois ?

Delia Echeverría, l'autorité suprême du pouvoir judiciaire de Puerto Deseado, haussa les épaules dans un geste qui semblait me dire : « il y a certaines choses que je ne peux pas contrôler. »

CHAPITRE 53

Cinq jours après la mort de l'archéologue, je revins dans le bureau de la juge. Elle m'avait appelée la veille pour que nous nous voyions.

- Comment va ta tante ?, me demanda-t-elle en se levant de sa chaise pour me donner une accolade dès que j'entrai.

- C'est difficile à savoir, car elle est plus fermée qu'une huître quand il s'agit d'exprimer des sentiments. Je crois qu'elle essaie de retrouver sa vie habituelle.

- Et toi ?

- Je m'ennuie. Je n'ai pas du tout l'habitude de rester sans travailler. Mais, comme tu m'as prié de venir avec tant d'insistance, j'ai espoir que cela change bientôt.

La juge ferma les yeux et fit non de la tête.

- Je suis navrée, Laura. Vraiment je suis désolée mais je ne peux rien faire. Tu sais très bien que, de tous les habitants de cette ville, je suis la dernière qui devrait enfreindre les règles.

- Alors pourquoi m'as-tu fait venir ?

- Pour deux choses. La première est que je veux te remercier de tout ce que tu as fait.

- Me remercier ? Tu m'as écartée de l'affaire, Delia !

- Une chose est ce que dit la loi et une autre, bien différente, est ce que je peux ressentir. Je suis désolée car, sans toutes les bourdes que tu as commises, nous n'aurions pas résolu cette affaire aussi vite.

Je ricanai, les dents serrées.

- Et après ça, comment vois-tu la suite ? Je ne parle pas de moi mais de tous les autres. Vera, Debarnot, l'acheteur de Castro ?

- Bon. Vera est toujours en détention. Son avocat a demandé une analyse de sang pour faire un dosage de testostérone et prouver l'usage des stéroïdes.

- Mais, quand nous l'avons arrêté, il s'était écoulé plus de deux semaines depuis le jour de l'agression d'Ortega. Une analyse aujourd'hui n'a aucun sens.

- Assurément. Mais c'est ainsi. La carte à jouer la plus puissante est de plaider l'influence négative des substances pharmaceutiques. Jugement pour homicide simple avec circonstances atténuantes et nous verrons bien combien d'années il prendra.

Je regardai par la fenêtre. Un nuage noir passait au-dessus de la ria et se dirigeait tout droit vers la ville.

- En ce qui concerne Debarnot, il est déjà radié du corps de la police.

- Tout comme moi.

- Non, toi tu es suspendue et, tôt ou tard, tu seras réintégrée. Lui, il a été exclu et jamais plus de sa vie il ne pourra travailler dans un corps de police de ce pays. Je ne serais pas étonnée qu'il quitte la ville.

- Et les flèches ?

- C'est l'autre raison pour laquelle je t'ai demandé de venir.

La juge sourit et pointa l'index vers le haut, me faisant signe d'attendre un moment. Sans baisser le doigt, elle souleva le téléphone et appuya sur une seule touche. J'entendis sonner le téléphone de la Harpie, de l'autre côté de la porte.

- Isabel, dis-lui qu'il peut entrer.

Quelques petits coups frappés à la porte, et dans le bureau, fit son apparition la figure anachronique de Francisco Menéndez-Azcuénaga. Sous le bras, qui ne tenait pas sa canne, il avait une boîte plate, comme une boîte à bonbons mais de bien plus grandes dimensions. Avant de dire quoi que ce soit, il me la tendit.

- Qu'est-ce que c'est ? demandai-je.

- Ouvrez-la, officier Badía.

Je posai la boîte sur le bureau. Elle était en bois, avec un couvercle retenu par trois petites charnières dorées. Je l'ouvris et le triangle de la flèche irisée irradia, dans la lumière du bureau, des milliers de fluorescences colorées.

Menéndez-Azcuénaga avait ajouté les flèches huit et neuf, complétant ainsi la quatrième ligne du diagramme de Fonseca. Au centre, un peu plus vers le haut, il y avait un vide destiné évidemment à la seule pièce qui manquait pour compléter la collection Panasiuk.

- C'est vous qui avez payé cette somme énorme à Castro pour les flèches ?

- *Cette somme énorme ?* demanda Menéndez-Azcuénaga.

- Castro m'a dit qu'il avait vendu les flèches pour deux cent soixante-sept mille dollars.

L'arrière-petit-fils de Panasiuk haussa les sourcils.

- Si j'avais eu cette somme et l'occasion de les lui acheter je reconnais que je l'aurais fait. Mais rien de tout cela. Je n'y ai aucunement été mêlé.

La police Fédérale a mis trois jours à peine pour les retrouver, expliqua la juge. Elle m'a appelée avant-hier. C'est un chef d'entreprise français qui vit la moitié de l'année à Paris et l'autre à Bariloche qui les a achetées.

- Et comment les ont-il retrouvées ?

- Grâce aux enregistrements des appels et des messages du téléphone de Castro. Ils disent que ça a été assez facile.

Echeverría ouvrit un tiroir de son bureau et me tendit la même petite boîte en plastique que Castro avait attrapée au vol avant de libérer ma tante.

Je l'ouvris et laissai tomber dans ma paume la flèche que nous avions trouvée sur le sol, chez Julio Ortega. Les fluorescences multicolores étaient aussi vives que celles des quatorze autres.

- Que va devenir cette collection ?

- Elle va rester dans le musée de la ville, dit le collectionneur.

- Les propriétaires d'El Atardecer ont fait don de leur flèche, ajouta la juge, en montrant la numéro neuf dans l'encadrement.

- Mais compte tenu de leur valeur au marché noir, comment le musée va-t-il faire pour les protéger ?

La juge sourit avant de parler.

- Monsieur Menéndez-Azcuénaga a eu la délicate attention de s'engager à donner au musée une vitrine en verre blindé, connectée à un système d'alarme de dernière génération.

- Le personnel du musée est si content qu'il veut donner mon nom à la salle principale, commenta Menéndez-Azcuénaga. Évidemment, je leur ai dit que ce n'était pas indispensable.

Sur-le-champ, il mit une main dans une de ses poches et en sortit un petit tube de colle de silicone qu'il posa à côté du cadre.

- J'aimerais que vous nous fassiez l'honneur de compléter la collection Panasiuk, officier.

- Ce sera avec plaisir, dis-je. Mais avant, puis-je vous demander une faveur, Monsieur Menéndez ?

- Ce que vous voudrez, si c'est à ma portée.

- Exigez du personnel du musée qu'il change le nom de la salle.

- En aucune façon. Ce n'est pas nécessaire. Ce serait un acte de vanité impardonnable de ma part.

- Je ne veux pas dire qu'elle soit baptisée à votre nom.

- Alors ?

- Exigez qu'elle soit appelée à nouveau « Patrick Gower ».

- Qui est Patrick Gower ?

- Je vous l'expliquerai après, dis-je, et je collai la pointe de flèche dans l'espace vide, sur le velours rouge, complétant ainsi le triangle.

Après presque trois décennies, la collection Panasiuk était à nouveau complète. Et, pour la première fois, elle allait être à la disposition de quiconque souhaiterait l'admirer.

CHAPITRE 54

J'imaginais que j'allais devoir donner quelques explications supplémentaires pour passer mon sac à dos au contrôle de sécurité de l'aéroport de Comodoro Rivadavia. Mais non. Pour passer sans problème, j'eus simplement à poser devant les yeux du sous-officier ensommeillé qui gérait les rayons X mon accréditation de policier et quelques documents du tribunal, que j'avais imprimés chez moi.

Le vol pour Buenos Aires décolla avec ponctualité et sans vent contraire, deux choses assez inhabituelles. Pendant tout le voyage, je gardai constamment le sac à dos posé entre mes pieds et ne me levai à aucun moment pour aller aux toilettes. De temps en temps, je le serrais entre mes chevilles pour m'assurer que les billets étaient toujours là.

À la différence des fois précédentes, aucune amie ne m'attendait dans le hall d'accueil. Je n'avais prévenu personne de ma venue dans la capitale.

Deux semaines s'étaient déjà écoulées depuis la nuit des saules. Echeverría avait obtenu que le corps de Castro soit transféré à Buenos Aires, dans l'avion sanitaire de la province, deux jours après sa mort. Selon ce que m'avait dit la juge, avec laquelle je parlais de temps en temps même si je ne travaillais plus au tribunal, il avait été inhumé dans la concession qu'avaient les Castro au cimetière de la Chacarita, aux côtés de son fils. Je me demandais si Alicia avait assisté à l'enterrement.

Moi, de mon côté, j'étais toujours aussi incapable de m'habituer à l'inaction. Je n'avais aucune idée de ce que j'allais faire de ma vie pendant les six mois à venir, ni du temps qu'il faudrait pour que je me sorte du bourbier dans lequel je m'étais mise. Quelques jours à Buenos Aires me feraient du bien pour y voir plus clair, bien que cette visite de la capitale ne fût pas précisément pour prendre des vacances. Si je devais lui donner un nom je dirais plutôt que c'était un voyage d'affaires.

Je passai la nuit dans un bel hôtel du quartier de Palermo, dans le secteur des ambassades.

***

Le lendemain, ma nervosité était telle que je me contentai d'un café pour le petit déjeuner. Face au miroir en pied de ma chambre, je mis la perruque blonde que j'avais achetée à Comodoro et des lunettes de soleil qui me cachaient la moitié du visage.

Je sortis, le sac à dos accroché à une épaule, en serrant son contenu sous le bras. C'était une matinée humide, avec un ciel gris et de longs manteaux dans les rues. J'arpentai lentement, sur une cinquantaine de mètres, l'allée de palmiers qui menait à l'édifice blanc que j'avais vu sur internet.

Je franchis le portail en fer forgé et un garde, grand et musclé, en uniforme blanc, comme celui d'un marin, me demanda si j'avais rendez-vous. Je lui dis que oui. Il me demanda d'ouvrir mon sac dos et ne leva même pas un sourcil en voyant le contenu. Il se contenta de me laisser passer après s'être incliné légèrement.

En entrant dans l'édifice, je fus surprise par l'atmosphère chaude et sèche, bien différente de celle de Buenos Aires. Une réceptionniste aux cheveux retenus par une queue de cheval très stricte m'accueillit avec un sourire à la denture éclatante et me demanda, avec un accent des Caraïbes, en quoi elle pouvait m'aider.

- On va vous recevoir, me dit-elle quand je lui eus expliqué le motif de ma visite. Puis, elle entra quelque chose sur son ordinateur et m'indiqua dans une salle un énorme canapé en cuir blanc. Si vous voulez bien vous asseoir là.

Je m'assis en serrant le sac à dos sur mes genoux. Une fois encore, je me demandai si ce que je faisais était ce qu'il convenait de faire et, une fois de plus, je me dis que oui.

Je m'installai confortablement sur le canapé et regardai autour de moi. Les murs en marbre étaient décorés de fresques d'oiseaux exotiques, de plages paradisiaques, d'embarcadères où étaient amarrés de nombreux yachts. En face de moi, au centre du mur principal, pendait un drapeau bleu décoré d'un écusson sur la droite et de l' *Union Jack* du Royaume-Uni dans un angle. En dessous, des lettres dorées, gravées dans le marbre, indiquaient :

Ambassade des Iles Caïmans en Argentine

Moins de cinq minutes s'écoulèrent avant que s'ouvre une des portes en acajou de la salle. Un garçon de mon âge, au teint très blanc, aux yeux bleus un peu ternes et à la chevelure clairsemée s'avança vers moi et me tendit la main avec un large sourire. Lui aussi avait un petit accent caribéen mais, à la différence de la jeune femme de l'accueil, on entendait clairement que l'espagnol n'était pas sa langue maternelle.

- Bienvenue, mademoiselle Badía. Entrez. Je suis Gabriel Dawson, dit-il et, m'indiquant la porte par laquelle il était arrivé, il me demanda de le suivre.

Nous pénétrâmes dans une salle au mobilier blanc, moderne. De chaque côté de la salle, il y avait deux petits bureaux aux portes et murs en verre épais. Dans les deux, dont les stores n'étaient pas baissés, j'aperçus des tables design. Dawson me fit entrer dans l'un d'eux.

- D'après ce que vous m'avez dit au téléphone, vous souhaitez ouvrir un compte et faire un dépôt dans une des banques des Iles Caïmans, dit-il tout en baissant les stores du petit bureau pour que personne ne pût nous voir.

- Effectivement. Mais il y a peut-être un petit problème.

- Dites-moi.

J'hésitai un instant, réfléchissant à la façon de lui expliquer.

- Ne vous inquiétez pas, dit-il, tout ce que nous dirons ici restera strictement confidentiel. J'ajoute que vous êtes actuellement sur le territoire des Iles Caïmans et les lois de notre pays protègent l'identité des personnes qui sont en affaires avec nous. Raison pour laquelle notre destination est si attractive.

- Je ne peux pas justifier l'origine des fonds.

L'homme me regarda, intrigué, comme s'il ne comprenait absolument pas ce que je venais de dire.

- Et si vous pouviez la justifier, quel intérêt y aurait-il à les déposer dans les Iles Caïmans ?, dit-il avec une moue malicieuse.

Gabriel Dawson attendit que je lui réponde par un sourire pour poursuivre notre échange.

- La plupart des personnes qui déposent de l'argent dans les îles le font justement parce que nous ne leur demandons pas d'explications sur l'origine des fonds. Et, une fois l'argent déposé dans nos banques, aux Caïmans, le gouvernement ne demande pas non plus d'informations sur les titulaires des comptes ni le montant des sommes déposées, même si le FBI ou Interpol le lui demandent. À combien s'élève la somme en question ?

- Deux cent soixante-sept mille dollars.

- Dans ce cas, il n'y aura aucun problème, dit-il, en ouvrant un tiroir du bureau.

Il me présenta une pile de dépliants des différentes banques des Iles. La plupart portaient des noms que je n'avais jamais entendus de ma vie : Altajir Bank, Cayman National Bank o First Caribbean International Bank.

- Comme vous le comprendrez, nous ne sommes que de simples représentants consulaires des Caïmans en Argentine. Nous ne sommes pas une banque. Mais comme notre industrie numéro un est la finance, nous facilitons le flux de capitaux vers les îles. Ce que nous gérons, c'est l'ouverture des comptes et le dépôt des fonds dans l'institution de votre choix.

L'homme entreprit de m'expliquer les avantages et les

inconvénients de chacune des banques. Il m'expliqua que l'ambassade était habilitée pour toutes et avait la faculté de recevoir de l'argent et d'ouvrir des comptes dans n'importe laquelle. Qu'il s'agissait en outre d'un service consulaire gratuit, c'est-à-dire qu'elle ne percevait rien pour la démarche. En définitive, un mécanisme de fuite de capitaux parfaitement huilé.

- Et maintenant, le *catch*, dit Dawson, quand il eut fini de m'expliquer les spécificités de chacune des banques.

- Le *catch* ?

- Oui, comment dit-on en espagnol ? Le piège ?

- Je ne sais pas. Tout dépend à quoi vous faites allusion.

- Je vous explique. Beaucoup de justificatifs seraient nécessaires pour transférer les fonds des Caïmans vers l'Argentine ou tout autre pays qui ne soit pas un paradis fiscal. Dans la pratique, je dirais qu'il est presque impossible d'éviter une enquête de la part de la justice. Donc, si vous envisagez d'acheter une propriété, de monter une affaire, ou d'utiliser cet argent dans votre pays, nous vous recommandons de ne pas le déposer aux Caïmans.

- Mais l'argent peut être utilisé petit à petit, n'est-ce pas ?

- Oui. Vous aurez une carte de crédit et une carte de retrait et vous pourrez retirer jusqu'à cinq mille dollars de n'importe quel endroit du monde.

- Par mois ?

Le garçon réprima un sourire en pinçant les lèvres.

- Par jour.

CHAPITRE 55

Javi, je t'ai attendu sur ce banc jusqu'à ce que mon cœur se brise.

Je lus cette phrase avant de m'asseoir tout près, sur un banc en bois peint en vert. Sans quitter des yeux ce graffiti, je tâchai de me consoler en pensant qu'en ce même endroit, des gens avaient eu l'estomac bien plus noué que je ne l'avais moi-même à cet instant.

Je regardai ma montre puis le ciel. Avec un peu de chance, ces nuages couleur plomb retiendraient leur eau encore quinze minutes.

La rue pavée qui entourait la place commença à se remplir de véhicules. Des voitures blanches, bleues, rouges. Brillantes et sans doute achetées à crédit. Deux femmes se saluèrent dans l'allée, elles attendaient devant la porte fermée d'une bâtisse d'une autre époque. Une époque où les rues pavées du quartier de Caballito n'étaient pas une marque du passé mais une signe de progrès. Une troisième femme les rejoignit bientôt. Elles bavardaient, regardaient leur téléphone et, de temps en temps, se souriaient.

En cinq minutes, il y eut au moins vingt personnes de plus qui attendaient devant la porte. Presque toutes, des femmes de mon âge ou guère plus. Je les regardai les unes après les autres en me demandant qui pouvait bien être la maman d'Alicia. La blonde à lunettes à monture épaisse ? Celle aux cheveux courts et aux seins refaits ? Ou celle qui était en tenue de sport ?

Quand les deux battants de la porte en bois s'ouvrirent, presque cinquante personnes attendaient dans l'allée. Elles pénétrèrent une à une dans la bâtisse.

Avant que les dernières puissent y entrer, les premières en ressortaient déjà, chacune tenant par la main un enfant en uniforme gris et blanc. Pour la plupart d'entre eux, les petits avaient l'air fatigués, et portaient à l'épaule un cartable aux couleurs vives, carré et plus large que leur dos. Certains, souriaient, parlaient avec leurs aînés. Quelques-uns pleuraient.

Alicia fut parmi les dernières à sortir. Sa mère était donc la femme aux cheveux courts et aux seins refaits. J'en avais eu l'intuition, je ne sais pourquoi. C'était une femme un peu plus jeune que moi. Belle, mais d'une beauté étrange. Peut-être étaient-ce ses sourcils épilés en deux traits fins qui lui donnaient une expression dure et méchante. Ou, peut-être, ce que Castro m'avait dit d'elle.

La fillette avait un air éteint. Epuisé. Je me demandai si elle avait eu une journée particulièrement difficile : une dispute avec un camarade ou une réprimande de la maîtresse. Ou bien peut-être était-elle ainsi depuis deux semaines, depuis que quelqu'un, sa mère probablement, lui avait annoncé la nouvelle de la mort de son grand-père.

Alicia dit quelque chose en gesticulant et sa mère lui fit signe que non de la tête et la tira par un bras. Je me revis moi-même, le visage triste. Je revis aussi ma tante qui, à l'âge d'Alicia, vivait déjà un enfer. Et, à ce moment-là, je désirai de toutes mes forces que Castro se soit trompé et que cette femme soit capable de donner à sa petite fille une enfance heureuse.

J'abandonnai le banc et marchai dans la direction opposée à la leur, en leur souhaitant le meilleur et en pensant maintenant à l'autre possibilité. Que la mère soit réellement une harpie, superficielle et méchante. Ce que Castro avait souhaité servirait-il à quelque chose ? Cela avait-il un sens de laisser de l'argent à une enfant éduquée par une personne horrible ? Cela avait-il valu la peine que son grand-père ternisse son nom et sa réputation internationale ?

On ne pourrait dire que dans quelques années si cette manne allait atténuer les peines d'Alicia.

Onze années et demie, pour être précise.

Celles qu'il fallait attendre pour que la fillette ait dix-huit ans et que lui parvienne une lettre des Iles Caïmans l'informant que son grand-père lui avait ouvert un compte, sur lequel il avait déposé deux cent soixante-sept mille dollars.

Sans compter les intérêts.

~FIN~

L'AUTEUR

Après avoir longtemps séjourné en Australie, Cristian Perfumo vit aujourd'hui à Barcelone.

L'intrigue de ses romans à énigme et à suspense a généralement pour cadre la Patagonie, la région d'Argentine où il a grandi.

Inspiré d'une histoire vraie, son premier roman, *El secreto sumergido* (2011), a été un grand succès éditorial, avec sept éditions et des milliers d'exemplaires vendus dans le monde entier.

Dónde enterré a Fabiana Orquera (publié en France sous le titre de *Où j'ai enterré Fabiana Orquera*) a connu le même succès, se classant en Espagne à la cinquième place et au Mexique à la dixième place des meilleures ventes d'Amazon en 2015.

La première édition de son troisième roman, *Cazador de farsantes*, aux protagonistes chahutés par la pluie et par le vent, a très vite été épuisée.

El coleccionista de flechas (*Le collectionneur de flèches*) a remporté le Prix Littéraire Amazon, auquel avaient concouru plus de 1800 oeuvres d'auteurs issus de 39 pays.

Rescate gris (*Sauvetage en gris*) a été finaliste de l'édition 2018 du Prix Clarín du meilleur roman, un des prix littéraires les plus prestigieux d'Amérique Latine.

Cristian Perfumo a également publié en 2020 *Los ladrones de Entrevientos*.

Ses romans sont traduits en anglais, en français, édités en braille et en livre audio.

Vengeance en Patagonie

Durant des années, j'ai travaillé pour eux, maintenant je vais les dévaliser.

Entrevientos n'a pas changée. Elle reste la mine la plus isolée de Patagonie et du monde. Mais, pour Noelia Viader elle est devenue un site totalement différent. Il y a un an, c'était son lieu de travail et aujourd'hui c'est une croix rouge sur la carte où elle passe en revue les détails du braquage.

Après quatorze années loin du monde criminel, Noelia reprend contact avec un mythique dévaliseur de banques auquel elle doit la vie. Ensemble ils réunissent la bande qui va planifier le vol de cinq mille kilos d'or et d'argent dans la mine d'Entrevientos.

Ils ont deux heures avant l'arrivée de la police. S'ils réussissent, les journaux parleront d'un coup magistral. Quant à Noelia, elle aura rendu la justice.

Si vous aimez *La casa de Papel*, vous serez captivés par *Vengeance en Patagonie*.

Où j'ai enterré Fabiana Orquera

Une maison au milieu de nulle part. Un crime que personne n'a résolu en trente ans. Une lettre qui change tout.

Été 1983 : En Patagonie, dans une maison de campagne à quinze kilomètres du voisin le plus proche, un descandidats au poste de maire de la petite ville de Puerto Deseado se réveille étendu sur le sol à côtéd'un couteau ensanglanté. Sa poitrine est couverte de sang, mais Il n'a pas une égratignure.Désespéré, il cherche en vain son amante, Fabiana Orquera, dans toute la maison. Ils sont venus làpour passer la fin de semaine ensemble loin des regards indiscrets. Il ne le sait pas encore, maisjamais il ne la reverra. Il ne sait pas non plus que le sang qui imbibe sa chemise n'est pas celui de sonamante.

30 ans après *: Presque tous les étés de sa vie, Nahuel les a passés dans cette maison. Un jour, par hasard, il trouveune vieille lettre dans laquelle l'auteur anonyme confesse être le meurtrier de la maîtresse ducandidat à l'élection municipale. L'assassin a laissé une série de problèmes qui, une fois résolus,promettent de révéler son identité ainsi que l'endroit où est enterré le corps. Enthousiaste, Nahuelcommence à déchiffrer les énigmes, mais très vite il se rend compte que, même trente ans après, il ya encore des personnes qui ne veulent pas que soit dévoilée la vérité sur l'un des mystères les plusinextricables de cette inhospitalière partie du monde.*

Que s'est-il réellement passé avec Fabiana Orquera ?

Sauvetage en gris

Les cendres d'un volcan recouvrent toute la région. On vient d'enlever ta femme : Ta journée ne fait que commencer.

Puerto Deseado, Patagonie, 1991. Pour arriver à boucler les fins de mois, Raúl a deux emplois. Quand il éteint la sonnerie de son vieux réveille-matin pour se rendre au premier, il sait que quelque chose ne va pas. Son village s'est réveillé entièrement recouvert par les cendres d'un volcan, et Graciela, sa femme, n'est pas à la maison.

Tout paraît indiquer que Graciela est partie de sa propre volonté… jusqu'à ce qu'arrive l'appel des ravisseurs. Les instructions sont claires : s'il veut revoir sa femme, il doit rendre le million et demi de dollars qu'il a volé.

Le problème, c'est que Raúl n'a rien volé.

Ne manquez pas ce thriller psychologique situé à l'une des époques les plus agitées et inoubliables de l'histoire de la Patagonie : le jour où le volcan Hudson est entré en éruption.

www.ingramcontent.com/pod-product-compliance
Lightning Source LLC
LaVergne TN
LVHW041905070526
838199LV00051BA/2503